U0902996

THE GADFLAY

牛虻

[爱尔兰] 艾捷尔·丽莲·伏尼契——著

宗端华 熊亭玉——译

四川文艺出版社

图书在版编目（CIP）数据

牛虻 / (爱尔兰) 艾捷尔·丽莲·伏尼契著；宗端华，熊亭玉译. -- 成都：四川文艺出版社，2024. 7
ISBN 978-7-5411-6997-7

Ⅰ. I562.44

中国国家版本馆CIP数据核字第2024MQ7073号

NIUMENG

牛虻

［爱尔兰］艾捷尔·丽莲·伏尼契 著
宗端华 熊亭玉 译

出 品 人 冯 静
策划出品 远涉文化
出版统筹 罗婷婷 庄本婷
策划编辑 石 婷
责任编辑 王思鈜
封面设计 创研设
内文设计 史小燕
责任校对 文 雯
责任印制 桑 蓉

出版发行 四川文艺出版社（成都市锦江区三色路 238 号）
网 址 www.scwys.com
电 话 028-86361797（发行部） 028-86361781（编辑部）

排 版 四川胜翔数码印务设计有限公司
印 刷 成都东江印务有限公司
成品尺寸 145mm × 210mm 开 本 32 开
印 张 8 字 数 210 千
版 次 2024 年 7 月第一版 印 次 2024 年 7 月第一次印刷
书 号 ISBN 978-7-5411-6997-7
定 价 49.80 元

目录

第一部

第二部

第三部

第一部

第一章

亚瑟坐在比萨神学院的图书馆里，仔细翻看着眼前的一堆布道手稿。那是六月间一个炎热的夜晚，为纳凉，图书馆的所有窗户都大开着，百叶窗帘也收起来一半。神学院院长、蒙塔内利神父停住手中的笔，慈爱地瞥了一眼在手稿堆上忙碌的那一头黑发。

“亲爱的［意大利语］，还没找到吗？不要紧，我可以重写那一段的。很可能被人撕掉了，让你白忙活这么久。”

蒙塔内利说话声很低，但嗓音浑厚、洪亮，音调像银铃一般悦耳；悦耳的声音使他说起话来平添了一种独特的魅力。这是一个天生的演说家的声音，抑扬顿挫，变化丰富。当他和亚瑟说话时，语调中总透出一种怜爱之意。

“不，神父，我一定要找出来。我肯定你是放在这儿的。就算重写，你也不可能写得一模一样。”

蒙塔内利接着做自己的事。一只困倦的金龟子停在窗外，发出令人昏昏欲睡的嗡嗡声。“草莓［意大利语］！草莓！”街道远处传来水果贩子的叫卖声，喊声悠长而凄凉。

“‘论治疗麻风病人’，找到了。”亚瑟穿过房间，走路悄无声息，步履轻得像羽绒落地。这种走路方式总是让家人感到恼火。他身材瘦小，一点不像三十年代英国中产阶级青年的样子，倒更像十六世纪肖像中的意大利人。长长的眼睫毛，伶俐的嘴巴，小手小脚，身上的一切都像是雕凿出来的，十分精致。静坐不动时，别人会误认为他是一个穿上男装的漂亮女孩；但是，在他移动的时候，他的机敏又让人觉得，他像一只被驯服的猎豹，没有了利爪。

“真找到了？亚瑟，要是没有你，我可怎么办呀？我老是丢三落四的。好了，我现在不想写了。咱们到花园里去，我来帮你复习功课。你有什么不懂的地方吗？”

他们来到回廊式花园里。园子里树影婆娑，一片寂静。神学院建筑的前身是多米尼加人修建的一座古老的修道院。两百年前，这里的正方形庭院曾经修整得整齐而呆板。笔直的黄杨树围栏边长着一丛丛修剪得很矮的灌木丛，灌木之间长着迷迭香和薰衣草。如今，那些身着白色长袍侍弄花草的僧侣们早已长眠于地下，被人遗忘了。那些花草却依然在温馨的仲夏之夜盛开，散发出阵阵幽香，只是不再有人去收集这些花蕊来制成草药。石板路的缝隙间长满了一簇簇野芹菜和耧斗菜。院子中央的水井，由于无人照料而长满了各种蕨类植物，石缝间也长出乱蓬蓬的藤蔓植物。玫瑰早已盛开怒放，玫瑰的枝丫凌乱地伸展到了小径上。黄杨树篱笆内，巨大的红罂粟花闪耀夺目，高大的毛地黄的枝头耷拉在乱草上方。老葡萄藤因为没有整枝而结不出果来，它在无人照管的枸杞树枝间晃来荡去，凭借着顽强的毅力，缓慢而哀怨地摇动着绿色的枝头。

花园一角挺立着一棵夏季开花的高大的玉兰树，宝塔形状的深色树叶间，到处绽放着一朵朵白花。靠树干的地方安放着一把粗糙的长凳，蒙塔内利就在凳子上坐了下来。亚瑟在大学里主修哲学，在一本书中遇到了困难，于是请“神父”从他的角度加以解释。对他来说，蒙塔内利神父就是一部包罗万象的百科全书，虽然他自己并不是神学院的学生。

一段文章讲解完毕后，神父说：“如果没有别的什么事需要我帮你，我就得走了。”

“我不想再接着用功，但是我希望你能在这里待上一会儿，如果你有空的话。”

“哦，当然有空。”神父身子后仰，倚靠在树干上。他抬起头来，透过昏暗的树枝，仰望着寂静的天空中隐隐发光的第一批暗星。黑色的睫毛下面，是一双露出梦幻般神秘眼神的眼睛，那是他从康沃尔人母亲那里遗传下来的。蒙塔内利掉转头，不让亚瑟看到他的眼神。

“你看上去很疲倦，亲爱的［意大利语］。”蒙塔内利说。

“这没办法。”亚瑟的话音里露出了倦意，神父马上注意到了。

“你不该这么快就去上大学。你因为照料病人而疲惫不堪，晚上还熬夜。我真该坚持让你好好休息一阵子，然后再离开里窝那[1]。”

“唉，神父，那又有什么用？妈妈去世了，我不可能还待在那个伤心之家。朱莉娅会把我逼疯的！”

朱莉娅是他同父异母长兄的妻子，对他就像眼中钉、肉中刺。

“我是不应该希望你留下来和亲戚们待在一起，”蒙塔内利柔声应道，“对你来说，那肯定是最不可能做到的难事。但我还是希望你能接受那位英国医生朋友的邀请。如果到他家住上一个月，你的身体会更好，会更适合学习的。”

“不，神父，我不能这么做！华伦一家人是很好，很善良，可他们并不理解我。他们可怜我，我从他们脸上就能看到这一切。他们会想方设法地安慰我，会谈论母亲。当然，吉玛就不这样。她总是知道哪些话不该说，我们还是小孩子的时候就这样，其他人就不知道了。而且，还有——”

“还有什么，我的孩子？”

亚瑟从一根下垂的毛地黄的秆上捋下一些花冠，放在手里神经质地揉碎。

“那个小镇让我受不了，”他停顿了片刻之后说，“镇上有几家店铺，小时候她经常给我买玩具；生病以前，她常牵着我去海边散步。不论走到哪里，总是会触景生情。市场上每一个女孩子都捧着鲜花向我走来，仿佛我现在还需要那些花！还有教堂——我必须离开那里，那地方让我难受……”

他不再说话，而是坐在那里，将毛地黄花冠一一扯碎。长时间的幽静沉默使他抬起头来，心里纳闷，神父为什么不说话。玉兰树下，天色越来越暗，一切都因为昏暗而显得模糊不清，可暮光仍旧能照出蒙塔内利惨白的面容，看上去有点吓人。他低垂着头，右手紧紧扶着长凳边。亚瑟掉头看着别处，内心充满了敬畏和疑虑，他仿佛在无意间踏进了一块圣地。

---

① 里窝那：意大利西岸港口城市，西部是滨海平原，东部和南部为低丘。

“天呀！”他心想，“在他身边，我显得多么渺小和自私啊！要是遇到我这样的麻烦，他可能根本就感觉不到。”

不一会儿，蒙塔内利抬起头，四下里望了望。“我不会逼你回那里去，无论如何，现在不会的，”他的语气充满怜爱，“但你必须答应我，这个暑期开始之后，一定要好好休息。我想你最好到远离里窝那的地方去度假，我不能眼看着你的身体垮下去。”

“神学院放假后，你去哪里，神父？”

“我会像往常一样，带着学生们进山，照料他们在山里安顿下来。但是，到八月中旬的时候，副院长休完假回来了，我就会去阿尔卑斯山调养一下。你愿意跟我一起去吗？我可以带你去山上做长途漫游，你会喜欢研究一下阿尔卑斯山的苔藓和地衣。但是只有你一个人和我在一起，也许会感到很乏味？”

“神父！”亚瑟紧握双手，朱莉娅称这种握手方式为“公开的外国方式”。“只要能跟你一起去，叫我做什么都行。只是——我不知道——”他欲言又止。

“不知道伯顿先生是否同意？”

“他当然不乐意，但是他不会干涉的。我已经年满18岁，能够做自己选择的事情。毕竟，他只是我同父异母的兄长，我不一定非要听他的。他对母亲总是不好。”

“但如果他真心反对的话，我觉得你最好还是别违背他的意愿。要不然，你会发现，自己在家里的处境会更难——”

“不会比现在难了！”亚瑟愤怒地打断了神父的话，“他们都恨我，过去恨我，将来也会恨我——不管我做什么，结果都一样。而且，我是和你——我的告解神父一道外出，詹姆斯怎么会真心反对呢？”

“记住，他是个新教徒。不过，你最好给他写封信，等一等，看看他是什么态度。但一定不能性急，我的孩子。不管别人恨你还是喜欢你，关键在于你自己是怎么做的。”

神父的指责很委婉，不会让亚瑟脸红难堪。“是的，我知道，”他一边回答，一边叹息，“可真是太难了——”

“星期二晚上你没来我这里，我很遗憾，”蒙塔内利突然换了一个新的话题，“阿雷佐主教来了，我希望你和他见一面。”

“我答应一个同学去他的宿舍里开会，他们在等着我呢。”

“开什么会？”

亚瑟似乎被问得很尴尬。“那——那不——不是一次普通会议，”他紧张得说话有点结巴，“有一个同学从热那亚来，他给我们做了一次——演——演讲。”

“演讲内容是什么？”

亚瑟犹豫起来。“神父，你不会向我打听他的名字，是吗？因为我答应过——”

“我不会问任何问题。如果你答应保守秘密，当然就不该告诉我。但是我认为，到现在为止，你是信任我的。”

“神父，我当然信任你。他讲到了——我们对人民的责任——对自己的责任；还讲到——我们该做些什么，以帮助——”

“帮助谁？”

“帮助农民［意大利语］——和——”

“和谁？”

“和意大利。”

接下来是长时间的沉默。

“告诉我，亚瑟，”蒙塔内利转过身，表情严肃地对他说道，“你思考这些问题有多长时间了？”

“从——去年冬天。”

“在你母亲去世之前？她知道这事吗？”

“不，不知道。我当时对这事也并不怎么在意。”

“那么现在你——在意这事了？”

亚瑟又扯下一大把毛地黄花冠。

“事情是这样的，神父，”他眼睛看着地面，开始说起来，“去年秋天，我准备大学入学考试的时候，结识了许多同学。你还记得吗？嗯，有些人开始和我谈——谈论这些事，并借书给我看。但我当时对这些事并不怎么在意，我总是想快点回家，回到母亲身边。你知道，在那个牢狱般的家里，在所有人当中，她十分孤独。光是朱莉娅的毒舌就能气死她。

后来，到了冬天，妈妈病情加重，我就把那些同学和书籍都忘掉了。再往后，你知道，我就根本不到比萨来了。要是能想起这件事，我会和母亲谈的，但我当时把这事忘了个一干二净。后来，我发现母亲时日不多了——你知道，最后那些日子里，我差不多一直陪伴着她。我常常熬通宵，吉玛·华伦白天来替我回去睡觉。嗯，就是在那些漫漫长夜里，我想到了那些书，想到了同学们说的话——开始思考他们说得对不对，思考主对这些事会怎么说。”

“你问过主吗？”蒙塔内利的声音有些打战。

“经常问，神父。我经常向主祷告，求他告诉我，我该怎么做；或者让我和母亲一起死。但我没得到任何答复。”

“可你对我却只字未提。亚瑟，我希望你能信任我。”

“神父，你知道我是信任你的！可是，有些事是不能对任何人讲的。我——在我看来，当时没人能帮我——即使你和母亲也帮不了我。我必须直接从上帝那里获得答案。你知道，这关系到我的一生和全部灵魂。”

蒙塔内利掉头凝望着昏暗朦胧的玉兰树树枝。暮色苍茫，他的身影也显得模模糊糊，就像一个黑暗的幽灵，潜伏在更幽暗的树丛之中。

“后来呢？”他慢慢问道。

“后来——她就死了。你知道，最后三晚我一直陪伴着她——”

他突然停止说话，停顿了片刻；蒙塔内利也一动不动。

“在他们埋葬她的那两天，”亚瑟接着说，声音比先前更低，“我没法思考任何事情。后来，在举行葬礼之后，我就病了。你该记得，我都不能来做忏悔了。”

“是的，我记得的。”

“嗯，那天晚上我起床来到母亲的房间里。屋子里空空荡荡，只有壁龛上那只巨大的十字架还在那儿。我想，也许上帝会帮助我。我便跪下来等待——等了整整一宿。到早上我醒来之后——神父，根本不起作用，我也没法解释。我无法告诉你我看见了什么——因为我自己都不知道。但是我知道，上帝回答了我，我知道自己不敢违背他的旨意。”

一时之间，两人在黑暗中静坐无语。过了一会儿，蒙塔内利转过身，将一只手放到亚瑟的肩上。

“我的孩子，”他说，“上帝不许我说，他没有同你的灵魂说过话。但你要记住，发生这件事时你所处的境况；不要误将悲痛或病患所产生的幻想当成上帝的庄严呼唤。如果上帝的确通过死亡的阴影对你做出了答复，那可千万不能曲解他的意思。你心里到底想做什么呢？”

亚瑟站起身，像背诵教义问答一样，缓慢地答道：

“为意大利献身，将它从所有的奴役和不幸中解放出来，驱逐奥地利人，使意大利成为一个自由的共和国，没有国王，只有基督。”

“亚瑟，想一想你在说些什么！你自己还不是意大利人呢。”

“那没关系，我是我自己。既然我明白了这件事，我就要投身于这件事。”

又是一阵沉默。

“你刚才说出了基督要说的话——”蒙塔内利缓缓地说道，可是亚瑟打断了他的话。

“基督说：‘凡为我献身者都将重获新生。’”

蒙塔内利将胳膊靠在一根树枝上，另一只手捂住了双眼。

“坐一会儿，我的孩子。”他终于说道。

亚瑟坐下了，神父紧握双手。

“今晚我不和你争辩，”他说，“这事对我太突然——我没有思想准备——我得花时间好好想一想。之后，我们再来更确切地谈一谈。不过，我现在要你记住一件事：假如你在这件事情上遇到麻烦，假如你——死了，我会心碎的。”

“神父——”

“不，让我把该说的话说完。我曾经告诉过你，在这个世界上，除了你，我别无他人。我想你并没有完全理解这句话的含义。人在年轻的时候很难理解，我像你这个年龄的时候，也不能理解。亚瑟，对我来说，你就像——就像我的亲生儿子，你明白吗？你是我眼里的光明，心中的希望。我宁死也不让你走错路，毁掉自己的一生。可我却无能为力。我不要你对我做出任何承诺，只要你记住这一点：要随时当心。即使不为你在天堂的母亲，为了我，你也该在想好之后，才走出无法挽回的那一步。”

“我会想的——而且——神父，为我祈祷，为意大利祈祷吧。”

他默默跪下。蒙塔内利默默地将手放在他低下的头上。不一会儿，亚瑟站起身，吻了吻那只手，然后步履轻盈地走过沾满露珠的草地。蒙塔内利坐在玉兰树下，目光凝视着眼前的黑暗。

“上帝已经降罪于我，”他想，“就像降罪于大卫一样。我玷污了他的圣殿，我用肮脏的手玷污了上帝的圣体，他对我已经足够耐心，现在报应终于来临。‘你在黑暗中行事，我却要在以色列众人面前，在阳光下报应你。故此你所获得的孩子必定要死。’［引自《圣经》之《撒母耳记》下］”

第二章

詹姆斯·伯顿先生对自己异母弟弟和蒙塔内利一道“去瑞士漫游”的想法，一点都不喜欢。但是，如果断然禁止亚瑟和神学老教授一道进行一次无害的植物学研究旅行，亚瑟不知道禁止的原因，就会认为那是荒唐专横的行为。他会立即将其归咎于宗教或种族偏见，而伯顿家族恰好又对开明和宽容引以为豪。一个多世纪以前，自从在伦敦和里窝那创建“伯顿父子船舶公司”以来，整个家族就成了坚定的新教徒和保守党人。但他们认为，英国绅士待人必须公正，即使对天主教徒也一样。因此，当这一家的主人发现继续做鳏夫很无趣时，便娶了自己孩子的家庭教师—— 一个美丽的天主教徒为妻。家中两个年长一些的儿子，詹姆斯和托马斯，虽然厌恶这个比自己大不了多少的继母，却也只能忍气吞声，顺从上帝的意愿。父亲去世之后，大哥的婚姻使得本已困难的家境更加复杂化。但只要格拉迪斯还活着，两个哥哥仍然会竭力保护她，使她免遭朱莉娅毒舌的伤害，并且按照他们的理解，担负起照顾亚瑟的责任。他们甚至都不愿装出喜欢这位少年的样子。他们对他的慷慨，主要表现在给予他大笔零花钱，并允许他自行其是。

因此，亚瑟在回信中收到一张用来支付旅行开销的支票，以及允许他在假期按自己意愿行事的漠然许可。他将多余的钱花了一半购买植物学书籍和标本夹，然后和神父一道，开始了他的第一次阿尔卑斯山漫游之旅。

蒙塔内利心情愉快，亚瑟好久没有看见他这样了。经过第一次花园谈话的震动之后，他逐渐恢复了心理平衡，现在看上去也冷静多了。亚瑟很年轻，没有经验，但要改变他业已做出的决定又实在很难。现在还有时间，通过温和的劝导和说理，把他从刚刚踏上的那条危险道路上拉回来。

他们原打算在日内瓦逗留几天，可是一看到那些白得耀眼的街道和尘土飞扬、挤满游客的步行街，亚瑟便微微皱起了眉头。蒙塔内利饶有兴趣地看着他。

"亲爱的［意大利语］，你不喜欢吗？"

"我说不大清楚。这和我所期望的差别太大了。是的，这湖很美，我也很喜欢那些山的形状。"他们站在卢梭岛上，他手指着萨伏伊[①]一侧延绵不绝、笔立陡峭的山峰。"可是这城镇看上去过于呆板整洁，有一点——新教气息太浓的味道，有一种自鸣得意的意味。不，我不喜欢，它让我想起朱莉娅。"

蒙塔内利哈哈大笑。"可怜的孩子，多么不幸啊！好吧，我们来此是为了消遣的，因此没有理由停下来。假如我们今天去湖上泛舟，明天上午进山，怎么样？"

"可是，神父，你不会想在这里逗留吧？"

"亲爱的孩子，这些地方我都看过十多次了。我来度假就是希望看到你高兴。你喜欢去哪里？"

"如果你真不在意，我想逆流而上，去探寻河流发源地。"

"罗纳河[②]？"

"不，是阿尔沃河[③]，它水流湍急。"

"那我们得去夏蒙尼[④]。"

---

① 萨伏伊：法国东南部省名，东与意大利接壤，首府尚贝里。地处阿尔卑斯山区，地势东高西低。

② 罗纳河（Rhone）：欧洲主要河流之一，法国五大河流之首，汇入地中海的尼罗河之后的第二大河。

③ 阿尔沃河：流经法国东部和瑞士的一条河流，源出阿尔卑斯山脉。

④ 夏蒙尼：法国小镇，阿尔卑斯山脉的小山城。

那天下午，他们一直在一艘小船上随波漂荡。美丽的湖泊给亚瑟留下的印象，还不如灰暗泥泞的阿尔沃河深刻。他生长在地中海边，看惯了碧海波澜；可是他十分向往湍急的河水，快速流动的冰川使他无比欣喜。

“真是气势恢宏啊。”他说。

第二天，他们一大早便动身前往夏蒙尼。乘车经过肥沃的田野和溪谷时，亚瑟兴致勃勃。可是，当他们进入横谷附近蜿蜒起伏的盘山公路后，周围全是奇峰突兀的大山，他变得严肃起来，也不再说话。他们从圣马丁教堂出发，慢慢向山谷进发。他们在路边的小木屋或小山村里借宿，然后继续按设想的路线漫游。亚瑟对风景的反应特别敏感。他们见到的第一个瀑布使他欣喜若狂，神父见了也很高兴。但是，随着他们走进白雪覆盖的山峰，他的情绪由狂喜变为痴迷沉醉，那种模样蒙塔内利从未见过。他和这些大山之间似乎有一种神秘关系。神秘黑暗的森林里山风呼啸，他却可以在里面一动不动地躺上好几个钟头，透过那些高大笔直的树干，望着森林外面那个阳光明媚的世界。那里有群峰闪耀，也有贫瘠的峭壁悬崖。蒙塔内利注视着他，心里产生了一种悲怆的妒意。

“希望你能告诉我你看见了什么，亲爱的［意大利语］。”有一天他说道。他从书本中抬起头，发现亚瑟还像一小时前那样，舒展四肢躺在旁边的青苔地上，睁大双眼凝视着天空中亮晶晶的蓝天白云。

他们离开公路，前往迪奥萨扎瀑布附近的一个僻静村子过夜。一轮太阳低垂在万里无云的天空，悬挂在长满松树的山岗上方，等待着阿尔卑斯山的晚霞映红勃朗山大大小小的山峰和满山松树。亚瑟抬起头，眼里充满了惊讶与神秘感。

“神父，你问我看见了什么吗？我看见在无始无终的蓝天里有一个巨大的白色生命。我看见它经年累月地等待着圣灵的到来。我是通过一个玻璃杯模模糊糊地看见它的。”

蒙塔内利叹了口气。

“我过去也看见过这些东西。”

“你现在看不见了吗？”

“看不见了。今后也不会再看见。我知道，它们就在那里，但我的眼睛看不见它们了。我看见的是另外一些东西。”

“那你看见了什么？”

“亲爱的［意大利语］，我吗？我看见了蓝天和雪山——那就是我仰望高处所看见的一切。往下看，却又完全是另一番景象。”

他指着脚下的峡谷。亚瑟跪下身子，俯身到悬崖边上。朦胧夜色中，高大的松树身形凝重，像哨兵一样耸立在激流冲出的狭窄河岸上。此时，太阳像一个燃烧的煤球，跌落到一座巍峨的山峰之后，仿佛带走了地球表面的所有生命和光亮。山谷立即笼罩在某种黑暗而危机四伏的氛围之中——充满了愠怒、恐怖和光怪陆离的凶器。西边的贫瘠大山上有许多陡峭的悬崖，看上去像是个怪物的獠牙，伺机要抓走猎物，把猎物拖入回荡着森林呜咽声的峡谷深渊之中。松树林像一排排利刃，在低声说“摔到我们这里来吧”。激流在浓浓夜色中怒吼咆哮，带着因为绝望而产生的疯狂，拼命拍打着困囚它的岩石河堤。

“神父！”亚瑟战栗着站起来，从悬崖边缩回身来，“简直跟地狱一样”

“不，我的孩子，”蒙塔内利静静地应道，“它只是像一个人的灵魂。”

“是坐在黑暗和死亡阴影中的那些人的灵魂吗？”

“是每天在街上从你身边走过的那些人的灵魂。”

亚瑟定睛细看下面那些黑影，又哆嗦起来。一阵昏暗的白雾在松树林间缭绕徘徊，无力地追逐着绝望痛苦的激流，就像一个可怜的幽灵，无法给人安慰。

“看！”亚瑟突然说，“那些在黑暗中行走的人看见了巨大的亮光。”

东边的雪峰被晚霞映照得红彤彤的。当红色霞光从峰顶褪去时，蒙塔内利转身拍了一下亚瑟的肩膀。

“走吧，亲爱的［意大利语］，没有光亮了。如果还待在这里，我们会迷路的。”

“就像一具僵尸。”亚瑟说着转过身，不再去看在暮光中闪耀的那座巨大雪峰的狰狞面孔。

他们小心翼翼地穿过黑暗的森林下山，前往他们借宿的那座牧人的小木屋。

当蒙塔内利走进屋子的时候，亚瑟已经在晚餐桌旁等着他。他发现这少年似乎已摆脱了黑暗鬼怪的幻想，完全变成了另外一个人。

“哎，神父［意大利语］，快来看这只狗有多可笑！它能踮起后腿来跳舞呢。”

如同被晚霞的余晖所吸引一样，他完全被那只狗及其表演给吸引住了。在他逗狗表演时，小木屋女主人脸上红扑扑的，穿着一条白色围裙，两只健壮的胳膊叉在腰上，站在一旁微笑。“谁都能看出他心无旁骛，如果他继续那样玩耍的话。”她用方言对女儿说，“多么英俊的小伙子啊！”

亚瑟像个女学生，羞得满脸绯红。女人见他听懂了自己的话，对他的窘迫哈哈大笑，笑着走开了。吃晚饭的时候，他除了谈论旅行计划、登山和采集植物标本，别的什么也不说。显然，他那梦幻般的幻想并没有影响他的精神和食欲。

第二天早晨，蒙塔内利醒来的时候，亚瑟已经不见了。他在天亮之前就动身前往山上的牧场，“帮加斯帕赶羊去了”。

可是，早饭刚摆上桌不久，他就急慌慌地跑回来了，头上的帽子也没了，肩上扛着个三岁大的小女孩，手里还拿着一大把野花。

蒙塔内利抬头一看，乐了。这与里窝那或比萨那个严肃沉默的亚瑟相比，可真是一个鲜明的对比。

“你个莽撞鬼，去哪儿了？早饭还没吃就漫山遍野地野跑去了？”

“哦，神父，太好玩了！那些山在日出的时候雄伟壮观，露水多极了！你瞧！”

他抬起一只满是泥泞的湿靴子让神父看。

“我们带了一些面包和奶酪，在山上牧场里弄了一些羊奶。哦，那可真不好喝！可我现在又饿了，还要拿点东西给这个小孩子吃。安妮特，要吃点蜂蜜吗？”

他坐下来，将那小孩放在膝上，并帮着她将野花摆好。

“不，不！”蒙塔内利插嘴道，“我可不能让你着凉。赶快去把湿衣服换了。安妮特，到我这里来。你在哪里遇见她的？”

“在村头。她爸爸我们昨天见过——就是村子里的鞋匠。她的眼睛是不是长得很美？她衣兜里装着一只乌龟，她叫它‘卡洛琳’。”

亚瑟换好湿袜子回来吃早饭时，发现小女孩坐在神父的膝上，正口若悬河地向神父谈论自己的龟。她胖乎乎的小手托着那只四脚朝天的乌龟，让“先生”［法语］欣赏那几条蹬个不停的小腿。

“瞧，先生！”她用半生不熟的方言严肃地说道，“瞧卡洛琳的靴子！”

蒙塔内利坐在那里逗弄小女孩，抚摸她的头发，欣赏她心爱的龟，跟她讲奇妙的故事。小屋的女主人进来清理餐桌，看见安妮特在翻弄那位身着牧师服、一脸严肃的先生的口袋，不觉十分惊讶。

“上帝教导小孩子辨识好人，”她说，“安妮特向来害怕生人。你瞧，她和牧师在一起却一点不羞怯。太奇妙了！安妮特，快跪下，让这位好心的先生在离开之前祝福你。这会给你带来好运的。”

“不知道你还能和小孩子那样玩耍，神父，”一小时后，在他们经过阳光明媚的牧场时亚瑟说道，“那孩子的眼睛一直看着你。你知道，我想——”

“想什么？”

“我只是想说——在我看来，教会禁止牧师结婚几乎就是一件令人遗憾的事。我不太理解这是为什么。你知道的，儿童教育是一件很严肃的事情，如果一开始就让孩子们受到良好氛围的熏陶，这对他们有多么重要。于是我就想，一个人的职业越圣神，生活越纯洁，他就越适合做父亲。神父，我敢肯定，如果你没有发过誓，如果你结过婚，你的孩子们一定非常——”

“嘘！”

这一声仓促的低声耳语，似乎加重了随之而来的沉默。

“神父，”亚瑟再一次开口说话，对方的忧郁神情让他感到沮丧，“你是不是认为我说错什么话了？当然，我也许是想错了，但我只能按照自然的思维方式去思考。”

“也许，”蒙塔内利轻声答复道，“你并不十分明白你刚才所说的那些话的含义。再过几年你的看法就会改变。现在，我们最好还是谈点别的事情吧。”

在这次完美的假日期间，两人相处一直很轻松，很融洽；这是他们第一次出现紧张和不和谐。

他们从夏蒙尼出发，经过泰特鲁瓦山到达马尔蒂尼[1]，在马尔蒂尼停下来休息，因为天热得让人喘不过气来。晚饭之后，他们坐在酒店的阳台上，这里晒不到太阳，还能一览群山的美景。亚瑟拿出他的标本箱，用意大利语认真地和神父谈论起植物学来。

阳台上坐着两位英国艺术家：一人在画写生，另一个在懒散地闲聊。他似乎没有想到这两个陌生人听得懂英语。

“别再涂抹你的风景画了，威利，”他说道，“你就画那位意大利英俊少年吧，他迷上了那些蕨类植物。看一看他眉宇间的线条！你只消把放大镜换成十字架，把外套和灯笼裤换成罗马式宽长袍，就是一个活脱脱的早期基督形象。”

“早期基督被绞死了！吃晚饭的时候我就坐在那个少年身边。他对烤鸭的痴迷就如同对那些脏兮兮的野草一样。不过他长得倒是很英俊，橄榄色的皮肤看上去很美，但是半点也不比他父亲入画。”

“他的——谁呀？”

“他父亲呀，就是坐在你前面那位。你意思该不会是你完全没有注意到他吧？他那张脸才叫意味深长。”

“嗨，你这个豆腐渣脑子，我碰到个卫理公会的教徒了。见到个天主教神父你都认不出来吗？”

“神父？我的天呀，果真是的！我倒忘了，他们发誓要永不结婚及诸如此类的事。那么我们就仁慈一点，假定那孩子是他的侄儿。”

“多么愚蠢的人！”亚瑟抬起头小声说道，两只眼睛扑棱棱一阵乱转，“他们认为我长得像你，倒是一番好意。我真希望自己是你侄子——神父，你怎么了，你的脸怎么那么白！”

蒙塔内利站起身，一只手放在额头上。“我有点头晕。”奇怪的是，他说话的声音微弱而又含糊。“也许是今天上午太阳晒得太多了。我要去躺一会儿，亲爱的。没什么事，只是受热了。”

在卢塞恩湖逗留了两周之后，亚瑟和蒙塔内利经过圣·戈得哈特山口

---

① 马尔蒂尼：连接意大利和法国交通要道的一座城市，曾为古罗马的战略要地。

回到了意大利。天气方面他们是很幸运的。他们做了好几次愉快的短途旅行，只是已经不再有刚开始那种喜悦了。蒙塔内利内心总是忐忑不安，想进行一次“更加具体的谈话”，他认为这次旅行就是进行这样谈话的机会。在阿尔沃河谷，他有意避免提及他们在玉兰树下的谈话内容。他认为，对亚瑟这样具有艺术气质的人来说，如果将注定痛苦的谈话与环境联系起来，会破坏他刚对阿尔卑斯山美景产生的欣喜之情，那样做太残酷。自从马尔蒂尼那天之后，他每天早晨都对自己说，“我今天讲”；可是到了晚上，又总是“明天再说”。现在，假期已经结束，他仍然不停地重复着，“明天再说，明天再说”。一种前所未有的、难言的冰凉感觉仿佛在他和亚瑟之间布下了一层看不见的面纱，使得他难以开口。直到假期的最后一晚，他才突然意识到，如果要说，现在就必须说。那晚，他们在卢加诺[①]过夜，第二天便要动身回比萨。至少他会发现，自己的心肝宝贝已经多么深地卷入到了意大利致命的政治旋涡中。

“雨已经停了，亲爱的，”他在日落之后说道，“这是我们去赏湖的唯一机会。走吧，我有话要和你说。”

他们沿湖走到一个僻静处，在一段矮墙下坐下了。他们近旁长着一丛玫瑰花，上面长满了猩红色的残苞。一两枝迟开的乳白色玫瑰花仍然悬挂在高处的花茎上，悲哀地晃动着带有雨滴的沉重花瓣。绿色的湖面上，一艘小船在夹杂着露水的微风中摇晃，船上的白帆在微微抖动。小船看上去轻盈柔弱，就像一团蒲公英种子被扔到了湖面上。在萨尔瓦多山的高处，某家牧民小屋打开了窗户，就像睁开了金色的眼睛。玫瑰花低下头，在寂静的九月云团下浮想联翩。湖水拍打着湖边的鹅卵石，发出喃喃细语。

“在很长一段时间内，这是我心平气和地与你谈话的唯一机会。”蒙塔内利开始说了起来，“你要回大学去上学，回到你的朋友们身边；我呢，这个冬天也会很忙碌。我想弄清楚我们相互之间所处的立场；因此，如果你——”他停了一下，接着以更慢的语速说道：“如果你觉得你还像以前那样信任我，我想让你告诉我，比那天晚上在神学院的花园里更具体，你在那条路上到底走了多远？”

---

① 卢加诺：瑞士南部边境靠近意大利的一座著名旅游城市。

亚瑟抬头望着湖对面，静静地听着，一言不发。

“我想知道，你是否愿意告诉我，”蒙塔内利接着说，“你有没有用誓言，或者别的什么东西，来束缚住自己？”

“亲爱的神父，我无可奉告；我没有束缚我自己，但我的确被束缚了。”

“我不明白——”

“发誓管什么用？誓言约束不了人的。如果你以某种特定方式去感知某一事物，你就会被束缚住；如果不是这样，就没有什么东西能束缚住你。”

“那你的意思是，这种事物——这种——感情是不可更改的了？亚瑟，你想过自己在说些什么吗？”

亚瑟转身紧盯着蒙塔内利的双眼。

“神父，你问我是否信任你。那你信任我吗？事实上，如果真有什么事可说，我一定会告诉你的。可是谈论那些事没有任何用处。我没有忘记那晚你对我说的话，永远不会忘的。但是我必须走自己的路，去追随我自己看见的那片光明。”

蒙塔内利从花丛中摘下一朵玫瑰，将花瓣一一扯掉，然后一起扔进水中。

“你说得对，亲爱的。好吧，我们再也不谈这些事了。话说得再多似乎也无济于事——好吧，好吧，我们进屋去吧。”

第三章

秋冬两季平安无事地过去了。亚瑟学习很努力，几乎没有什么空闲时间。但他仍会设法每周去看一看蒙塔内利，哪怕只有几分钟。有时，他会带去一本晦涩难懂的书，求神父帮助解释。但在这种时候，谈话就完全是围绕学习进行的。由于觉察到（而不是观察到）两人之间产生了一种微妙而无形的障碍，因此凡是有可能被认为试图要保持以前那种密切关系的话，蒙塔内利都尽力回避。

亚瑟的来访现在带给他更多痛苦，而不是欣慰。因此，总是装出一副若无其事、好像什么事都没有发生的样子，令他备受煎熬。亚瑟也注意到了神父举止的微妙变化，却无法理解其中的原因，但他隐隐感觉到这和他们对“新思想”的争论有一定关系，于是便对那一话题只字不提，尽管他满脑子想的都是那些东西。然而，他从未像现在这样深深地热爱蒙塔内利。他曾经在神学和礼制的重压之下，痛苦地努力抑制自己挥之不去的悲观不满和精神空虚感。在接触到青年意大利党后，这种感觉已荡然无存。他天生的孤独感和病房守护经历所产生的种种不健康的幻想，也已是过眼烟云。曾借助祈祷来驱除的疑虑，不用驱魔除邪便已消失无踪。随着一种新的热情觉醒，一种更清晰、更新颖的宗教理想（因为他更多的是从宗教的角度，而不是从政治发展的角度去看学生运动）已经成为一种静止充实的感觉，一种世界和平和与人为善的感觉。怀着这样一种庄严温柔的喜悦情绪，全世界在他眼里都充满了光明。即使在最不喜欢的人身上，他也发现了少许可爱的东西。五年来，蒙塔内利一直是他心目中的理想英雄。现在，他认为神父又增加了一道新的光环——新信仰的潜在预言家。他满怀激情、如饥似渴地聆听神父布道；他仔细研读《福音书》，在基督教起源中欣喜地发现了基督教的民主倾向。

一月里的一天，他到神学院来归还一本借阅的图书。听说神父院长出去了，便径直来到蒙塔内利的私人书房，将那本书放回到书架上。正要离开房间的时候，他一眼瞥见了放在桌子上的一本书的书名。那是但丁的《论世界帝国》。他立即开始阅读起来，很快就被吸引住了，连房门开、关的声音他都没有听到。直到身后传来蒙塔内利的说话声，他才从全神贯注中醒悟过来。

“没想到你今天会来，”神父说话的时候瞟了一眼那本书的书名，“我正要派人去问你今晚来不来呢。”

“有什么要紧事吗？我今晚有一个约会，但我可以不去，如果——”

“没有，明天来也可以。想见你是因为我下周二要离开。我要被派到罗马去了。”

“去罗马？多长时间？”

“信上说，要待到复活节之后。信是梵蒂冈寄来的。我本该马上让你知道的，但一直忙于处理神学院的事，忙于安排迎接新院长。”

“但是，神父，你肯定不会放弃神学院吧？”

“恐怕只能这样了；但我至少会回比萨来待上一段时间的。”

“可你为什么要放弃它呢？”

“唔，这事还没有正式宣布，但我升任主教了。”

“神父！哪里的主教？”

“我去罗马就为此事。我是去亚平宁山区任主教，还是留在这里当副主教，现在还没有决定。”

“新院长人选已经确定了吗？”

“卡尔迪神父已被提名为院长，明天就会到达这里。”

“那不是太突然了吗？”

“是的，但是——梵蒂冈的决定有时要到最后时刻才公布。”

“你认识新院长吗？”

“没什么私交，但他口碑很好。以写作见长的贝罗尼先生说，他是个学识渊博的人。”

“神学院的人会非常想念你的。”

“神学院的人我说不准，但我肯定你会想念我，亲爱的［意大利语］。也许和我想念你一样。”

“我确实会的，但我也为此感到很高兴。”

“是吗？我倒没觉得高兴。”他坐在桌子旁边，一脸疲态，一点不像渴望升迁的男人的模样。

“你今天下午忙吗，亚瑟？”过了一会儿他说道，“如果不忙，我希望你和我一起待一会儿，因为你今晚不能来。我想我心情不太好，我希望在离开之前尽量多看你几眼。”

“好的，我可以待一会儿。我六点钟走。”

“去开会？”

亚瑟点了点头，蒙塔内利赶紧转换话题。

“我想和你谈谈你自己，”他说，“我不在的时候，你需要另找一位忏悔神父。”

“你回来的时候，我还可以继续向你忏悔，这不可以吗？”

“亲爱的孩子，你怎么这样问？我是告诉你我只离开三四个月。愿意去圣卡特琳娜教堂找一位神父吗？”

“好的。”

他们又谈了一会儿别的事情，亚瑟就站起身来。

“我必须走了，神父。那些同学等着我呢。”

蒙塔内利又露出一脸憔悴的神态。

“已经在等了？你差一点驱走我的黑暗心情。好吧，再见。”

“再见。我明天一定来。”

“尽量早点来，这样我才会有时间和你单独见面。卡尔迪神父要来的。亚瑟，我亲爱的孩子，我走了你一定要小心，切不可被人误导草率行事，至少在我回来之前要这样。你不知道，要离开你我有多么焦虑。”

“没必要焦虑，神父。一切都很平静。焦虑的事还早着呢。”

“再见。”蒙塔内利出其不意地说道，然后便低头去写他的东西。

亚瑟走进学生们经常举行小型聚会的那间屋子时，第一眼看见的是他儿时的玩伴，华伦医生的女儿。她坐在靠窗的角落里，正专心致志地认真聆听一个“发起者”对她讲着什么。那是一个高个子伦巴第人，穿着一件破旧的外套。过去几个月里，她发生了很大变化，发育了许多。她现在看上去像一个成熟的年轻女子，尽管身后仍旧垂着一条粗黑的大辫子，依然穿着女子学校的校服。

她一身黑色打扮，头上裹一条黑色的围巾。因为透风，屋子里很冷。她胸前别着一截柏树枝，那是青年意大利党的党徽。发起者正充满激情地向她讲述卡布里亚农民的苦难，她静静地坐在那里，一手托着下巴，眼睛望着地面。在亚瑟看来，她就像一个忧郁的自由女神，正在哀悼失去的共和国。（朱莉娅只会把她看作一个发育过快的淘气女孩，脸色蜡黄，长着一只不规则的鼻子，那件老式面料的连衣裙穿在她身上太短了。）

“吉姆，你也在这儿呀！”他说。当那个发起者被叫到房间另一头的时候，他走到她跟前。“吉姆”是她受洗时取的教名，听起来很奇怪。她的意大利同学们都叫她“吉玛”。

她吓了一跳，抬起头来。

“亚瑟！啊，没想到你——你也属于这里！”

“我也没想到你在这儿。吉玛，你是什么时候——？”

“你不明白！”她迅速插话道，“我不是这里的成员。只是因为我做了一两件小事。你瞧，我碰到了比尼——你认识卡洛·比尼吗？”

“是的，当然认识。”比尼是里窝那支部的负责人，意大利青年党人全都认识他。

“嗯，他开始跟我谈起这些事情，我就让他带我去参加了一次学生会议。有一天他写信叫我去佛罗伦萨——你知道我在佛罗伦萨过圣诞节的事吗？”

“我现在很少收到家信了。”

“噢，是的！总之，我去了就住在莱特姐妹的家里。（莱特姐妹是她以前的同学，后来迁居佛罗伦萨。）后来比尼就叫我途经比萨回家，所以我才能来到这里。噢！他们马上要开始了。”

演讲的内容是关于理想共和国和青年为实现共和国应承担的责任。演讲者对演讲的主题理解得不太清楚，但亚瑟仍然衷心钦佩地倾听着。很奇怪，他的脑子在这段时间毫无批判能力。接受一种道德理念，他囫囵吞枣地全部接受；丝毫不停下来想一想，自己是否消化得了。演讲和随后的冗长讨论结束了。学生们开始纷纷离去时，他朝吉玛走去，后者仍然坐在房间的那个角落里。

“让我来送你吧，吉姆。你住在哪里？”

“和玛丽埃塔住一起。”

“你父亲那位老管家？”

“是的，她家离这儿挺远的。”

两人静静走了一会儿。亚瑟突然说道：“你现在十七岁了，是吗？”

“我十月份就满十七了。”

“我以前就知道，你长大后和其他女孩子不一样，不会只想着去参加舞会之类的事情。吉姆，亲爱的，我以前老在想，你会不会成为我们当中的一员。”

“我也经常这样想。”

"你说你为比尼做事，我以前不知道你认识他。"

"不是为比尼做事，是为另外一个人。"

"另外哪一个？"

"今晚和我谈话的那个人——博拉。"

"你和他很熟吗？"亚瑟的话语中带有一丝妒意。博拉是个令他头疼的人。两人曾就完成一项任务展开竞争，最后，青年意大利党委员会把任务给了博拉，理由是亚瑟太年轻，缺乏经验。

"我非常了解他，也很喜欢他。他一直住在里窝那。"

"我知道，他是十一月去那里的。"

"因为汽船方面的原因。亚瑟，难道你不认为，从事这项工作，你们家比我们家更安全吗？没人会怀疑像你们那样经营航运的富裕家庭，而且你认识码头上的每一个人——"

"嘘！别这么大声，亲爱的！这么说，从马赛运来的那些书都藏在你家里？"

"只藏一天。噢！也许我不应该告诉你。"

"为什么不？你知道我是组织中的人。吉玛，亲爱的，在这个世界上，再没有什么东西比你们——你和神父加入我们组织更让我开心了。"

"你的神父！他肯定——"

"不，他的看法是不同。但我有时幻想——我的意思是我希望——我也不知道该怎么说——"

"他可是一位牧师呀，亚瑟！"

"那又有什么关系？我们组织中就有牧师——有两个还在为报社写文章。有啥不可以的？僧侣的使命是引领这个世界迈向更高的理想和目标。我们这个组织还想做点别的什么吗？不管怎么说，这不仅仅是个政治问题，更是个宗教问题，道德问题。如果人民都配做自由和负责任的公民，就没人能够继续奴役他们。"

吉玛皱了皱眉头。"亚瑟，在我看来，"她说道，"你的逻辑有点混乱。牧师讲授的是宗教教义。我看不出那和驱逐奥地利人有什么关系。"

"牧师是教授基督精神的老师。在所有革命者中，最伟大的革命者是基督。"

“你知道吗，有一天我和我爸谈起牧师，他说——”

“吉玛，你爸是新教徒。”

稍微停顿片刻之后，她真诚地上下打量起他来。

“听我说，我们最好别再提这一话题了。一说起新教徒，你就毫无容人之心。”

“我不是有意不容人。但是我认为，新教徒谈论起牧师的时候，才是普遍毫无容人之心。”

“大概是吧。不管怎样，我们经常为这件事情争吵，现在不必再重新争吵了吧。你认为演讲怎么样？”

“我非常喜欢——特别是结尾部分。令我高兴的是，他着重强调了实现共和国的现实必要性，而不是停留在幻想之中。就像基督所说的那样：‘天国在你心中。’”

“我不喜欢的正是那一部分。他过多地谈论我们应该思考和感知的美好事物，实际上却没有告诉我们应该怎么做。”

“危急时刻来临时，我们许多人都会采取行动。但我们必须要耐心，伟大的变化不是在一天之内成就的。”

“做成一件事所需时间越长，就越应该开始立即去做。你谈到了配得到自由——你知道还有谁比你母亲更配得到自由吗？难道她不是你所见过的最完美的天使一样的女性？她的善良起什么作用？她到死还是个奴隶——受尽你哥哥和嫂嫂的欺凌和惊扰。假如她不是那样甜美和逆来顺受，她或许还会好一些，他们就不会那样对待她。意大利也是这样。她需要的不是耐心——她需要有人挺身而出，来保卫他们自己——”

“吉姆，亲爱的，如果愤怒和激情能够拯救意大利，她早就获得自由了。她需要的不是仇恨，而是爱。”

说这话的时候，他突然面现赧色，但随即便消失了。吉玛并没有看见；她此时正眉头锁紧，紧闭双唇，凝视着前方。

“亚瑟，你认为我说错了，”她停顿了片刻之后说，“但我是对的，有朝一日你会见证我说的话。就是这家了，你要进去吗？”

“不了，太晚了。亲爱的，晚安！”

他站在门槛上，用双手紧握住她的手。

"为了上帝和人民——"

她缓慢而又庄重地接上了那句没有说完的箴言："矢志不渝。"

然后她抽回手跑进了房间。在她关上身后的大门时，他弯腰捡起从她胸前掉下来的那截柏树枝。

第四章

回住处的路上，亚瑟觉得自己好像长了翅膀一样。他心花怒放，心中没有一丝愁云。这次聚会上，有人暗示要准备进行武装起义。吉玛现在成了自己的同志，而他深爱着她。为了那个即将建立的共和国，他们可以在一起工作，甚至有可能一起赴死。希望之花绽放的时候终于到来，神父会目睹并相信这一切的。

但是，第二天早晨醒来的时候，他头脑更加清醒了。他想起吉玛要去里窝那，神父要去罗马。一月、二月、三月——离复活节还有三个月！如果吉玛回家受到"新教徒"的影响（在亚瑟的词汇表里，"新教徒"就代表着"俗气之人"）——不，吉玛永远不会去学调情和傻笑，不会像里窝那的那些英国女孩子那样，去勾引游客和秃头的船主。她和那些女孩子天生就不一样。可是她也许会很痛苦，她那么年轻，那么无依无靠，在那些木头人当中是那么的孤独。要是母亲还活着——

那天晚上，他去了神学院，发现蒙塔内利正在款待新来的院长，看上去既疲惫又无趣。蒙塔内利没有像往常一样，一看见亚瑟就开心起来，他的脸色反而变得更加阴郁。

"这就是我跟你谈起过的那个学生，"他说，介绍亚瑟的语气有点生硬，"如果你允许他继续使用图书馆，我将感激不尽。"

卡尔迪神父是个慈眉善目的老年牧师，他立即同亚瑟谈论起萨皮恩扎[1]来。他谈得轻松自如，说明他非常熟悉大学生活。话题很快转到大学校规的讨论上来，这是当时的热门问题。新院长强烈反对大学当局经常采用限制措施的习惯，说那些措施既无道理又令人烦恼，只会加重学生的焦虑，这让亚瑟十分高兴。

“在引导年轻人方面，我是有丰富经验的，”他说，“我有一条原则：没有充足的理由，就绝不要禁止任何东西。如果适当考虑他们的要求，尊重他们的人格，并让他们感觉得到这些，就很少有人会找麻烦。但是，如果你在骑马时不停地猛拉马缰绳，就是最温顺的马也会尥蹶子。”

亚瑟瞪大了双眼。他没有料到，自己会听见新院长为学生事业进行辩护。蒙塔内利没有参与讨论，他对这一话题显然不感兴趣，他脸上流露出难以言表的绝望和厌倦表情，所以卡尔迪神父突然中断了讨论。

“恐怕我让你过于劳累了，神父。请你原谅我话多。一说起这个话题我就激动，忘了别人会感到厌倦。”

“正相反，我非常感兴趣。”蒙塔内利没有千篇一律的客套，他的语气让亚瑟听起来非常不安。

卡尔迪神父回自己房间后，蒙塔内利转身朝着亚瑟，他脸上一整晚都带着顾虑和沉思的神情。

“亚瑟，我亲爱的孩子，”他开始慢慢说道，“我有话要告诉你。”

“他一定是得到了什么坏消息。”亚瑟不安地望着那张憔悴的面容，心里闪过这一念头。

接下来是一段长时间的沉默。

“你觉得新院长怎么样？”蒙塔内利突然问道。

这问题过于出乎意料，亚瑟一时竟不知该如何回答。

“我——我很喜欢他，我认为——至少——不，我还不是很确定我喜欢他。在见过一面之后，这真的很难说。”

蒙塔内利坐在那里，用手轻轻敲打座椅扶手，这是他感到焦虑或迷茫时的一个习惯性动作。

---

① 萨皮恩扎：罗马的第一所大学，也是欧洲最大的大学，由教宗博尼费斯世建成于1303年。

“关于这一次罗马之行，”他再次开口说话，“如果你认为有什么——唔——如果你希望这样的话，亚瑟，我可以写信告诉他们，我不去了。”

“神父！可梵蒂冈那边——”

“梵蒂冈会另找人代替。我可以写信致歉的。”

“可这是为什么？我不明白。”

蒙塔内利用手擦了擦额头。

“我是担心你。我的脑子里不断涌入各种念头——毕竟，我没必要一定去——”

“可是主教位置——”

“噢，亚瑟，那对我有什么好处，如果我获得主教位置却要失去——”

他突然停住不说了。亚瑟从未见过他这样，心里感到十分不安。

“我不明白，”他说，“神父，如果你能更多、更具体地解释的话，你究竟是怎么想的——”

“我什么都没想。我有一种挥之不去可怕的念头。告诉我，是不是有什么特别的危险？”

“他听到什么了。”亚瑟想起了人们对将要举行起义的各种谣传。但是自己可不能泄露秘密，于是他轻描淡写地问道：“会有什么特别的危险呢？”

“别问我——回答我的问题！”情急之下，蒙塔内利的说话声有些严厉，“你有危险吗？我不想知道你们的秘密，我只要你回答这个问题！”

“我们都在上帝的掌握之中，神父，随时可能发生任何事情。但是，等你回来时，我没理由不安然无恙的。”

“等我回来时——听着，亲爱的，这件事由你来决定：不要对我讲任何理由，只消对我说‘留下来’，我就会放弃这次旅行。不会有人为此受到伤害。你在我身边，我才感觉到你是安全的。”

相对于蒙塔内利的性格，如此病态的反应十分罕见，亚瑟不由焦虑严肃地望着他。

“神父，我断定你身体不好。你当然应该去罗马，想法彻底休息一番，治好失眠头痛的毛病。”

“那好吧，”蒙塔内利打断他说话，仿佛厌倦了这个话题，“我明天早晨乘坐早班车出发。”

亚瑟满心狐疑地望着他。

“你还有话要告诉我吗？”他问道。

“没，没有，没有什么——没有什么要紧事。”他脸上露出一种惊愕的、几乎是惊惧的表情。

蒙塔内利离开几天之后，亚瑟去神学院图书馆借书，在楼梯上遇到了卡尔迪神父。

“啊，伯顿先生！”院长大声说道，“我正找你呢。请进屋吧，请帮我解决一个难题。”

他打开书房门，亚瑟跟随他走进书房。他心里不由暗自产生了一种愚蠢的怨恨感。眼见一个陌生人闯入神父这间亲切的私人密室，他心里一时难以接受。

“我是个可怕的书虫，”院长说，“我来到这里所做的第一件事就是检查图书馆。这似乎非常有趣，可是我搞不懂书目是怎么分类的。”

“图书目录并不完整，最近新增添了不少好书。”

“你能不能花半小时向我解释一下图书的编目方法？”

他们走进图书馆。亚瑟仔细地向他讲解书目编排方法。当他站起身去拿自己的帽子时，院长哈哈大笑着阻止了他。

“不，不！我可不能让你就这样匆匆离开。今天是周六，你下周一上午才上课，有的是时间。既然已经耽搁你这么久，不如留下来和我一道吃晚饭。我一个人很孤独，喜欢有人做伴。”

他举止开朗，和蔼可亲，亚瑟和他在一起立即感到不再拘束了。

两人天南地北地聊了一阵之后，院长问他认识蒙塔内利多久了。

“大约七年。他从中国回来，那年我十二岁。”

“噢，对了！他是在中国获得传教士声誉的。从那以后，你就成了他的学生？”

“他在一年以后才开始教我，大约是在我第一次向他忏悔的时候。我入读萨皮恩扎大学以后，他继续帮助我学习正规课程之外的所有东西。他对我很好——你想象不到有多好。”

“我非常相信这一点，他是个令所有人钦佩的人——一个非常高贵和优秀的人。我碰到过和他一起去中国的传教士。对他在各种艰苦环境中表现出的精力、勇气和不懈的奉献精神，他们都赞不绝口。在年轻时得到这样一个人的帮助和指引，你算是走运的。我从他那里得知你父母都去世了。”

“是的。我很小的时候父亲就去世了，母亲一年前也走了。”

“你有兄弟姊妹吗？”

“没有，只有同父异母的两个哥哥；但在我年幼的时候，他们就已经是商人了。”

“你的童年一定过得很孤独，也许正因如此你才更加珍惜蒙塔内利教士的仁慈。顺便问一声，他不在的时候，你有没有选一个忏悔神父？”

“我曾经想去圣卡塔林纳找一个，如果他们那里忏悔的人不多的话。”

“你愿意向我忏悔吗？”

亚瑟惊奇地睁大了双眼。

“尊敬的神父，我当然——应该很高兴，只是——”

“只是因为神学院院长通常不接受世俗忏悔者吗？那的确是实情。但我知道蒙塔内利教士对你十分感兴趣，而且我想他是在为你焦虑——就如同我要离开一个最喜欢的学生时也会焦虑一样——他得知你受到他同事的精神指引，会很高兴的。而且，老实对你说，我的孩子，我很喜欢你，乐于给予你我所能做到的一切帮助。”

“如果你这样说的话，我当然会非常感激你对我的指引。”

“那你下个月来找我？就那样吧。我的小伙子，只要晚上有空，你就赶紧跑着来见我吧。”

……

复活节前不久，蒙塔内利担任布里西盖拉主教的任命正式公布了，布里西盖拉位于亚平宁山脉的伊特鲁里亚。蒙塔内利怀着喜悦而又平静的心情，从罗马给亚瑟写信；显然，他已经摆脱了抑郁情绪。“你每个假期一定要来看我，”他写道，“我也会经常回比萨，因此希望能够与你多见几面，尽管可能不如我希望的那样多。”

华伦医生已经邀请亚瑟与他和孩子们一道共度复活节，这样他就不必待在那个硕鼠横行而又沉闷乏味的老家里了，朱莉娅现在是那里的主宰。信里还夹着一张便条，便条上面是吉玛充满孩子气的潦草字迹，写得歪歪扭扭的，求他在可能的情况下去一趟，“因为我有话要和你说”。更加令人鼓舞的是大学同学相互之间的秘密串联，人人都在为复活节之后的“大事情”做准备。

这一切使亚瑟陷入到一种热烈的期冀状态。在这样的状态中，学生之间相互暗示的种种几近疯狂的不可能之事，在他看来似乎也是自然而然的事情，能够在两个月后实现。

他安排在受难周的星期四回家，先在那里度过假期的头几天。这样，拜访华伦一家人的快乐和见到吉玛时的喜悦，就不会影响他参加庄重的宗教静思活动，教会要求所有教徒在这一季节这样做。他给吉玛写信，许诺在复活节星期一去她家，然后在星期三晚上怀着一颗安宁的灵魂回到自己的卧室。

他在十字架前跪了下来。卡尔迪神父早上已经答应接待他；因此，对于复活节圣餐之前的最后一次忏悔，他必须认真地准备一份较长而且真诚的祷告词。他紧握双手低头跪在那里，回顾这一个月的经历，历数自己急躁、粗心大意、性子急等小罪过，说这些罪过在他洁白的灵魂上已经留下了细微的污点。除了这些，他再也找不到什么罪过。这个月他过得太愉快，所以没犯下多少罪过。他在胸前画了十字，站起身来，开始脱衣服。

解开衬衫的时候，一页纸从衬衫里滑落出来，飘向地面。是吉玛的来信，他一整天都把信揣在胸前。他捡起信，把它展开，热烈地亲吻上面那十分亲切的潦草字迹，接着又把信折叠起来，依稀意识到自己做了件很荒唐的事。正在这时，他注意到了信纸背面先前没有读到的附言。“务必尽快来，”附言写道，“因为我想让你见一见博拉。他一直住在这里，我们每天都在一起读书。”

亚瑟读到这里时，只觉一股热流直冲脑门。

总和博拉在一起？博拉在里窝那做了些什么？为什么吉玛总是和他一道读书？难道他凭借走私把吉玛迷住了？在一月的聚会上，很容易就看出他爱上了吉玛，所以他才对宣传工作如此热心。现在，他接近了她——每天和她一起读书。

亚瑟突然把那张信纸往旁边一扔，又一次跪倒在十字架前。这就是准备接受宽恕的灵魂，就是准备参加复活节圣餐的灵魂——就是要与上帝、自己和全世界和谐共处的灵魂！这个灵魂对自己的同志充满了肮脏的妒忌和猜疑，充满了自私的敌意和狭隘的仇恨！他用双手捂住脸，羞愧难当。五分钟以前，他还在梦想着殉难牺牲；现在，他已经在对自己的卑劣想法感到愧疚难过了！

星期四早上他走进神学院礼拜堂时，发现只有卡尔迪神父一个人在那里。他先背诵了一遍悔罪的经文，然后立即进入了头天晚上的"堕落"话题。

"我的神父，我指责自己犯了妒忌和愤怒的罪过，犯了对与我无害之人胡乱猜想的罪过。"

卡尔迪神父心里很清楚，自己要应对一个什么样的忏悔者。他只是轻声说：

"你还没告诉我是什么事，我的孩子。"

"神父，我对他起了异教邪念的那个人，是我注定要爱戴和尊崇的人。"

"跟你有血缘关系的人吗？"

"比血缘关系更亲。"

"我的孩子，那是什么关系？"

"志同道合的关系。"

"在哪方面志同道合？"

"在一项伟大崇高的事业方面。"

短暂的沉默。

"你对这位——同志的愤怒，你对他的妒忌，是因为他在这项事业中取得了比你更大的成就引起的吗？"

"我——是的，这是一部分原因。我妒忌他的经验——他所起的作用。于是——我就想——我就担心——他会夺走我心——爱的女孩的心。"

"你爱的这个女孩，她可是神教中人？"

"不，她是个新教徒。"

"是个异教徒？"

亚瑟十分不安地紧握着双手。“是的，是个异教徒，”他重复道，“我们在一起长大，我们的母亲是朋友——而我——妒忌他，因为我发现他也爱她，还因为——因为——”

“我的孩子，”卡尔迪神父沉默了一会儿，然后缓慢而又严肃地说，“你还是没有把一切告诉我，你灵魂里的东西远不止此。”

“神父，我——”他支支吾吾，欲言又止。

牧师静静地等待着。

“我妒忌他是因为组织——青年意大利党——我是其成员——”

“是吗？”

“把我希望得到的一项任务交给了他——我曾自以为会给我——我特别适合。”

“什么任务？”

“运进书籍——政治书籍——从运载书籍的汽船上——然后——在城里找一个地方藏起来。”

“这项任务党安排给了你的对手？”

“给了博拉——我妒忌他。”

“他没有什么理由使你产生这种感觉？你并不指责他忽视委托于他的使命吗？”

“不，神父，他工作勇敢忠诚，是个真正的爱国者；他从我这里得到的只有热爱和尊敬。”

卡尔迪神父陷入了沉思。

“我的孩子，如果你心中燃起新的光明，如果你心中有一个为同胞完成伟大任务的梦想，有一个为劳苦大众减轻负担的希望，要留意自己如何处理上帝赐予的最珍贵祝福。所有美好的事物都是上帝的恩赐，新生也是他赐予的。如果你找到了献身的途径，那条通往和平的道路；如果你加入了充满爱心的同志，去拯救偷偷哭泣和哀伤的人们，那么，一定要让自己的灵魂远离妒忌和激情，要让自己的心灵像一座永远燃烧着圣火的圣坛。记住，这是一件崇高而圣洁的事业，接受这件事业的心灵必须纯洁，远离任何私心杂念。这是一个牧师的天职，它不是为了女性的爱情，也不是为了转瞬即逝的欢情时刻，它是为了上帝，为了人民。它是持之以恒的。”

“啊！”亚瑟吓了一跳，双手紧握；听到这句箴言他几乎是啜泣着脱口而出：“神父，你以教会的名义支持我们！基督站在我们这一边——”

“我的孩子，”牧师表情凝重地回答道，“基督将货币交换者逐出了圣殿，因为上帝的宫殿应该称作祈祷者的宫殿，而他们却将它变成了贼窝。”

经过一阵长时间的沉默后，亚瑟颤抖着低声说道：“赶走他们之后，意大利将成为上帝的圣殿——”

他不再说话，就听到了那个温和的回答声：“主说‘大地和地上的一切都属于我’。”

第五章

那天下午，亚瑟觉得有必要多走一段路。他把行李托付给一个同学，然后走路回里窝那。

空气很潮湿，天空乌云滚滚，然而却并不寒冷。在他看来，一望无际的原野似乎显得比以前更加美丽。脚下的湿草柔软而有弹性，路边的野春花露出羞怯而好奇的目光，使他感到心旷神怡。在一小片树林边的刺槐丛里，有一只鸟儿正在做窝。在当他走过时，鸟儿发出一声惊叫，拍打着褐色的翅膀飞走了。

因为这是耶稣受难日[①]前夕，他努力使自己的思想集中在与之相应的沉思打坐中。可是，对蒙塔内利和吉玛的思念又不停地冒出来打扰这一虔诚作业，使得他最终放弃努力，任自己的想象信马由缰，在即将到来的起义所产生的种种奇迹和辉煌之间，在他为自己的两个崇拜者分配的角色之间游弋。神父是领袖、使徒和先知。面对他神圣的愤怒，黑暗势力将会逃之夭夭；捍卫自由的青年将会匍匐在他的脚下，温习古老的信条，从他们崭

① Good Friday：耶稣受难日，复活节前的星期五。

新的、无法想象的角度去重新认识古老的真理。

还有吉玛？啊，吉玛将会参加街垒战斗。她是用塑造女英雄的泥土制作而成的，[1] 她会是完美的革命同志，是洁白无瑕和毫不畏惧的少女，她令许多诗人魂牵梦绕。她将和他并肩战斗，在死亡风暴的翅膀下放声大笑；他们会死在一起，也许会死在胜利之时——毫无疑问会取得胜利的。至于自己对她的爱，他会对她只字不提。凡是有可能打扰她内心安宁、破坏他们之间同志友谊式宁静感觉的话，他都不会说出来。对他来说，她是一件圣物，是一尘不染的殉道者，是为了拯救人民作为祭品被送上燃烧着熊熊烈火的祭坛的。自己算个什么东西，怎么会进入这个只知道热爱上帝和意大利的洁白灵魂的圣殿？

上帝和意大利——当他走进“宫殿街”那栋沉闷的大宅子时，心情仿佛一下子从云端跌落到了地上。朱莉娅的男管家在楼梯上遇到了他，他还是那样衣着整洁，沉着镇定，彬彬有礼却又不卑不亢。

“晚上好，吉本斯，我的俩哥哥在吗？”

“托马斯先生在家，先生，伯顿夫人也在。他们都在客厅里。”

亚瑟走进屋子，心里立即产生了一种压抑、麻木的感觉。这是一栋多么沉闷的住宅呀！生活的滚滚洪流似乎已绕开它远去了，它总是处于高水位线之上。里面的东西没有任何变化——里面的人没有变化，墙上的全家福照片、笨重的家具、丑陋的餐盘、庸俗的财富炫耀和一切死气沉沉的东西，都没有任何变化。就连摆放在铜架之上的花儿，看上去也像是手绘出来的金属花，即使在和煦温暖的春天里，也不知萌动在体内的青春汁液为何物。朱莉娅穿着去赴宴时才穿的盛装，在客厅里等待客人。对她来说，客厅就是她的生活中心。她也许在等待一个像她一样的时尚达人。她脸上带着木讷的笑容，头上盘着淡黄色的发卷，膝上趴着一条哈巴狗。

“你好，亚瑟。”她语气很生硬，伸出手指象征性地跟他握了一下，随即又去抚弄那条与她更加意气相投的哈巴狗身上丝绸般光滑的皮毛。“希望你一切都好，在大学里取得令人满意的成绩。”

---

① “她是……的泥土制作而成的”：语出《旧约·圣经》第二篇“伊甸乐园”，耶和华上帝按自己的形象用地上的泥土造人，并用其生气吹入人的鼻孔，使其成为活人。

亚瑟含含糊糊地咕哝了一句当时能想起来的司空见惯的话，接着又陷入到忐忑不安的沉默之中。詹姆斯在一个老年航运经济人的陪同下，带着狂妄自大的神气走了进来。他们的到来也没有使气氛稍好一点。当吉本斯宣布开饭时，亚瑟站起身来，稍稍舒了一口气。

“我不想吃饭，朱莉娅。如果你不介意的话，我就回房间去了。”

“你斋戒执行得过于严厉了，我的孩子，”托马斯说，“照这样下去的话，我肯定你会生病的。”

“噢，不会的！晚安。”

亚瑟在走廊里遇到一个打下手的女仆，叫她在早晨六点钟来敲门叫醒他。

“少爷要去教堂吗？”

“是的。晚安，特丽莎。”

他走进自己的房间。这个房间曾经是他母亲的，窗户对面的壁龛在她长期生病期间被改装成了祈祷室。祭坛中央的黑色基座上有一个巨大的十字架，十字架前面悬挂着一盏罗马式小吊灯。她就是在这间屋子里去世的。床边的墙上还挂着她的肖像，桌子上放着她使用过的磁盅，磁盅里面放着一大束她最喜欢的玫瑰花。她去世才刚好一年，那些意大利仆人们还没有忘记她。

他从旅行箱里拿出一个精心包裹着的相框。相框里夹着蒙塔内利的蜡笔画像，是几天前才从罗马寄来的。就在他解开这件珍贵的宝物时，朱莉娅的男仆送来了一盘晚餐。在苛刻的新女主人到来之前，家里的意大利老厨娘曾经伺候过格拉迪丝。她在盘子里放了一些精美的小吃，她以为亲爱的少爷会允许自己吃下这些东西，又不违反教规。亚瑟只拿了一块面包，其他的全都拒绝了。那位男仆是吉本斯的侄子，最近才从英格兰来到这里。在端走托盘时，他意味深长地咧嘴笑了。他已经加入到仆人中的新教徒阵营。

亚瑟走近神龛，在十字架前跪下，尽力将自己的心情调整到适合祈祷和默念的状态。可是，他发现这很难做到。正如托马斯所说，他四旬斋戒执行得过于严厉，像是喝了烈性酒一样头晕目眩。一阵微微战栗的兴奋感自上而下穿过他的背脊，眼前的十字架就像在缥缈的云雾里晃荡。经过长时间祷告和许多次机械重复之后，他才想起自己曾神思恍惚地幻想赎罪之谜。最后，纯碎的身体疲乏战胜了神经狂躁，他心平气和地躺下来睡觉，远离了所有焦虑和不安的想法。

他在熟睡中被一阵急促而不耐烦的敲门声惊醒了。“啊，特丽莎！”他心中这样想着，懒懒地翻了个身。敲门声再次响起，他猛的一激灵，完全醒了。

“少爷！少爷！”一个男人用意大利语大声喊道，“看在上帝分上，快起来！”

亚瑟从床上一跃而起。

“出了什么事？你是谁呀？”

“是我，吉安·巴蒂斯塔。看在圣玛利亚面上，赶快起来！”

亚瑟赶紧穿好衣服打开门。他疑惑地看着马车夫那副惨白惊恐的面容，听到走廊上传来的阵阵脚步声和铿锵之声，他突然明白这是怎么回事了。

“是冲我来的吗？”他镇静地问道。

“就是冲你来的。哎，少爷，赶快！你有什么东西要藏吗？瞧，我可以把——”

“我没什么可藏的。我哥哥知道了吗？”

第一个身穿警服的人出现在过道的另一头。

“先生已经被叫起来了，全屋子的人都醒了。唉！真是不幸——飞来横祸呀！还是在耶稣受难日！圣明的神灵呀，行行好吧！”

吉安·巴蒂斯塔泪流满面。亚瑟往前走了几步，去迎迈着咔嗒咔嗒的整齐步伐走来的宪兵。宪兵身后跟着一群瑟瑟发抖的仆人，他们身上穿着各种临时穿上的衣服。当宪兵将亚瑟团团围住的时候，这栋住宅的男、女主人出现在这一队奇异的人群身后。男主人身穿睡衣，脚蹬拖鞋；女主人身穿一件长睡袍，头上扎着满头的卷发纸。

“肯定是又发大洪水了，这些雌雄成对的情侣们正奔向诺亚方舟[①]！

---

① 语出《圣经·旧约》第五章“诺亚方舟”。耶和华上帝对诺亚说：“各种动物，不论是飞禽走兽，还是爬虫，每种雌雄一对将它们领入方舟，保存其性命。”

瞧，又来了一对奇形怪状的野兽！”

亚瑟看着这些奇形怪状的人，心里突然闪过这样一句“引用语”。他强忍住没有笑出声来，觉得与当前情景极不协调——现在是该想大事的时候。“天后圣母玛利亚！”他嘴里低声念着，将目光转向别处，免得朱莉娅头上不停晃动的卷发纸会诱惑他产生轻浮的念头。

“请给我解释一下，”伯顿先生走近那位宪兵军官说道，“这样野蛮地闯入私人住宅是什么意思？我警告你，如果你不准备给我一个令人满意的解释，我一定会向英国大使投诉。”

“我相信，”那位军官语气生硬地说，“你会认可这是一个充分的解释，英国大使当然也会这样想。”他拿出一张对哲学系学生亚瑟·伯顿的逮捕令，递给詹姆斯，接着冷漠地说：“如果你还想要更进一步的解释，你最好亲自去找警察局长。”

朱莉娅从丈夫手里一把夺过那张纸，浏览了一下，便朝亚瑟扔去，俨然一副时髦女士勃然大怒的样子。

“这么说是你让一家人蒙羞了！”她尖叫道，“这下可让镇上那帮乌合之众瞪着大小眼睛看好戏了！你那么虔诚，没想到现在也变成了一个囚犯！我们早该料到，那个天主教女人养的孩子——”

“你不可以对囚犯说外语，太太。”宪兵军官插话道。可是，他的抗议几乎被朱莉娅一通连珠炮似的大声嚷出的英语给完全淹没了。

“果然不出我们所料！表面上又禁食，又祈祷，又神圣打坐，背地里干的却是这样的事情！我早就知道会是这样的结果。”

华伦医生曾经把朱莉娅比作厨师倒了一瓶醋在内的沙拉。她那刻薄刺耳的声音使得亚瑟忍无可忍，脑子里就突然想起了那个比喻。

“现在说这种话没有一点用处，”他说，“你不必害怕受到任何牵连，人人都知道这与你无关。先生们，我猜你们想搜查我的东西，我没有藏任何东西。”

宪兵在他的房间里搜寻，翻读他的信件，检查他的大学证件，在房间里翻箱倒柜。亚瑟则坐在床边等着，因为激动有一点脸红，但一点都不紧张。他不怕宪兵的搜查。凡是有可能危及别人的信件，他都已经烧毁了。除了几页带有半革命、半神秘色彩的诗稿和两三期《青年意大利》报之外，宪兵们折腾半天也没有再找到任何东西。朱莉娅不愿离开，好长时间后，才在妹夫的苦苦恳求下，回房上床睡觉。在经过亚瑟身边时，她向他投去极度蔑视的目光，詹姆斯则唯唯诺诺地跟在她身后。

他们离开房间之后，先前一直在来回踱步的托马斯，现在尽量装作若无其事的样子，他走近宪兵军官，请求允许与犯人说话。在得到对方点头同意之后，他走到亚瑟身前，用相当沙哑的嗓子说道：

"我说，这是一件非常糟糕的事情。我很遗憾。"

亚瑟抬起头来，脸上像夏日的清晨一样安详。"你对我一直很好，"他说，"没有什么可遗憾的。我会安然无恙的。"

"听我说，亚瑟！"托马斯使劲地一捋胡子，一摆头提出了一个令人尴尬的问题，"这一切——是与钱——有关吗？因为，如果是的话，我——"

"与钱有关？呵，没有！怎么可能与——"

"那么就是政治上的愚蠢举动了？我想应该是的。嗯，别垂头丧气——别介意朱莉娅说的那些话。她那张嘴就是令人讨厌。如果你需要帮助——比如金钱或别的什么东西—— 一定要告诉我，好吗？"

亚瑟默默地伸出自己的手，托马斯装出一副漠不关心的表情离开了房间，这使他的脸显得比任何时候都更冷漠。

这时，宪兵们也已经结束了搜查，领头的宪兵军官要求亚瑟穿上外衣。他立即服从，转身离开房间，接着又突然犹豫起来。当着这些军官的面，他似乎很难向母亲的私人礼拜堂告别。

"你们不介意离开房间一会儿吧？"他问道，"你瞧我不可能逃跑的，也无处可藏。"

"很抱歉，但我们不可以离开囚犯的。"

"好吧，这倒没什么。"

他走进壁龛，跪在地上，亲吻那耶稣受难像的双腿和基座，轻轻念道：

"主啊，让我至死不渝吧。"

当他站起身来时，那位宪兵军官已经站在桌旁，正在仔细端详蒙塔内利的照片。"这是你亲戚吗？"他问道。

"不，那是我的忏悔神父，布里西盖拉的新主教。"

那些意大利仆人们都在楼梯上焦虑而又伤心地等着。他们都爱着亚瑟和他的母亲，因为亚瑟和他母亲都是好人。他们一下子拥到他的身边，怀着深切的悲伤亲吻他的双手和衣服。吉安·巴蒂斯塔站在他的身边，眼泪沿着他灰白的胡子汩汩往下流。伯顿一家人没有一个前来为他送行。他们的冷漠更加凸显出仆人们的亲切和同情。当亚瑟紧握着向他伸来的一只只手时，他差一点就失声痛哭起来。

“再见，吉安·巴蒂斯塔。替我亲亲你家里的小家伙们。再见，特丽莎。你们大家为我祈祷吧。上帝保佑你们！再见，再见！”

他匆忙跑下楼梯来到前门。片刻之后，就仅剩下一小群默不作声的男人和啜泣的女人站在门阶上，望着马车飞驰而去。

第六章

亚瑟被带到海港入口处那座巨大的中世纪城堡里。他发现监狱里的生活是完全可以忍受的。关他的单间小号又黑又潮湿，但他是在威盛·波拉街的一个地方长大的，对他来说，闷人的气味、老鼠和恶臭味都不是什么新鲜玩意。食物也是又差又少，但詹姆斯很快获准从家里给他送去各种生活必需品。他被单独关押，虽然看守的警惕性不如他预期的那么高，他仍然未能获得自己被捕原因的任何解释。但他进入这座城堡时那种平静的心态并没有发生变化。不许他看书，他就将时间花在祈祷和虔诚打坐上面，不急不躁地等待事态的进一步发展。

有一天，一个士兵打开牢门对他喊道：“请往这边走！”亚瑟问了两三个问题，只得到一个“禁止交谈”的答复。亚瑟只好听天由命，跟着那名士兵穿过错综复杂的庭院、走廊和楼梯——这些地方或多或少都散发出一种发霉的味道，然后走进一间宽敞透亮的大屋子。屋里的长桌上铺着绿色的台面呢，上面胡乱摆放着一些纸，桌子旁边坐着三个慵懒的、穿军服的人，在断断续续地闲聊着。亚瑟走进去的时候，他们立即装出一副正儿八经的样子。其中年纪最大的那个人一副纨绔子弟的模样，他蓄着灰白色的胡须，穿着陆军上校的军服。他朝桌子对面的一张椅子指了一下，接着就开始了预审。

亚瑟估计会受到威胁、辱骂和诅咒，已经准备好体面而又耐心地应答，但是他愉快地失望了。那位上校显得神情呆板、冷漠而又拘谨，对人却是彬彬有礼。有关亚瑟的姓名、年龄、国籍和社会地位等常规问题都一一进行了问答，答案都被千篇一律地记录在案了。正当他开始觉得无聊而失去耐心的时候，上校向他提出了如下问题：

“伯顿先生，现在请回答，你对青年意大利党知道多少？”

“我知道。它是一个组织，在马赛出版一种报纸，在意大利散发。它的目标是动员人民奋起反抗，将奥地利军队驱逐出这个国家。”

“我想你读过这份报纸了？”

“是的，我对这件事情挺感兴趣。”

“你在读这份报纸的时候，知道自己这是违法行为吗？”

“当然知道。”

“在你房间里找到的那些报纸，你是在哪里得到的？”

“这我可不能告诉你。”

“伯顿先生，不许你说‘我不能告诉你’，你必须回答我的问题。”

“既然你不许我说‘不能’，那我就不说了。”

“如果你放任自己这样说，你会为此后悔莫及的。”上校严厉地说。见亚瑟不作答复，他又接着说：

“我不妨告诉你，我手里有证据，显示你同这个组织的关系，远比只是读一读违禁印刷品还要密切得多。坦白承认会对你有好处。无论如何都会真相大白的。你会发现，想用任何借口和狡辩来掩饰自己是毫无益处的。”

“我无意掩饰自己。你们想知道什么？”

“首先，你作为一个外国人，怎么会与这一类事情有牵连？”

“我思考过这个问题，阅读能够读到的所有东西，最后得出了自己的结论。”

“是谁劝说你加入这一组织的？”

“没有谁，是我自己想要加入的。”

“你是在和我磨时间，”上校严厉地说。显然他正在失去耐心。“没有人能够自己加入社团的。你向谁表达了加入组织的愿望？”

一阵沉默。

“请回答我的问题好吗？”

“我拒绝回答你提出那样的问题。”

亚瑟愠怒地说，他心中升起了一股无名怒火。到这个时候，他知道在里窝那和比萨已经有许多人被捕。他虽然不知道这场灾难究竟严重到了何等程度，可听到的传言已经足以使他为吉玛和她朋友们的安全感到万分担忧。警官们假惺惺的礼貌，他们提出的阴险问题，而他则含糊其词地回答，这种进攻与防御的枯燥游戏，使他既担心又烦恼。门外传来哨兵来来回回的笨拙踏步声，也令他感到恶心作呕。

“啊，顺便问一句，你最后一次见到乔瓦尼·博拉是在什么时候？”在经过一轮唇枪舌剑之后，上校问道，“就在你离开比萨之前，是吗？”

“我不知道那个名字。”

“什么！不知道乔瓦尼·博拉？你肯定认识他—— 一个高个子年轻人，脸上的胡子总是刮得干干净净的。唔，他是你的同学。”

“大学里面，有很多人我都不认识。”

“哦，但你一定认识博拉，这毫无疑问！瞧，这是他的笔迹。你看看，他对你可是很熟悉。”

上校漫不经心地递给他一张纸，抬头写着“自白”，署名是：“乔瓦尼·博拉”。亚瑟瞄了一眼，看到了自己的名字。他抬起头惊讶地说道：“是要我读吗？”

“是的，你不妨读一读，这件事和你有关。”

他开始阅读起来，军官们则静静地坐在那里注视着他的脸。这份文件似乎是由一连串问题的供词组成。显然，博拉也被捕了。供词第一部分是常见的那一套，后面是一份简短供述，讲了博拉与组织的关系，在里窝那散发违禁印刷品，大学生会议。接下来写着“在参加我们组织的人当中，有一个英国青年名叫亚瑟·伯顿，来自一个富裕的航运家庭”。

亚瑟气得满脸通红。博拉出卖了他！博拉，一个肩负着领导人庄严职责的人——博拉，一个使吉玛改变了信仰的人—— 一个还爱着吉玛的人！他放下文件，两眼紧盯着地面。

“我希望这份小文件帮你恢复了记忆？”上校彬彬有礼地提示他。

亚瑟摇了摇头。“我不认识叫这个名字的人，”他重复说道，声音呆滞又固执，“肯定是弄错了。”

“弄错了？哈，你胡说八道！听着，伯顿先生，骑士精神和游侠精神就其本身来说，都是不错的东西，但表演过头就不会有半点好处。你们这些年轻人一开始就犯了一个错误。听着，动脑筋想一想！因为一个背叛了你的人而拘泥于小节，委屈自己，毁掉自己一生的大好前程，这对你到底有什么好处？你自己瞧瞧，他在供出你的时候，可不像你这样挑剔。”

上校话音中隐含着一丝嘲讽意味。亚瑟一惊，抬起头来，脑海中突然闪过了一丝亮光。

“这是谎言！”他喊道，“这是伪造的！我从你的脸上就看出来了，你们这些懦夫——你们想要迫害某个犯人，或者想让我上当。你就是个骗子，一个说谎的人，一个流氓——”

“住口！”上校大声吼道，一怒之下跳起身来。他的两个同伙也已经站起身来。“托马西上尉，”他转身向其中的一个人说道，“请你按铃，叫警卫进来，把这个年轻人带到惩戒小屋里面关几天。我看他需要好好教训一下才能清醒过来。”

惩戒小屋是一个阴暗、潮湿、污秽的地洞。这不仅没有使亚瑟“清醒过来”，反而彻底激怒了他。亚瑟的富裕家境使他养成了非常讲究个人卫生的习惯，可这里四壁都是黏糊糊的，墙上爬满了虫子，地上也到处堆满了污物和垃圾，细菌、污水和朽木散发出一阵阵可怕的恶臭味道。这些东西对他产生的最初效果，足以令那位被冒犯的军官感到满意。当他被推进去，门在身后被锁上以后，他伸出双手，小心翼翼地往前走了三步。当手指触摸到滑溜溜的墙壁时，一阵恶心使得他浑身直打抖。他在黑暗中摸索到一个不那么脏的地方，随即坐了下来。

他在黑暗和寂静中度过了漫长的一天。夜晚来临，和白天也没有任何区别。他在与世隔绝的空间里，失去了对外界的全部印象，渐渐地也失去了时间概念。第二天早晨，有人将钥匙伸进门锁里转动，老鼠受到惊吓吱吱尖叫着从他身边跑过去。他突然感到一阵恐慌，一颗心怦怦直跳，耳朵里嗡嗡直响，好像他被关起来远离光亮和声音已经有好几个月，而不是几个小时。

牢门打开了，从外面透入一线微弱的灯笼光亮——这对他也像是一股耀眼的光芒——牢头走了进来，手里拿着一块面包，一杯水。亚瑟往前走了一步，满以为此人是来放他的。他还没有来得及说话，看守就将面包和水杯往他手里一放，一转身，一言不发就走了，旋即又锁上了牢门。

亚瑟在地上跺了一脚，生平第一次感到怒不可遏。但随着时间一小时一小时地过去，他也渐渐地失去了时空的感觉。黑暗似乎无边无际，没有起点，也没有终点。对他来说，生命仿佛停滞了。第三天傍晚，牢门打开了，牢头和一名士兵出现在门口。他抬起头来，只觉得头晕目眩，便赶紧用手遮住眼睛，以挡开不熟悉的光亮。他昏昏沉沉，根本不知道自己在这个活人坟墓里待了多久，是几个小时，还是几周。

“请往这边走。”看守用冷漠熟练的声音说道。亚瑟机械地起身往前走，一路上摇摇晃晃，跌跌撞撞，就像醉汉走路一样。看守想扶他走上通向大院的那条很陡的狭窄台阶，他很讨厌看守的企图。可是，在登上最高那一级台阶时，他突然感到一阵头晕，脚步踉跄。要不是看守一把抓住他的肩膀，他就会往后倒下去。

……

“好了，他现在没事了，”耳边响起一个高兴的说话音，“就这样走到露天去，他们当中的大多数人都会昏倒的。”

就在亚瑟拼命挣扎着想呼吸的时候，又一股凉水喷洒到他的脸上。黑暗似乎随着哗的一声冲刷而破碎了，消失了，他突然完全恢复了意识。他推开看守的胳臂，径直走过走廊，几乎是稳步走上了楼梯。他们在一扇门前停了片刻，门就打开了。他还没来得及弄清他们把自己带到了什么地方，就已经置身于灯火通明的审讯室内了。他疑惑惊讶地凝视着那张桌子、桌上的文件和坐在老地方的那几个军官。

“啊，是伯顿先生！”上校说，“希望我们现在能够更轻松地谈一谈。唔，你喜欢那间黑暗的小牢房吗？一点比不上你哥哥的客厅奢华，是吗？嗯？”

亚瑟抬眼看了看上校那张微笑的脸。他突然产生了一种疯狂的欲望，想扑向这个蓄着花白胡须的花花公子的喉咙，用牙把它咬碎。这种念头也许在他的脸上有所流露，因为上校立即换了一副截然不同的腔调说道：

“坐下，伯顿先生。喝点水，你很激动。”

亚瑟把递给他的水杯推向旁边，将两只胳膊支在桌子上，一只手托着前额，努力使自己静下心来。上校坐在那里，目光敏锐地注视着他，老练的双眼留意到他颤抖的双手和嘴唇，湿漉漉的头发和迷离的眼神，说明他身体虚弱，神经紊乱。

“现在，伯顿先生，”他隔了几分钟说道，“我们将继续上次谈到的话题，因为在你我之间发生了一些不愉快，所以我不妨开门见山地告诉你，对我来说，除了宽容待你，我别无他意。如果你的行为举止是适当合理的，我向你保证我们绝不会对你动用不必要的残酷措施。”

“你们想要我做什么？”

亚瑟说话的语气生硬而又愤怒，与平时说话的自然语气大不相同。

“我只想让你以直截了当和诚实大方的方式，坦白地告诉我们，你对这个组织及其追随者所了解的情况。首先讲一讲，你认识博拉多久了？”

“我生平从未遇见过此人，我对他一无所知。”

“真的吗？那好，我们过会儿再来谈这件事。我想你认识一个名叫卡洛·比尼的人吧？”

“我从未听说过此人。”

“那就非常奇怪了。弗朗西斯科·内里呢？”

“我从没听说过这个名字。”

“可这儿有一封信是你的笔迹，是写给他的。你瞧！”

亚瑟漫不经心地瞟了一眼那封信，然后把信放到一边。

“你认得那封信吗？”

“不认得。”

“你否认这封信是你写的？”

“我什么都不否认。我只是想不起来了。”

“那你也许认识这封信？”

又一封信递给他，他认出那是他在秋天写给一个同学的。

“不认识。”

“也不认识收信人？”

“不认得。”

“你记性真差。”

“那是我一个缺陷，我经常深受其害。”

“确实如此！有一天我从一位大学教授那里得知，你不仅没有一点缺陷，实际上还聪明过人。”

“你也许是在用警察—密探的标准来衡量聪明与否，大学教授们用词有不同的含义。”

从亚瑟的说话声里可以明白无误地听出，他的火气正越来越大。由于饥饿、空气污浊，再加上想睡觉，他已经精疲力竭。他身上的每一根骨头似乎都疼痛不已，上校的说话声折磨着他已经发怒的神经，他嘴里发出吱吱的磨牙声，就跟滑石笔发出的声音一样。

“伯顿先生，”上校说着坐回到椅子里，又一脸严肃地说，“你又忘了自己的处境了。我再一次警告你，像这样谈话对你是没有好处的。你肯定已经尝够了黑牢的滋味，现在也不想再品尝。我明白地告诉你，如果你坚持拒绝温和的方式，我就要对你采用强硬措施。听着，我有证据——确切的证据——证明有一些年轻人参与了向本港口走私违禁印刷品的活动，而你和他们一直有联系。现在，你是否愿意主动告诉我，你对这些事知道多少？”

亚瑟低下头。一股盲目、疯狂的无名怒火开始在他的体内燃烧。对他来说，失去自我控制比任何威胁都更可怕。他第一次意识到，在绅士文化和基督徒的虔诚外衣之下，潜伏着怎样难以觉察的潜在力量，他对自己感到了恐惧。

“我在等着你回答。”上校说。

“我无法回答。”

“你断然拒绝回答吗？”

“我什么都不会告诉你。”

“那我只好下令把你关回到那间惩戒小囚室里去，让你一直待在那里面，直到你回心转意。你要是再制造麻烦，我就给你戴上镣铐。”

亚瑟抬起头，气得浑身发抖。“你爱怎么着就怎么着，”他放慢语速说，“至于英国大使是否会容忍你对无罪英籍人士要的花招，就要由他自己来决定了。”

最后，亚瑟被带回他原先那间囚室。一进去他就扑倒在床上，一觉睡到第二天早晨。他没有戴镣铐，也没有再被关进那间可怕的小黑牢，但是他和上校之间的怨恨，却随着一次次审讯越积越深。亚瑟在牢房里乞求上帝帮助克制自己的邪恶激情，或者花上半夜时间去默念基督的忍耐与柔顺，结果不起一点作用。他一被再次带进那间空荡荡的狭长房间，一见到那张铺着台面呢的桌子，一面对上校那打蜡的小胡子，心中便会立即充满非基督教精神，暗示他做出机敏的巧辩和鄙视的回答。进监狱还不到一个月，他和上校之间相互的憎恶就达到了如此严重的程度，以至于他和上校两人一照面就会心头火起。

这种持续紧张的小冲突对他的神经造成了严重影响。由于知道自己受到非常严密的监视，又记住了一些道听途说、耸人听闻的传闻，说是有囚犯被偷偷下了颠茄药，在发病时说的胡话被记下来了，他对吃饭睡觉也渐渐害怕起来。如果夜间有一只老鼠从他身边跑过，他也会惊出一身冷汗，恐惧得直打哆嗦，总觉得有人藏在房间里偷听他是否说梦话。宪兵们显然都试图欺骗他，要他做出某种承诺，这有可能把博拉供出去。他太害怕因为疏忽掉入陷阱，所以仅仅因为神经紧张，他就真的处于这样做的危险之中。博拉的名字日夜在他的耳边回响，干扰他祈祷，甚至在数念珠的时候，他念出来的名字都是博拉，而不是玛利亚。但最糟糕的事是他的宗教。它就像天外的世界，似乎随着日子一天天流失而离他远去。他狂热而又固执地紧紧抓住这一块最后的据点，每天花几个小时来祈祷和静思，可他的心思却越来越多地转到博拉身上，祈祷也变得越来越机械。

他的最大安慰来自牢头。他是个矮个子小老头，身体胖胖的，头已经秃顶，一开始板着一副十分严厉的面孔。渐渐地，他胖乎乎的脸上的每一个酒窝都流露出善良的本性，这种本性战胜了他对官方的顾虑，于是开始一个牢房一个牢房地为犯人传递消息。

五月中旬的一天下午，这个牢头走进牢房，一副愁眉苦脸的样子。亚瑟吃惊地望着他。

“唉，恩里克！”他大声说道，“你今天究竟怎么了？”

“没什么。”恩里克没好气地说，边说边走到木板小床跟前，扯下铺在上面的毛毯。那是亚瑟的资产。

“你拿我的东西干吗？我要迁往别的牢房吗？”

“不，你要被释放了。”

“释放？什么——今——天？是永远的吗？恩里克！”

亚瑟兴奋中一把抓住老头的胳膊，却被他愤然甩开了。

“恩里克，你这是怎么了？你为什么不回答我？我们所有人都要被释放吗？”

老头轻蔑地哼了一声，算是回答。

“听我说！”亚瑟再次抓住牢头的胳膊，哈哈大笑起来，“你对我生气也没用，因为我不会生气的。我想知道其他人的情况。”

“其他的什么人？”恩里克将正在折叠的衬衫一放，愤愤不平地说，“我猜不包括博拉吧？”

“当然包括博拉，还有其他所有人。恩里克，你怎么了？”

“唉，他不大可能很快被放出去了，可怜的孩子，竟然会被一个同志出卖。呸！”恩里克再次拿起那件衬衫，一副厌恶的样子。

“出卖他？一个同志？噢，真是可怕！”亚瑟惊惧地瞪大了双眼。恩里克快速转过身来。

“嗯，不是你吗？”

“我？你疯了吗，伙计？我？”

“唉，反正昨天审讯的时候，他们是这样告诉他的。如果不是你，我会很高兴，因为我一直认为你是个正派的小伙子。请走这边！”恩里克走进外面的走廊，亚瑟跟在他的身后，心中的谜团一下子豁然明朗了。

“他们告诉博拉我出卖了他？他们当然会这样做！哎，伙计，他们还告诉我他出卖了我呢。博拉肯定不会蠢到那种程度，会相信那样的胡诌乱编。”

“这么说，真是假的咯？”恩里克在楼梯底停了下来，用探询的目光打量着亚瑟，后者只是耸了耸肩。

“那当然是撒谎。”

“嗯，听你这样一说，我就高兴了，我的孩子，我还要把你的话转告给他。可是你瞧，他们告诉他，说你揭发他是因为——好吧，是因为妒忌，因为你们俩爱上了同一个女孩。”

“那是撒谎！”亚瑟气喘吁吁，语气急促地低声重复着同一句话。突然，一阵惊恐袭来，吓得他浑身无力。“同一个女孩，妒忌！”他们怎么会知道——他们怎么会知道？

“等一下，小伙子。”恩里克在通往审讯室的走廊里停下来，轻声细语地说道，“我相信你，但你要告诉我一件事。我知道你是个天主教徒，在忏悔室里，你是不是曾经说过什么——”

“那是撒谎！”这一次，亚瑟提高了声音，差点就要哭了。

恩里克耸了耸肩，继续往前走。“你当然知道得最清楚，但你不会是唯一那样上当的年轻傻瓜。你的一些朋友在比萨发现了一个牧师，现在引起了巨大的骚动。他们印发小册子，说他是个密探。”

他打开了审讯室的门，见亚瑟一动不动地站在那里，两眼迷茫地望着远方，他轻轻把他推过了门槛。

“下午好，伯顿先生。”上校微笑着说，接着又咧开大嘴和蔼地大笑起来。“我非常荣幸地向你表示祝贺。佛罗伦萨方面已经下令释放你。请你在这份文件上签个字，好吗？”

亚瑟径直走近他。“我想知道，”他用沉闷的声音说，“是谁出卖了我。”

上校扬起眉毛，微微一笑。

“你猜一猜？想一会儿。”

亚瑟摇摇头。上校伸出双手，做了一个表示惊讶的优雅姿势。

“猜不出来？真猜不出来？哎，是你自己，伯顿先生。别人怎么会知道你的男女私情？”

亚瑟默默地转过身。墙上悬挂着一个巨大的木制十字架，他的双眼慢慢转向耶稣的脸部，眼里并没有乞求的意思，只是对这位懒散又耐心的上帝感到一丝怀疑，因为他没有对背叛忏悔者的牧师发出雷霆之怒。

“请签收释放你的文件好吗？”上校温和地说，“然后我就不再留你了。我敢肯定你一定急着要回家，刚才处理那个傻小子博拉的事情，已经占去我很多时间。他太考验基督徒的耐性，恐怕要受到重得多的处罚。再见！”

亚瑟签了收据，拿着释放自己的文件，默然不语地走出来。他跟着恩里克来到监狱大门口，连再见都没有说一声，就走下台阶，来到护城河边。那里已经有一个艄公在等着渡他过护城河。当他踏上通往大街的石阶梯时，一个身着棉服、头戴草帽的女孩儿张开双臂朝他跑来。

“亚瑟！哦，我真高兴——我真高兴！”

他抽回双手，身上瑟瑟发抖。

“吉姆！”他终于说道，那说话声好像不是他发出来的。“吉姆！”

“我在这里等你半个钟头了。他们说你会在4点钟出来。亚瑟，你干吗那样看着我？发生了什么事！亚瑟，你怎么了？别这样！”

他转过身，慢慢地向大街走去，好像已经忘记了她的存在。

她被吓坏了，从后面追上来抓住他的胳膊。

“亚瑟！”

他停下来，抬起头，露出一脸茫然的神色。她挽着他的胳膊，两人又默默地走了一会儿。

“听着，亲爱的，”她开始柔声说道，“你不必为这件倒霉事太难过。我知道这对你来说很难，但是大家都能理解的。”

“什么事？”他用无精打采的话音问道。

“我指的是有关博拉的信那件事。”

一听到这个名字，亚瑟的脸就开始痛苦地痉挛起来。

“我原以为你不会听说这件事，”吉玛接着说道，“但我猜他们已经告诉你了。博拉一定是疯了，竟然会相信这样的事。”

“这样的事——？”

“这么说，你还不知道？他写了一封令人恐怖的信，说你已经告发了有关汽船的事，并且致使他被捕。这当然是荒唐可笑的事，凡是认识你的人都明白这一点，只有那些不认识你的人为此感到难过。真的，这就是我来接你的原因——就是要告诉你，我们那个组的人没人相信那封信讲的话。”

“吉玛！可这事是——是真的！”

她慢慢地松开手离开他，然后一动不动地站在那里，眼睛睁得大大的，眼睛里充满了恐惧，脸色白得像她脖子上的围巾。两人身边似乎平地刮起了一阵巨大冰冷的海浪，将两人从同一个世界冲散了，使他们远离了大街上的生活与运动。

“是的，”他终于低声说道，“汽船——我提到过的，我还说了他的名字——噢，上帝呀！我的上帝呀！我该怎么办？”

他突然清醒过来，意识到了她的存在和她脸上露出的不共戴天的惊恐。是的，她当然会认为——

“吉玛，你不明白的！”他脱口而出，同时向她靠近，可是她直往后退，而且大声喊道：

“别碰我！”

亚瑟猛地一把抓住了她的右手。

“听我说，看在上帝分上！这不是我的错，我——”

“松手，松开我的手！松手！”

接着她从他手里挣出了自己的手，扬手一巴掌，结结实实地打在他脸上。

他眼冒金星。一时间里，他只能意识到吉玛那张惨白、绝望的脸庞，和她在棉布连衣裙上使劲擦拭的那只右手。接着，白昼又悄悄地恢复了原样。他环顾四周，发现只有自己独自一人。

第七章

当亚瑟按响维亚·波拉大街上那栋大住宅的门铃时，已经天黑好久了。他记得自己曾在大街上游荡，可是在哪里呢？为什么去那里？游荡了多久？他一点印象都没有了。来开门的是朱莉娅的男仆，不停地打着哈欠。看到眼前这张憔悴不堪、面无表情的脸，他意味深长地咧嘴笑了。在他看来，少爷从监狱回到家里，居然像个“醉醺醺衣衫不整”的乞丐，这本身就是个天大的笑话。亚瑟往楼上走，在二楼遇到吉本斯往下走。吉本斯露出一副高傲不屑的神态。他本想对他说一声“晚上好”就从他身边走过去，可吉本斯这人若是觉得谁不顺眼，是不会轻易放行的。

“老爷们都出去了，先生，”他边说边用挑剔的目光打量着亚瑟身上凌乱不堪的衣衫和头发，“他们和女主人一道去参加一个晚宴，要到差不多十二点才会回来。”

亚瑟看了一下表，现在九点钟。哦，正好！他还有时间，还有很多时间——

“我的女主人让我问你要不要吃晚饭，先生；她还让我告诉你，她希望你等她回来，因为今天晚上她特别想和你谈一谈。”

“我不吃东西，谢谢你。你可以告诉她我没有睡觉。”

他上楼走向自己的房间。自从他被捕以来，房间里的陈设没有任何改变。蒙塔内利的肖像还放在桌子上他离开时放的位置上，十字架还像以前那样竖立在神龛里。他在门口停留了一下，留神倾听，但整栋宅子非常安静。显然，没有人来打扰他。他轻轻地走进房间，把门反锁上。

他就这样走到了人生的尽头。没有任何事情可想，也没有任何事情可操心。只是要摆脱一个令人讨厌而毫无用处的意识，仅此而已。然而不知何故，这似乎又是一件愚蠢而毫无目的的事情。

他还没有下定自杀的决心，实际上他也很少去想这件事，但是事情明摆着，而且不可回避。他甚至没有想过自己应该采用什么样的自杀方法，但要紧的是赶快完成这件事——好一了百了。他房间里没有任何兵器，连一把随身小折刀也没有，不过那无关紧要—— 一条毛巾，或将床单撕成条就能做到。

窗户上方有一颗大钉子。那就行了，可钉子必须足够牢固，能承受他的重量。他站到椅子上去摸那颗钉子，发现钉得不是很牢固。于是他又下了椅子，从抽屉里拿出一把铁锤，用力锤那颗钉子。正准备从床上扯下床单的时候，他突然想起他还没有祈祷。人死前当然必须要祈祷的，每一个基督徒都会那样做。对于即将离开身躯的灵魂，甚至还有专门的祈祷词呢。

他走进祈祷室，在十字架前跪了下来。“万能仁慈的上帝呀——”他开始朗声祈祷，刚开了个头就停住，不往下说了。这个世界的确太枯燥乏味，也没有什么可祈祷或诅咒的东西。接着又想，基督对这种烦恼又知道多少——基督，他从来没有受过这种罪，又知道多少？他只是被出卖了，像博拉一样；他从来没有上当受骗而出卖别人。

亚瑟站起身，习惯性地在胸前画了一个十字。走进桌子时，他看见桌上有一封写给他的信，是蒙塔内利的笔迹。是用铅笔写的：

“我亲爱的孩子：对我来说，不能在你出狱那一天见到你，这令我感到十分沮丧。我被派去探望一个垂死之人，今晚深夜才能回家。明天一早来看我。劳·蒙。”

他放下那封信，叹了口气。看来，神父对这事确实也很犯难。

街头巷尾的人会嘲笑这件事，会闲聊这件事！自他降生以来，一切都没有发生变化。他身边的日常琐事不会因为一个人类灵魂、一个活的人类灵魂之死而发生任何变化。这世界和以前一模一样：喷泉照旧喷水，麻雀照旧在屋檐下叽叽喳喳。这世界和昨天一模一样，明天还会那样。至于他，他已经死了——彻底地死亡了。

他坐在床边，双手交叉扶着床头，额头枕在手臂上。还有很多时间，他头痛欲裂——脑门似乎很痛。这一切似乎都枯燥乏味，愚蠢透顶——完全没有任何意义……

前门的门铃急促地响了起来，他从喘不过气的恐怖痛苦中惊醒过来，双手还扼着喉头。他们已经回来了——他还坐在那儿做梦，任由宝贵的时间流失——现在他必须看他们的面孔，忍受他们恶毒的语言——他们的嘲笑和评头论足——假如他有一把匕首……

他绝望地环顾四壁。母亲的针线活篮子还放在小碗柜里，那里一定有剪刀。他可以剪断动脉。不，还是床单和钉子更保险，如果他有时间的话。

他从床上拽下床单，开始疯狂地撕扯下一根布条。楼梯那边传来上楼的脚步声。不行，这布条太宽，系不牢，必须打个结。脚步声越来越近，他的动作也越来越快。血液冲上两鬓，耳朵嗡嗡作响。快点——再快一点！啊，上帝！再给我五分钟时间！

门上传来敲门声。撕下的布条从他的手中滑落，他静静地坐在那里，屏住呼吸，凝神细听。有人转动门把手，接着传来朱莉娅的声音：

“亚瑟！”

他站起身，直喘粗气。

“亚瑟，请你开门，我们都等着呢。”

他捡起撕扯下的布条，把布条扔进抽屉，然后迅速把床单抚平。

“亚瑟！”这次是詹姆斯的声音，门把手被不耐烦地摇动，“你睡着了吗？”

亚瑟环顾了一遍房子。见一切都藏好了，这才把门打开。

“我专门给你留言，本以为你至少会坐等我们回来，亚瑟，”朱莉娅说着，怒气冲冲地走进房间，“你好像认为我们就该在跳舞回来后，再在你门口等上半个钟头……”

“四分钟，亲爱的，”詹姆斯温和地纠正道，他跟在妻子的粉红色绸缎长裙之后走进房间，“亚瑟，我当然认为本来应该更恰当……如果你……”

“你们要干什么？”亚瑟打断了他的话。他站在那里，手扶在门上，就像一只被困住的野兽，偷偷地看看这个，又偷偷地看看那个。詹姆斯因为太笨，朱莉娅又在气头上，所以两人都没注意到他脸上的表情。

伯顿先生为妻子拉过一张椅子，自己也坐了下去，同时很仔细地把膝盖处的新裤子拉直。“朱莉娅和我，”他开始说道，“认为我们有义务和你认真谈一谈……”

“今——天晚上不行，我——我不舒服。我头痛——你们必须等一等。”

亚瑟说话声含糊不清，显得有些异样。他神情恍惚，话语杂乱无章。詹姆斯惊讶地环顾四周。

“你是不是得什么病了？”他猛然想起亚瑟来自那个传染病的温床，于是焦急地问，“但愿你不是得了什么病。你看上去发烧得很厉害。”

“胡说八道！”朱莉娅厉声喝道，“不过是平常的把戏，因为他羞于面对我们。过来坐下，亚瑟。”

亚瑟慢慢走过去坐在床边。“是吗？”他疲惫地说。

伯顿先生咳嗽几下，清了清嗓子，捋了一下他那已经够整洁的胡须，然后再次开始说出那番经过精心准备的话来。

“我觉得这是我的职责——我痛苦的职责——来和你严肃地谈一谈你的非常行为。你和违法分子、煽动分子和声名狼藉的歹徒同流合污。我相信，你也许比堕落——还更愚蠢……”

他停顿了一下。

“是吗？”亚瑟又说道。

“目前，我并不想为难你，”詹姆斯接着说。面对疲惫不堪、一脸绝望的亚瑟，他的语气情不自禁地缓和了一些。“我非常愿意相信，你是在坏伙伴的引诱下误入歧途，考虑到你年纪轻、没经验，行事呃——呃——鲁莽，有一副——呃——爱冲动的脾气，恐怕是从你母亲那里继承来的。”

亚瑟的目光慢慢移到妈妈的画像上，然后又收回来，但他还是没有说话。

“但是我肯定你会理解，”詹姆斯接着说，“一个人让我们享有盛誉的门风蒙受了耻辱，我不可能再将他留在我的家里。”

“是吗？”亚瑟又重复了一遍。

“嗯？”朱莉娅厉声说道，随即“啪”的一声合上折扇放在膝盖上，“你能不能行行好说点别的，别只知道说‘是吗’，亚瑟？”

“当然了，你们认为该怎样做就怎样做，”他一动不动，慢吞吞地回答道，“反正也无关紧要了。”

“无关——紧要？”詹姆斯重复道，他惊呆了。他老婆却哈哈一笑站了起来。

“哦，无关紧要，不是吗？那好，詹姆斯，我希望你现在明白，你在那方面能期待多少感激之情。我告诉过你，仁慈会遭到什么报应，对那些天主教女冒险家和他们的……”

“嘘，嘘！别再计较那种事了，亲爱的！”

“你这是无稽之谈，詹姆斯。别再多愁善感了，我们受够了！一个私生子竟然堂而皇之地成为这个家庭的一员——早该让他知道他母亲是什么样的人了！我们为什么要担负一个天主教牧师的轻浮女人生下的孽种？

诺，这儿——你瞧瞧！”

她从衣兜里掏出一个揉皱的纸团，给对面的亚瑟扔到桌上。亚瑟展开纸团，看见是母亲的字迹，上面注明的日期是在他出生前四个月。那是一份写给丈夫的忏悔书，上面有两个签名。

亚瑟的目光缓缓地落到页面下端，绕过拼成他母亲姓名的潦草字迹，落到那个苍劲而又熟悉的签名上：“洛伦佐·蒙塔内利。”他对这份忏悔书凝视了一会儿，然后一言不发地将它折叠起来，放到桌上。詹姆斯拉着他老婆的胳臂站起来。

“瞧，朱莉娅，这就行了。现在下楼去吧。很晚了，我要和亚瑟谈点事，你不会感兴趣的。”

她瞟了丈夫一眼，然后又看看亚瑟，后者正默默地看着地板。

“他好像有点犯傻。”她低声说道。

当她拎着裙摆离开房间后，詹姆斯小心翼翼地关上房门，然后走回桌旁那把椅子跟前。亚瑟仍旧坐在那里，一动不动，一声不吭。

“亚瑟，”詹姆斯用更温和的语气说。朱莉娅现在不在场，也听不见他说什么了。“事情成了这样，我也很遗憾。你可以只当不知道这件事。不过，一切都过去了。看见你能够表现得如此克制自己，我很高兴。朱莉娅有——有一点激动。女人嘛，总是——不管怎样，我不想太为难你。”

他打住话头，看这番亲切话语能产生怎样的效果，可亚瑟仍然一动不动。

“当然了，我亲爱的孩子，”詹姆斯停了一会儿接着说，“这是件令人沮丧的事，我们最好对此保持缄默。当你母亲承认她已经失身时，我的父亲很慷慨，没有和你母亲离婚，只是要求那个勾引她误入歧途的男人立即离开这个国家。如你所知，他作为传教士去了中国。就我而言，在他回来之后，我非常反对你和他有任何瓜葛。可是我父亲同意让他教育你，条件是他绝不企图见你母亲。公正地说，我必须承认他们两人直到最后都忠实地遵守了这一条件。这是件很凄惨的事，但是……”

亚瑟抬起头。他脸上没有一点生机和表情，就像一副蜡做的面具。

“你难——道不觉得，”他轻声地说，奇怪的是他说这些话的时候口齿不清、犹豫不决，“这——这一切——很——很可——笑吗？”

“可笑？”詹姆斯把他的椅子从桌子旁边挪开，坐下来凝视着他，气得说不出话来。

“可笑！亚瑟，你疯了？”

亚瑟突然仰起头，发出一阵神经质的狂乱笑声。

“亚瑟！”船东惊呼道，一边体面地站起来，“你的轻浮太让我吃惊了！”

没有回答，只有一阵接一阵的笑声，笑声那么响亮，那么猛烈，就连詹姆斯也开始怀疑，除了轻浮之外，是不是还有什么别的问题。

“就像个歇斯底里的女人，”他嘴里咕哝道，一边轻蔑地耸耸肩，转身在房间里不耐烦地来回踱起步来，“真的，亚瑟，你连朱莉娅都不如，别笑了！我可不能在这里等上一整夜。”

他也可以把十字架从基座上请下来。亚瑟已经不再抗议和争辩，他只是不停地笑啊，笑啊，好像要笑个没完没了。

“真是荒唐！”詹姆斯说，他终于停止了气急败坏的来回踱步。“你今晚显然兴奋过头，不可理喻。你要是继续这样，我就没法和你谈正事了。明天早饭之后来找我吧。现在你最好上床睡觉。晚安。”

他出门的时候“砰”的一声关上了门。“现在去见楼下那个歇斯底里的人，”他喃喃自语，迈着沉重的步子离开了，“我猜还要应付眼泪。”

……

亚瑟止住了疯狂的笑声，一把抓起桌子上的锤子，纵身扑向十字架。

随着一声巨响，他突然清醒过来。他站在空空的基座前，锤子还在手里，塑像的碎片在脚下散落一地。

他扔掉锤子。“就这么容易！”他说，然后转身离开，“我真是个白痴！”

他在桌子旁边坐下来，气喘吁吁，将额头枕在两只手上休息。过了一会儿，他站起来走到盥洗槽跟前，往自己的头和脸上冲了一壶冷水。他完全恢复了镇静，然后坐下来思考问题。

他思考的是这样一些事情——为了虚伪和奴性的人，为了愚蠢和没有灵魂的神——他受尽了羞愧、激情和绝望的折磨。具有讽刺意义的是，他为自己准备了一根上吊的绳子，就因为有一个牧师撒谎。好像他们都不是骗子似的！好了，这一切都结束了，他现在更加聪明了。他只需要抖掉这些蛀虫，开始新的生活。

码头上有许多货船，藏身到一艘货船上悄悄离开并非难事。可以乘船去加拿大、澳大利亚、好望角——任何地方都行。去哪个国家都没关系，只要足够远就行。至于在那里的生活，他可以看看再说；如果一个地方不适合他，他可以另换一个地方。

他拿出钱包，里面只剩下三十三个玻里，可是他戴的手表不错，那应该能够帮上一点忙。无论如何，这都无足轻重了——他总能渡过难关的。可是他们会寻找他，那些人都会找他的。他们肯定会到码头上来询问。不行，他必须给他们造成错觉——让他们以为他死了，然后他就可以自由自在——自由自在。一想到伯顿一家人会寻找他的尸首，他就轻轻地笑了。整件事就是一场闹剧！

他拿起一张纸，写下了刚想到的几句话：

“我相信过你，就如同我相信上帝。上帝是泥土做的，我可以用锤子把它砸碎，而你却用谎言来欺骗我。”

他把纸折起来，写上致蒙塔内利的字样，然后拿起另一张纸，在上面写道：“去货运码头寻找我的尸体。”然后，他戴上帽子走出房间。经过母亲的画像时，他抬起头来哈哈一笑，然后耸了耸肩。她，也对他撒了谎。

他蹑手蹑脚地走过走廊，轻轻拉开门闩，走向宽大漆黑的大理石楼梯。这楼梯能够发出回声。下楼梯的时候，他的脚下仿佛裂开了一个黑洞。

他走过庭院，迈步时小心翼翼，生怕惊醒睡在底楼的吉安·巴蒂斯塔。后面堆放木材的地窖里有一个装有小格栅的窗户面向运河，离地不到四英尺高。他记得窗户一侧的铁栅栏已经生锈腐烂，稍微使劲一推，就能弄出个大洞攀爬出去。

窗栅很牢固。他磨破了手，衣袖也扯烂了，不过这都不要紧。他前后打量一下街道，街上一个人影都没有。运河就在那里，黑黝黝没有一点动静，那是一条丑陋的沟渠，两侧是笔直、湿滑的墙壁。这个未曾尝试的世界也许会是一个令人沮丧的黑洞，但是总不会比他置之身后的那个角落更单调，更龌龊。没有后悔，无所留恋。身后是一个乌烟瘴气、疫疠横行的世界，充满了卑劣的谎言、笨拙的欺骗和秽气冲天的臭水沟。这些臭水沟浅得连人都淹不死。

他沿着运河河岸往前走，一直来到美第奇宫旁边的小广场上。就是在这里，吉玛张开双臂，一脸兴奋地向他跑过来。这里有一段潮湿的石阶通向护城河，肮脏的河水对面就是那座愁眉苦脸的堡垒。他以前从未注意到，它蹲在那里，相貌竟如此卑劣。

他穿过狭窄的街道，来到货运码头航运港湾。在这里，他将帽子摘下扔入水中。他们打捞他尸体的时候，会找到这顶帽子的。然后，他继续沿着河岸往前走，边走边迷茫地思考接下来该怎么办。他必须设法藏到一艘船上，但这事做起来非常困难。他唯一的机会就是来到巨大古老的美第奇防波堤上，然后一直走到防波堤的尽头。在防波堤尽头有一家低级小酒馆，他或许能在那里找到某个愿意接受贿赂的水手。

可是船坞大门已经关闭。他怎样才能从门口走进去，从那些海关官员面前混过去呢？要让他们同意他在夜间无护照通过，必然要花大价钱行贿，可他身上所有钱加起来也没有那么多。况且，他们有可能认得他。

当他经过“四个摩尔人”铜像时，对面航运港湾一栋老房子里闪出一个男人的身影，径直向桥这边走来。亚瑟赶紧溜到雕像群后面的阴影深处，在黑暗中蹲伏下来，从基座的转角处小心翼翼地向外窥望。

那是一个柔和的春天夜晚，地上气候温暖，天空群星灿烂。河水拍打着港湾的石壁，在石壁的石阶周围形成一个个平缓的漩涡，发出的声音就像低低的浅笑声。附近有一根铁链在来回不停地摇摆着，发出嘎吱嘎吱的声音。一架巨大的起重机矗立在那里，在昏暗中显得高大又忧郁。在星光灿烂和珍珠般云团映照下的夜空中，出现了披枷戴锁的奴隶的身影。他们徒劳地挣扎着，激烈地反抗残酷的命运。

那名男子脚步踉跄地沿着河边走来，扯着嗓子唱一支英国的街头民歌。他显然是个水手，在某个小酒馆痛饮了一番之后正往回走。周围看不见一个人影。在他走近时，亚瑟站起身来到路中央。水手的歌声戛然而止，突然停了下来。

“我想和你谈一谈，”亚瑟用意大利语说道，“你懂我的意思吗？”

那人摇了摇头。“你那样叽里咕噜地跟我说话没用，”他说，接着突然操起了蹩脚法语来，生气地问道，“你想干什么？为什么不让我过去？”

“咱们先到暗处去一会儿，我想和你谈谈。”

“哦！你不喜欢这样？要到暗处去！你身上带着刀子吗？”

“没有，没有，伙计！你不明白我只是需要你帮忙吗？我会给你钱的。”

“嗯？什么？看穿着倒像个有钱人……”水手又重新讲起了英语。这时，他已经来到暗处，将头靠在基座的栏杆上。

“那好，”他说，又操起了他那难听的法语，“那你想要什么？”

“我想离开这里……”

“啊哈！想偷渡！想让我把你藏起来？我猜准是出什么事了。用刀伤人了，是吗？就像这些外国人一样。那么你可能想去哪里呢？我想，总不会想去警察局吧？”

他醉醺醺地哈哈大笑起来，还眨巴着一只眼睛。

“你是哪只船上的？”

“卡洛塔号——从里窝那到布宜诺斯艾利斯，运油去，回来运什么不知道。它就停泊在那里”——他手指着防波堤的方向——“一艘老态龙钟的破船！”

“布宜诺斯艾利斯——好哇！你能把我藏到船上吗？”

“你能出多少钱？”

“不太多，我身上只有几玻里。”

“不行。少了五十门儿都没有——那就算便宜的了——像你这样时髦的人。”

“你说时髦是什么意思？你要是喜欢我身上的衣服，跟我换就是了，但我只带了这么点钱，拿不出更多钱来。”

“你不是还有手表吗。递过来。”

亚瑟拿出一只女士金表，雕刻和彩饰都十分精美，背面刻着首字母“G.B.”。那是他母亲的手表——不过现在还有什么关系呢？

“啊！”水手瞥了一眼便惊叫起来，“肯定是偷来的！让我看看！”

亚瑟将手移开。“不行，”他说，“上船之后我会把手表给你，之前可不行。”

“这么说，你还不像看上去那么傻！我敢赌你这是第一次落难，对吗？”

“那是我的事。啊！巡夜的过来了。”

他们蹲伏在雕像群后面，等着那巡夜的过去。然后，水手站起身来，叫亚瑟跟着他，继续往前走，边走边傻乎乎地暗自发笑。亚瑟静静地跟在后面。

那水手将他领回到美第奇宫旁边那个不大规则的小广场，在黑暗的角落里停了下来，嘴里嘟嘟哝哝地小声说着如何小心谨慎之类的话：

“在这里等着。如果你再往前走，那些当兵的就会看见你。”

“你打算怎么办？”

“给你拿一些衣服。你外衣袖子上沾有血迹，我可不想那样带你上船。”

亚瑟往下看了看被窗户隔栅撕破的衣袖。他的手被磨破了，手上流出的血滴到了衣袖上面。那人显然把他当成杀人犯了。唉，别人怎么想已经无关紧要。

过了一会儿，那水手回来了，一脸得意扬扬的样子，腋下夹着一包东西。

“换上，”他低声说道，“动作快一点。我必须赶回去，那个犹太老头拉着我讨价还价，说起来没完，耽搁了半个钟头。”

亚瑟奉命照办，可是一碰到别人穿过的衣服，就因为本能的恶心而赶紧缩回手。值得庆幸的是，这些衣服虽然质地粗糙，却非常干净。当他穿着新换的衣服走到亮处时，那水手睁着一双醉眼一本正经地打量他，然后神情严肃地点头表示赞许。

“这就行了，”他说，“请走这边，别出声。”亚瑟抱着自己脱下来的衣物，跟着他穿过迷宫一样的蜿蜒河道和黑暗狭窄的小巷，穿过中世纪遗留下来的贫民窟（里窝那人称之为“新威尼斯”）。其间还不时遇到一座座阴郁的古老宫殿，孤零零地矗立在肮脏的房屋和污秽的庭院之中，房屋的两边是恶臭难闻的沟渠。这些宫殿想竭力保持自己昔日的尊严，却又明知这种努力徒劳无益，因此显出一副绝望的神态。他知道，其中一些小巷是臭名昭著的贼窝，里面住着窃贼、杀人犯和走私者；另一些小巷只是穷困潦倒和卑贱之人的住所。

水手走到其中一座小栈桥边时，停下来四下里张望。在确信没有被人跟踪后，他们走下一段石阶，来到一处狭窄的浮动码头上。栈桥下面停泊着一艘肮脏破旧的小船。他急忙命令亚瑟跳到船上躺着，自己则坐到船上，开始朝着港口划去。亚瑟静静地躺在潮湿漏水的船板上，躲在那人扔给他的衣服下面，从下面偷偷窥视那些熟悉的街道和房屋。

不一会儿，他们过了一座桥，进入了形成城堡护城河的那一段运河。水里出现了巨大的城墙，墙基宽厚，越往上越窄，顶端是令人生畏的塔楼。几个小时以前，它们对他还是那么强大、那么凶险！可是如今……

他躺在船底轻声笑了起来。

“别出声，”水手低声说道，“把头遮住！我们靠近海关了。”

亚瑟把衣服盖到自己头上。小船往前又划了几码远，便在一排锁在一起的桅杆前停了下来。这一排桅杆横在运河水面上，阻断了海关大楼和城堡墙壁之间的狭窄水道。一个睡眼惺忪的海关官员打着哈欠走出来，手提着一盏灯笼，在河边附身向下。

“请出示护照。”

水手将他的正式证件递上去。亚瑟躲在衣服下面，憋得十分难受。他屏住呼吸，凝神细听。

“你可真会挑夜晚回船的好时间！”海关官员不满地嘀咕道，“我猜准是出去狂欢去了。你船上装的是什么？”

“一些旧衣服。买的便宜货。”他拿起一件马甲让他检查。那位官员放低灯笼，俯下身来注目细看。

“我看没问题。你可以过去了。”

他抬起栅栏。小船慢慢驶向漆黑苍茫的大海。划了一段距离后，亚瑟掀开衣服坐了起来。

“到了，”静静地划了一会儿之后，水手低声说道，“跟紧我，别出声。”

他从一艘巨大的黑色怪物的侧舷往上爬，一边爬一边低声咒骂身边这个新水手的笨拙，尽管亚瑟天生机敏，大多数处在他这样命运的人都会比他更尴尬。他们一安全上船，就小心翼翼地在巨大的缆索和机器之间爬行。最后，他们爬到一个舱口旁。水手轻轻地揭开了舱盖。

“从这里下去！”他低声说道，“我一会儿就回来。”

船舱里不仅潮湿黑暗，而且污秽不堪。亚瑟一开始本能地直往后缩，因为生皮和馊油的阵阵恶臭味使得他险些喘不过气来。就在这时，他想起了那间“惩戒牢房”，于是耸了耸肩，爬下了梯子。看来，无论在哪里，生活都大抵相同：到处是丑陋，腐烂，害虫横行，充满了可耻的秘密和黑暗的角落。不过，生活就是生活，他必须充分珍惜。

过了几分钟，水手手里拿着点东西回来了。黑暗中，亚瑟也看不清那是什么。

“现在，把手表和钱都给我。快点！”

亚瑟趁着黑暗，留下了几枚硬币。

“你得给我弄点吃的，”他说，“我快要饿死了。”

“我都带来了。给你。”水手递给他一个水罐、一些硬邦邦的饼干和一块咸猪肉。“现在听我说，明天早晨海关官员来检查的时候，你必须藏在这只空桶里，在这儿。在我们驶入大海之前，不许发出任何声响。我会让你知道什么时候可以出来。要是让船长看见，你就活该倒霉了——就这样！喝的东西放好了吗？晚安！”

窗口关闭了。亚瑟将珍贵的“饮品”放到一个安全之地，然后爬到一只油桶上去吃猪肉和饼干。之后，他缩成一团睡倒在肮脏的船板上，生平第一次没有做祈祷就倒头睡觉了。黑暗中，老鼠在他的身边窜来窜去。但不论是老鼠不断发出的吱吱声还是货船的摇晃，不论是令人作呕的油臭味还是对明天晕船的担心，都无法阻止他入眠。他已经不在意这一切，就如同他不在意那些破碎而不光彩的偶像一样。他们在昨天还是他顶礼膜拜的神灵。

第二部

第一章

十三年后……

1846年7月的一个晚上，几位熟人在佛罗伦萨的法布里齐教授家中聚集，商讨未来整治活动的计划。

他们当中有几个人属于马志尼党，他们只会对建立一个民主共和国和统一的意大利感到满意。其他一些人中有君主立宪党人和程度不等的自由党人。但是，他们在一个问题上的态度是一致的：即不满托斯卡纳大公国的报刊检查制度。于是，这位著名教授召集了这次会议，希望这些不同政见党派的代表们，至少能在一个议题上不吵不闹地讨论一个小时。

庇护九世继位时颁布了著名的大赦令，赦免教皇所辖境内的所有政治犯。这时距离庇护九世颁布大赦令才仅仅过去两周时间，但由此引起的自由主义热潮已经席卷了意大利全境。在托斯卡纳大公国，就连政府似乎也受到了这一惊人事件的影响。法布里齐和另外几位有影响的佛罗伦萨人也认为，这是对新闻出版法进行大胆改革的一个有利时机。

“当然了，”剧作家黎尕在首先论及这一话题时曾经说过，“在使新闻出版法得到改变之前，我们不能创办报纸，也不应出版创刊号。但是我们可以通过现有的新闻审查制度散发一些小册子。小册子发行得越早，我们就能越快使这一法律得到改变。”

此刻，黎尕正在法布里齐教授的书房里解释他那一番理论，这些理论在当时原本应该是自由主义作家的观点。

“毫无疑问，”当中有人插话，是一个头发花白、说话慢条斯理的律师，“在某种程度上，我们必须利用当前这一时机。我们再也难见到如此适合提出严肃改革计划的有利时机。但我怀疑小册子会带来任何益处。它们只会激怒政府，吓坏政府，而不是将政府争取到我们这一边。争取政府才是我们真正想做到的事。一旦当局开始认为我们是危险的煽动分子，获得他们帮助的机会就不复存在。”

“那你想让我们怎么做？”

“请愿。”

“向大公请愿？”

“是的，请求放宽对新闻出版自由的限制。”

靠窗坐着一名肤色黝黑、目光锐利的男子，他大笑一声，转过头来。

“通过请愿你就能收获良多！”他说道，“我原以为，伦奇一案的结局足以警醒大家，使我们不再重蹈覆辙。”

“我亲爱的先生，我们没能成功地阻止引渡伦奇，对这事我和你一样伤心。但事实是——我不想伤害任何人的感情，但我总是会情不自禁地认为，我们在这桩案件中之所以失败，很大程度上要归咎于我们当中有些人没有耐心，言行偏激。我当然不愿意……”

“每一个皮蒙特人都会像你这样，”那个皮肤黝黑的男子厉声打断了他的话，“我不知道谁曾经言行偏激，缺少耐心，除非你在我们呈送的一连串温和的请愿书中发现了这样的语言。对托斯卡纳和皮蒙特公国来说，那也许是偏激语言；但是在那不勒斯，我们就不会称其为偏激。”

“幸好，”皮蒙特人说，“那不勒斯人的偏激为那不勒斯所特有。”

“好了，好了，先生们，到此为止吧！”教授插话说道，“那不勒斯人的风俗习惯自有其长处，皮蒙特人的也一样，可我们现在是在托斯卡纳，托斯卡纳人的风俗习惯是先处理好眼前的事情。格拉西尼主张请愿，加利反对请愿。利卡多医生，你有什么看法？”

“我看请愿没什么害处。如果格拉西尼拟就一份请愿书，我会非常高兴在上面签名。但是我认为，不采取一点别的措施，仅仅依靠请愿是不会收到多大成效的。我们为什么不可以请愿和散发小册子两者并举呢？”

“原因很简单，小册子会激怒政府，使它不同意请愿。”格拉西尼说。

“才不会那样呢。”那不勒斯人起身走到桌旁，“先生们，你们的策略是错误的。与政府妥协不会有任何好处。我们必须做的是唤起人民。”

“那说起来容易，做起来难。你打算如何着手呢？”

“设想一下向加利提出这个问题！他当然会一来就敲打审查员的脑袋。”

“不，实际上我不会那么做，”加利执拗地说，“你总认为，一个人如果来自南方乡下，就只会相信冷兵器，而不是说理。”

“哦，那么你有什么提议呢？嘘！先生们，注意了！加利有一个提议。”

屋子里的人原来已分为三三两两一组，各自进行讨论，这时又围聚到桌子旁来听。加利举起双手劝慰大家。

“不是的，先生们，这不是提案，仅仅是一个建议。在我看来，大家对新教皇欣喜万分，这其实存在着一个巨大危险。人们似乎认为，因为他制定了新的方针，颁布了大赦，因此我们就必须——我们所有的人，全意大利——就必须投入他的怀抱，他就会把我们带向乐土。如今，我也和大家一样，对教皇的举动十分钦佩。大赦是一个了不起的行动。”

“我相信教皇陛下肯定会十分欣慰……”格拉西尼轻蔑地说。

“好了，格拉西尼，不让人家说话嘛！”里卡尔多打断了他的话，“你们两人要不像猫和狗一样一见面就咬，那反倒是一件奇怪的事。接着说，加利！”

“我想说的是这个意思，”那不勒斯人继续说道，“教皇陛下采取的行动，其愿望无疑是好的，但他的改革能在多大程度上取得成功，则是另外一回事。就当前来看，那当然是一帆风顺。意大利的所有反对者会在一两个月内偃旗息鼓，等待由大赦引发的这股狂热劲头过去。但他们不大可能乖乖交出手中的权力，毫不反抗。我相信，今年冬天过不了一半，我们就能见到耶稣会、格里高利派、圣教派的教众和其余的人生事，制造麻烦。他们会密谋，策划，会除掉他们无法收买的所有人。”

“那是很可能的。”

“那么好。我们要么在此等候，谦恭地递交请愿书，等兰布鲁契尼和他的死党成功地说服大公，用耶稣会的教规来禁锢我们，也许还要派出几个奥地利轻骑兵上街巡逻，让我们守秩序；要么我们先发制人，利用他们暂时的窘境抢先动手？”

“请告诉大家，你建议怎么动手？”

“我建议我们着手组织一次针对耶稣会士的宣传鼓动活动。”

“实际上就是通过小册子宣战？”

“是的，揭露他们的阴谋诡计，曝光他们的所有秘密，号召人民团结起来，同他们做斗争。”

“可我们这里现在没有要揭露的耶稣会士。”

“现在没有吗？等上三个月就会知道有多少，可到时再要驱逐他们就会为时已晚。”

“可是真要唤醒市民反对耶稣会士，就必须直言不讳。如果那样做，你能躲得过审查制度吗？”

“我才不会躲呢，我藐视审查制度。”

“你要印刷匿名小册子？那倒是不错，可实际上我们已经见过太多秘密出版物，我们知道……”

“我不是那个意思。我要公开印刷小册子，还要在上面标明我们的姓名和住址。如果他们有胆量，就让他们来起诉我们吧。”

“这完全是一个疯狂的计划，”格拉西尼惊呼道，“这无异于将头伸进狮子嘴里，简直是儿戏。”

“噢，你用不着害怕！”加利尖刻地插话道，“我们不会因为我们的小册子而让你去坐牢。”

“别说了，加利！”里卡尔多说，“这不是害不害怕的问题。如果这样做有益处的话，我们也跟你一样，做好了坐牢的准备。可是无端冒险乃是幼稚之举。就我而言，我提一个提案修正案。”

“那好，说的什么？”

“我认为我们可以小心一点，既想办法同耶稣会士做斗争，又不与新闻出版审查制度发生冲突。”

“我不明白你怎么做得到。”

“我认为，用一种圆滑的方式来掩饰一个人要说的话，那是可能的……”

“要是新闻审查制度听不懂呢？你指望每一个贫苦工匠和劳工凭借他

们身上固有的无知和愚蠢弄懂那意思吗？那听上去并不怎么切合实际。”

“马尔蒂尼，你是怎么想的？”教授转身对坐在他身边的一名宽肩膀、褐色胡须的男子问道。

“我想在我掌握更多证据之前，我会保留意见。这是个关乎试验的问题，要视试验结果而定。”

“你的意见呢，萨科尼？”

“我想听一听博拉太太怎么说。她的意见一向很中肯。”

大家都转向屋子里唯一的一位女性。她坐在沙发上，一只手支着下颚，静静地听着这场讨论。她长着一对深邃、严肃的黑眼睛，可是当她抬起双眼的时候，眼里明显流露出一丝消遣的神情。

“恐怕我不能赞同大家的意见。”她说。

“你总是这样，而最糟糕的是，你总是正确的。”里卡尔多插话道。

“我认为，我们确实应该以某种方式同耶稣会士展开斗争。如果一种武器不行，我们就必须换另一种。单纯的反抗是一件软弱无力的武器，而逃避则是笨拙的办法。至于请愿，那不过是小孩子的玩具。”

“夫人，我希望，”格拉西尼一脸严肃地说道，“希望你不是提议采用暗——暗杀这样的方法？”

马尔蒂尼用力扯自己的大胡子，加利在一旁呵呵偷笑。就连那一脸严肃的年轻女人也忍俊不禁，发出微微一笑。

“请相信我，”她说，“就算我残忍到会去想这些事，也不会幼稚到把它们都说出来。但我所知道的最致命的武器是嘲讽。如果你能成功地展示耶稣会士的荒谬可笑，能让人们嘲笑他们和他们的种种说法，你们就已经不流一滴血而战胜了他们。”

“到目前为止，我相信你是正确的，”法布里齐说，“但我不知道你怎样做到这一点。”

“为什么我们就做不成这件事呢？”马尔蒂尼问道，“比起严肃作品，讽刺性作品更容易通过审查。如果必须掩饰，那么比起科学类或经济类文章来，普通读者也更容易读懂一篇明显傻乎乎的笑话的双重含义。”

“夫人，你是建议我们应该发行讽刺性小册子，或设法创办一份讽刺漫画小报吗？我相信审查机构绝对不会同意后面这一项的。”

"我也不是具体指这两样。我相信，用诗歌或散文写成的系列讽刺小传单，可以在街头低价销售或免费散发，会起很大作用。要是我们能找到一位能把握事物精神的艺术家，我们就可以在传单上添加配图。"

"这是个好主意，只要有人能够付诸实施。但如果一定要做这事，就必须做好。我们需要找一位一流的讽刺作家，我们去哪里找这样一个人呢？"

"你瞧，"黎尕说，"我们大多是严肃作家，就我们这一群人，如果大家都竭力去装幽默，恐怕会像大象学跳塔兰泰拉舞一样奇怪壮观。"

"我从来不建议我们一窝蜂抢着去做不适合自己的工作。我的意思是我们应该努力去发掘一个真正有天赋的艺术家——在意大利某个地方，一定能找到这样一位艺术家——向他提供必要的资金。当然了，我们必须对此人有所了解，以确保他会按我们所能同意的方针展开工作。"

"可是你打算去哪里寻找这样一个人呢？真正有天赋的讽刺艺术家在意大利屈指可数，没有一个能为我们所用。裘斯蒂不会接受的，他的时间表安排得满满的。在伦巴第倒是能找到一两个好的，可是他们只用米兰方言写作……"

"而且，"格拉西尼说，"还可以用更好的方式去影响托斯卡纳人。我相信，至少可以这样说，如果我们有意将公民自由、宗教自由这样严肃的问题当作微不足道的话题，就会让人们觉得我们缺少政治才干。佛罗伦萨并不像伦敦那样只知道办工厂赚钱，也不像巴黎那样成为懒散奢侈的处所。它是一座具有伟大历史的城市……"

"雅典也一样，"她微笑着插话道，"可是它因为体型庞大而非常懒惰，需要一只牛虻来叮醒它的……"

里卡尔多一拍桌子。"嗨，我们竟然没有想起牛虻！就是此人了！"

"他是谁？"

"牛虻——菲利斯·里瓦雷兹。你不记得他了？三年前从亚平宁山区下来的穆拉托里队伍中的一员？"

"噢，你认识那帮人，对吗？我记得他们去巴黎时，你和他们一道去的。"

"是的，我去了里窝那，去送里瓦雷兹前往马赛。他不愿在托斯卡纳逗留，说是起义失败以后，除了笑，他已经无事可做，因此他最好去巴黎。毫无疑问，他赞同格拉西尼先生的观点，认为托斯卡纳不是一个发笑的好地方。但我几乎可以断定他会回来，假如我们去请他的话，因为在意大利现在又有事情可做了。”

“你说他叫什么名字？”

“里瓦雷兹。我想他是巴西人。不管怎样，我知道他一直住在那里。他是我生平遇见过的最聪明的人之一。天知道，在里窝那那个星期，没有一件值得我们高兴的事情；一见到蓝波蒂尼的可怜样就令人伤心不已，可是当里瓦雷兹在屋子里的时候，就没人板着面孔。他走到哪里都像是一团荒诞的不熄之火。他脸上还留着一道难看的刀疤，我记得是我替他缝合起来的。他是个奇怪的人，但我相信，正是他和他的那些俏皮话，才使得那些可怜的小伙子没有彻底垮掉。”

“就是那个署名‘乐淘’，在法语报纸上发表政治讽刺小品文的人吗？”

“是的，他写的大多是短小精干的漫画小品文。亚平宁山上的走私分子因为他言辞锋利把他称作‘牛虻’，此后他就以这绰号来作为自己的笔名。”

“对这位先生，我略知一二，”格拉西尼插话道。他还是那副慢条斯理、一本正经的样子。“但我不能说我听到的都是恭维他的好话。他无疑具有某种哗众取宠的小聪明，不过我认为他的能力被夸大了。他可能不缺乏血气之勇，但据我所知，他在巴黎和维也纳的声誉也远非无可挑剔。他似乎是一个冒险经历丰富、来历不明的先生。据说，他是被杜普雷兹探险队出于怜悯给搭救起来的，是在南非某地的热带荒野中，他当时处于令人不可思议的野蛮退化状态。对于他何以沦落到那种境地，我相信他从来没有圆满地解释过。至于亚平宁山区那次起义，参加那一失败起义的人形形色色，恐怕这已经不是什么秘密。在博洛尼亚被处决的那些人都是些众所周知的普通罪犯，逃跑掉的许多人的人品根本不值一提。毫无疑问，其中有些参加者拥有高尚品格……”

“他们当中有些人还是这个房间内几个人的好友呢！”里卡尔多插话道，他的话音里带着一股怒气，“挑三拣四还拒人千里之外，这可真是太好了，格拉西尼。可是那些‘普通罪犯’是为自己的信仰而死的，这比你我所做的事情更有意义。”

“下一次如果再有人向你说起巴黎那些陈芝麻烂谷子的事，”加利说，“你就告诉他们是我说的，他们对杜普雷兹探险的传闻是错误的。我认识杜普雷兹的副手马特尔本人，从他那里了解到整件事情的经过。他们的确发现里瓦雷兹被困在那里。他在为建立阿根廷共和国的战斗中被俘，然后又逃脱了。他化装成各种各样的人，在那个国家四处游荡，企图回到布宜诺斯艾利斯。但是说他们救他是出于怜悯就纯粹是捏造。他们的翻译员病倒了，只好被送回去，这些法国人又没有一个人会讲当地语言，于是他们就请他做翻译。他跟他们在一起待了整整三年时间，在亚马孙河的支流探险。马特尔告诉我，他相信，要是没有里瓦雷兹，他们就绝不可能完成探险任务。”

“不管他是什么样的人，”法布里齐说，“他一定是个了不起的人，否则他就不会受到马特尔和杜普雷兹这两个老活动家的欢迎，他似乎的确受到了欢迎。夫人，你怎么看？”

“我对此事一无所知。在这些逃亡者途经托斯卡纳地区时，我正在英格兰。但是我想，如果与一个人在蛮荒之地进行了三年探险的同伴，如果与他一起经历了起义的同志，他们都对他有好评，这就是一个证明，足以抵消街头巷议的大量流言蜚语。”

“至于他的同志们对他的看法，那是无可挑剔的，”里卡尔多说，“从穆拉托里、赞贝卡里到最粗鲁的山民，他们都忠诚于他。而且，他还与奥尔西尼私交甚厚。另一方面，关于他在巴黎的情况，也确实有许多令人不快的荒诞传闻；可是一个人如果害怕树敌过多，他就成不了政治讽刺作家。”

“我不是很确定，”黎尕插话道，“可是在那些流亡者逃到这里的时候，我好像见过他一次。他背不驼，腰不弯，大概是这样的人？”

教授拉开书桌上一个抽屉，翻出一大堆报纸。“我觉得在什么地方有警方对他的描述，”他说，“你可曾记得他们逃出来躲到山里的时候，到处贴满了他们的个人画像，而且那个红衣主教——那混蛋叫什么名字来着？——斯皮诺拉，他还悬赏他们的头颅呢。”

“顺便说一下，关于里瓦雷兹和那份缉捕告示还有一个很神奇的故事。他穿上士兵的旧军装，化装成执行任务时受伤的马枪骑兵，在乡下四处游荡，试图寻找自己的同伴。他居然让斯皮诺拉的搜查队载他一程，在他们的一辆马车上坐了一整天，一路上还向他们讲述自己的悲惨故事：比如自己如何成为叛匪的俘虏，如何被他们拖进山间的巢穴，落入他们手中后遭受了何等残酷的折磨。他们让他看缉捕告示，他就编造一番胡话，向他们大谈‘他们称之为牛虻的恶魔’的事情。后来到了晚上，等那些士兵睡熟之后，他就往他们的弹药上浇了一大桶水，然后溜之大吉，口袋里装满了补给和弹药……”

“啊，就是这张报纸，”法布里齐打断了他的话，“菲利斯·里瓦雷兹，人称‘牛虻’。年龄：大约三十岁；出生地及父母：不详，也许出生在南美；职业：记者；身材：矮小；黑发，黑胡须；皮肤：黝黑；眼睛：蓝色；前额：宽而扁平；鼻子，嘴巴，下颚……是的，就是这张。特殊标记：右足跛；左臂扭曲；左手缺两根手指；脸上有最近被马刀砍伤的伤痕；口吃。下面还有一条补充，枪法精准；逮捕时应小心。”

“搜查队手握如此详尽的身份识别信息，他仍然能设法骗过他们，这真是不可思议的事情。”

“他能够化险为夷，当然全凭的一身胆量。一旦他们对他产生怀疑，他就没命了。可是只要他装成一副轻信别人的天真模样，那种神态就能使他渡过一切难关。好了，先生们，你们认为这个提议怎么样？看来在座诸位都很了解里瓦雷兹。我们是不是应该向他表明，我们乐于请他到这里来帮助我们呢？”

法布里齐说：“我认为我们可以就这个议题试探他一下，看他是否会同意考虑这一计划。”

“噢，你尽可放心，只要是同耶稣会士做斗争，他就会同意。在我认识的人当中，他是最反宗教的。实际上，他在这个问题上非常偏激。”

“那么，里卡尔多，你来写信好吗？”

“那是当然。让我想想，他现在会在哪里呢？我认为在瑞士。他是个闲不住的人，总是东奔西忙。但是至于小册子这个问题……”

他们随即展开了一次长时间的热烈讨论。最后，等到与会者纷纷离去时，马尔蒂尼来到那位沉默寡言的年轻妇女身边。

“我送你回家，吉玛。”

“谢谢，我正想和你谈件事。”

“是不是地址出了问题？”他温和地问道。

“没什么大问题，但我认为该做地址改变了。这一周有两封信在邮局被扣，都是些无关紧要的信，有可能是意外事故，但我们不能冒任何风险。只要警察对我们任何一个通信地址产生了怀疑，就必须立即更换。”

“我明天再来谈这事，今晚就不和你谈正事了，你看上去很累。”

“我不累。”

“那就是心情不好了。”

“噢，不，没怎么不好。”

第二章

“夫人在家吗，凯迪？”

“是的，先生。她在穿衣服。如果你到客厅去，她几分钟后就会下来。”

凯迪带着德文郡姑娘地道的快乐友好态度把客人迎了进来。她特别喜欢马尔蒂尼。他讲英语，当然讲得就像个外国人，但仍然十分得体。在女主人困倦时，他从不坐在那里扯着嗓门儿大谈政治到凌晨一点，其他一些客人就可能那样做。而且，在女主人陷入危难时，他曾亲自来德文郡施以援手。当时，女主人的孩子去世了，丈夫也危在旦夕。从那时起，凯迪就已经把这个笨手笨脚、沉默寡言的大个子男人当成了“家庭成员”，就像蜷缩在他膝盖上那只黑色的懒猫一样。从帕西特这只猫儿来讲，它把马尔蒂尼看作家里的一个有用物件。这位客人从来不踩它的尾巴，不把烟往它的眼睛里吹，也从来不凭着两足动物的好斗秉性以任何方式欺负它。他举止像个男子汉，还让它趴在他膝盖上睡觉打呼噜。在餐桌上也从来不忘，让猫看人类吃鱼是无趣的。他们之间的友谊时日已久。有一次，帕西特还是个小猫，女主人病得顾不上它了。还是马尔蒂尼关心它，把它藏在篮子里，从英国带到了这里。从那以后，长期的经验使它相信，这个笨得像熊一样的人绝非酒肉朋友。

“你们俩看上去倒是挺舒服！”吉玛说着走进了房间，“别人还认为你在这里过夜呢。”

马尔蒂尼小心翼翼地把猫从膝盖上抱下来。“我早一点来，”他说，“是希望在我们出发之前，你能让我吃些茶点。那边的人多得要命，格拉西尼才不会为我们准备像样的晚餐呢——生活在时尚府邸里的人绝对不会的。”

“那就来吧！”她哈哈大笑着说，“他和加利一样糟糕。可怜的格拉西尼这下可要吃够苦头了，他根本不知道他老婆是怎么持家的，尽管她持家也不完美。茶点很快就准备好了。凯迪还专门为你准备了一些德文郡糕点。”

“凯迪是个好姑娘，对吧，帕西特？顺便说说，你还是穿上那件漂亮衣服吧。我怕你忘了。”

“我向你保证过会穿的，不过像今晚这样炎热的天气，穿在身上太热。”

“在菲耶索莱就会凉快得多，没有什么比白色羊绒衫更适合你穿了。我给你带来一些鲜花佩戴着穿。”

“噢，那些可爱的玫瑰花呀，我真是太喜欢它们了！可是最好还是把它们放进水里去。我讨厌戴花。”

“那不过是你的迷信，幻想。”

“不，才不是呢。因为我觉得，它们要是被别在如此乏味的一个人身上度过一整晚，它们一定会感到厌烦的。”

“恐怕今夜我们所有人都会感到厌烦。谈话也会枯燥乏味得无法忍受。”

“为什么？”

“一部分原因是，格拉西尼触碰过的所有东西都会变得和他本人一样枯燥乏味。”

“别这么刻薄。我们就要去他家做客，这个时候这样说是不公正的。”

“你总是正确的，麦当娜。那不妨这样说，枯燥乏味是因为半数有趣的人不会来。”

“怎么会这样？”

“不知道嘛。外出，生病，诸如此类的原因吧。不论如何，会有两三位大使、一些学识渊博的德国人、和往常一样一些不伦不类的游客、俄国王子、文学社的人和几名法国官员。当然，这些人我一个都不认识，只有那个新来的讽刺作家除外，他将会是今晚的焦点。”

“新来的讽刺作家？什么，里瓦雷兹？但我以为格拉西尼很不喜欢他。”

“是的，但是一旦此人来到这里，人们肯定会谈起此人，格拉西尼当然就会想让他家成为这只新狮子最先亮相的地方。你也许可以断定，里瓦雷兹对格拉西尼不喜欢他这件事一无所知。不过，他也许已经猜到了，他目光敏锐。”

“我甚至不知道他来了。”

“他昨天才到的。茶来了。不，别站起来。我去取茶壶。”

他从没有像在这间小书房里这样快活过。吉玛的友谊，吉玛茫然不觉中对他产生的吸引力，她坦诚而又简单的同志友谊，是他并不快乐的一生中遇到的最快乐的东西。每当他感到非常郁闷时，他就会在下班之后来这里跟她一起坐一会儿，通常不说话，只是看她埋头做针线活儿或冲茶。她从来不问他遇到了什么麻烦，也从来不说同情的话，可是他离开的时候总是更加坚强，更加镇定。就像他自言自语说的那样，感觉到自己又能“体面地再熬过两周时间”。她具有安抚人的罕见天赋，不过她自己并不知道。两年前，当他最亲密的朋友在卡拉布里亚被出卖，并且像野狼一样被射杀的时候，也许是她坚定的信念把他从绝望中拯救出来。

在星期天的早晨，他有时会来“谈正事”，这一说法表示与马志尼党实际工作有关的一切事情。他们俩都是马志尼党积极忠诚的党员。每到这时，她就像完全换了一个人：敏锐，冷静，逻辑性强，表达准确，非常中立。那些只见她从事政治工作的人，会把她看作一个训练有素、纪律严明的革命者，守信用，见义勇为，在各个方面都是党组织的有价值成员，但是不知何故，她缺乏个人生活和个性。“她是个天生的革命者，抵得上我们十多个人的价值，她就是这样。”加利曾经这样评价她。马尔蒂尼所了解的“麦当娜·吉玛”是别人难以企及的。

“哦，你们那位‘新来的讽刺作家’长什么模样？”她在打开餐柜时回头问道，“那儿，切萨雷，那儿为你准备有麦芽糖和当归蜜饯。顺便说一句，我就搞不懂，为什么干革命的男人都那么喜欢吃糖。”

“其他男人也一样，只不过他们认为承认这一点有损他们的尊严。你问那个新来的讽刺作家吗？嗯，他是令普通女性痴迷的那种男人，你不会喜欢的。属于说话刻薄的职业经销商那一类人，一副懒洋洋的样子满世界游荡，身后还跟着一个舞女。”

“你的意思是说真有一个舞女，还是只是因为感到生气，要刻意模仿他说话刻薄？”

“上帝保佑！不是模仿，是真有一个舞女。对那些喜欢泼辣美的人来说，她算长得相当漂亮。但就个人而言，我并不这样认为。她是个匈牙利吉卜赛人，或诸如此类的人，里卡尔多这样说的。来自加利西亚的某个地方剧团。他似乎相当坦然，总是把她介绍给人们，仿佛她是他尚未出嫁的娘家小姑。”

“哦，多半是他把她从她家中带走的，这样才说得过去。”

“你可以这样看这些事，亲爱的麦当娜，可是社会上却并不这么认为。我认为，大多数人都很不高兴他把她介绍给他们，因为他们知道她是他的情妇。”

“除非他告诉了他们，否则他们怎么会知道呢？”

“这再清楚不过了。见到她你就会明白的。但我还是认为，就算他再胆大，也不敢把她带到格拉西尼家里去。”

“他们不会接纳她的。格拉西尼夫人可不是喜欢做标新立异这一类事情的女人。但我想了解的是讽刺作家里瓦雷兹先生，而不是一个男人。法布里齐告诉我已经给他写了信，他同意来开展反对耶稣会士的斗争，这就是我听到的最新情况。本周工作太多，忙得不可开交。”

"我不知道是否能告诉你更多的情况。在钱的方面似乎没有任何问题，我们原先担心有问题。他似乎很有钱，愿意无偿从事这一工作。"

"这么说，他拥有一大笔私有财产了？"

"显然是的，虽然这看来似乎很奇怪——在法布里齐家里那晚你听说了杜普雷兹探险队发现他时的境况，可是他却拥有巴西某地的矿山股份；其次，他作为专栏作家，在巴黎、维也纳和伦敦取得了巨大成功。他似乎熟练掌握了六七种语言，就算在这里也没人能组织他与外面的报纸保持联系。鞭挞耶稣会士也不会占用他的全部时间。"

"那是当然。该起身了，切萨雷。对了，我还是戴上玫瑰花吧。稍等片刻。"

她跑上楼，下来的时候胸前佩戴着玫瑰花，头上围着一条镶有西班牙花边的黑色长围巾。马尔蒂尼用艺术家的赞许目光审视着她。

"你看上去简直像个女王，亲爱的麦当娜，像伟大聪慧的示巴女王。"

"你这话说得真刻薄！"她哈哈大笑着反驳道，"你可知道我花了多大功夫才把自己打扮成这种像模像样的社交女士形象！谁想让一个革命者打扮得像示巴女王呀？要躲避密探，也不必采用这种办法。"

"不论怎么模仿，你也绝对不可能把自己装扮成那种愚蠢的社交女人。不过那终究没什么关系。你人长得这么漂亮，没人会把你当作密探而去揣测你的政治观点，尽管你不会傻笑，也不会像格拉西尼夫人那样用纸扇掩住自己的脸庞。"

"好了，切萨雷，别再说那个可怜的女人了！诺，再吃一点麦芽糖使你的性情变得温和一点吧。你准备好了吗？那我们最好就动身吧。"

马尔蒂尼说座谈会将会既拥挤又乏味，他完全说对了。那些文人彬彬有礼地聊着天，显得十分无聊；而"一群不伦不类的游客和俄罗斯王子"在房间里窜来窜去，打听对方是否是名人，试图进行思想交流。格拉西尼正在招待各类宾客，其方式犹如在精心擦亮自己的靴子。可是他一见到吉玛，就眉开眼笑起来。他并不是真喜欢她，私底下实际还有点怕她，但是他意识到：如果没有她，他的会客厅就会黯然失色。他在自己的行业内获得了很高的声誉，现在既有钱又有名。他现在的主要志向，就是使他的家成为自由人士和知识分子聚集的中心。他年轻的时候犯下错误，娶了一个毫无修养、衣着妖娆的小女人。她说话索然乏味，而且现在人老珠黄，根本不适合做大型文学沙龙的女主人。当他能够说动吉玛来参加的时候，他就总觉得今晚会取得成功。她安闲静谧的气度能够让客人们无拘无束。而且，根据他的想象，她一出现似乎就能将笼罩着他房屋的阴霾一扫而光。

格拉西尼太太热情地欢迎吉玛，故作惊讶地大声对她耳语道："你今晚看上去真漂亮！"同时不怀好意地用挑剔的目光细看她那件白色的羊绒衫。她十分讨厌这位客人，讨厌她的坚强个性，讨厌她庄重真诚的坦率，讨厌她稳定的心态，讨厌她脸上的表情，而马尔蒂尼正是因为这一切才喜欢上她的。格拉西尼太太讨厌一个女人时，就会用溢于言表的温情表现出来。吉玛对这套恭维和亲昵采取当之无愧的态度，不愿意去费脑子多想。在她看来，所谓的"融入社会"不过是一项乏味而又令人不快的任务，但每一个不愿引起密探注意的革命者又必须认真完成。她把这一项任务归入用密码进行写作的辛苦工作之类。因为知道衣着讲究的女性声望多么有用，是她免遭怀疑的护身符，因此她研究起时装画报来，就像研究密码本一样仔细。

一听到有人说起吉玛这个名字，那些无聊郁闷的文艺名流们立即活跃起来。她很受他们欢迎。尤其是那些激进的记者，他们立即从屋子另一头拥到她的身边。可她是一位十分老练的革命者，不会任由他们独占自己的时间。激进分子每天都能碰到。现在，当他们把她团团围住的时候，她就委婉地劝说他们去做各人该做的事情。她微笑着提醒他们：在这么多游客需要引导的时候，他们不该把时间都浪费在她一个人身上。至于她自己，则将全副精力用于应付一位英国议员，共和党正急着争取这位议员的同情。在得知他是一位金融专家后，她问了他一个有关奥地利货币的技术问题，先引起他的注意，然后又巧妙地将话题转到伦巴第和威尼斯的税收状况上来。那个英国人原以为自己会对闲聊感到厌倦，这时候斜眼看着她，显然生怕自己落入一位女才子的圈套。可是当他发现她不仅漂亮养眼，而且谈吐不俗的时候，就完全心悦诚服，认真地和她谈论起意大利的金融问题来，仿佛她就是梅特涅一样。这时，格拉西尼领来一位法国人，此人"希望向博拉夫人了解一些有关青年意大利党历史的情况"。议员惶恐不安地站起来。他意识到，意大利人不满的原因，也许超出了他的想象。

那天晚上的晚些时候，吉玛悄悄溜到客厅窗外的露天阳台上，想在巨大的山茶花和夹竹桃之间独自坐上几分钟。房间里密不透风，人群在不停地移动，这使她开始感到头疼。露台远端长着一排棕榈树和蕨类植物，它们全栽种在隐藏于一堆百合花和其他花卉植物之后的大木桶里。这些花木植物形成了一道屏风，屏风后面是能够俯瞰对面山谷美景的一个小角落。石榴树的枝条上结着一簇簇迟开的石榴花，悬挂在植物之间的窄缝两边。

吉玛躲在这个小角落里，希望无人猜想她在哪里，等到她休息一会儿，清静一会儿，能够打起精神去抵抗那可怕的头疼。夜晚温暖而美丽，四周一片寂静。可是她刚从闷热、密闭的房间里出来，所以感到阵阵凉意，于是将那条镶边的围巾围在头上。

不一会儿，从阳台那边传来一阵说话声和脚步声，把她从梦幻状态中惊醒过来。她退回到阴影里，希望在再次让自己疲惫的脑袋绞尽脑汁与人说话之前，能多争取几分钟宝贵的清静时间。令她非常恼火的是，脚步声在屏风附近停了下来。接着，格拉西尼夫人喋喋不休又尖又细的说话声突然停住不说了。

另一个声音是男人的说话声，十分柔和，很有音乐感，但是甜美的音调却因为一种独特的、拖腔拖调的咕噜声而大煞风景，这声音也许出自矫揉造作，更有可能是某种想要克服口吃的习惯性努力造成的结果。不管怎样，让人听着很不舒服。

“你说她是，英国人？”这个声音问道，“可却是地道的意大利姓名。叫什么来着——博拉？”

“是的。她是可怜的乔瓦尼·博拉的遗孀。博拉大约四年前死于英国——你不记得了？哦，我忘了——你过着这样好的生活；我们不能指望你了解我们这个不幸的国家的所有烈士——这样的烈士太多了！”

格拉西尼太太叹了一口气。跟陌生人谈话的时候，她总是这样，一副对意大利的不幸感到深切哀悼的爱国者模样，还带有寄宿学校的礼仪和漂亮小女孩努嘴的样子。

“死在英国！”另一个声音重复道，“他是个流亡者吗？我好像记得这个名字。他和早期青年意大利党有关系吗？”

“是的，他是三三年被捕的不幸青年之一——你还记得那个不幸事件吗？几个月后他被释放了。后来，过了两三年，他们又发出对他的拘捕令，于是他逃亡到英国。后来，我们听说他在英国结了婚，那是一段很浪漫的风流韵事。但是，可怜的博拉总是多情。”

“你是说，他后来就死在了英国？”

“是的，死于肺痨病。他受不了英国的恶劣气候。在他去世之前，他妻子还失去了他们唯一的孩子，孩子是得了猩红热病死的。非常悲惨，不是吗？我们都很喜欢亲爱的吉玛。她有一点拘谨，可怜的人。英国人总是这样，这你知道。可是我认为，她的苦难使她很忧郁，而且……”

吉玛站起身，向后推开石榴树的树枝。为了闲聊而散播她的个人不幸，这是她难以忍受的。她走进亮光下的时候，脸上带着明显的厌恶神情。

“啊，她在这儿！”女主人大声说道，其神态之冷静，真是令人钦佩。“吉玛，亲爱的，我刚才还在想你到哪儿去了呢。菲利斯·里瓦雷兹先生希望和你交个朋友。”

“这么说这位就是牛虻了。”吉玛心中想道，她有一些好奇地打量着他。他很有礼貌地向她深鞠一躬，眼睛却在她的脸庞和身上瞟来瞟去，那敏锐而探询的目光在她看来有些无礼。

“你在这里找到了一个真可、可、可爱的小角落呀，”他一边说，一边看着那道厚厚的屏风，“真是多、多、多美的景色啊！”

“是的，这确实是个很美的地方。我来这儿是为了呼吸一点新鲜空气。”

“这么美丽的夜晚，待在屋子里真是辜负了上帝的美意，”女主人说着抬头仰望满天星星，（她喜欢显摆自己美丽的睫毛。）“瞧，夫人！要是我们美丽的意大利获得了自由，它不就是人间的天堂吗？她有这么美丽的鲜花，这么辽阔的天空，谁能想到她会沦为失去自由的奴隶！”

“还有这么爱国的女人！”牛虻喃喃自语，说话声慢吞吞的，听上去温柔而又懒散。

吉玛有些惊恐地扫视了他一眼，他的傲慢无礼显而易见，任何人都听得出来。可是吉玛低估了格拉西尼太太对恭维的胃口，这个可怜的女人叹息一声，垂下了眼睫毛。

“啊，夫人，一个女人能有多大作为呢！也许有朝一日我会证明自己配得上意大利人这个称呼——谁知道呢？可我现在必须回去执行社交任务了。法国大使恳求我把他的监护对象介绍给所有的显要人物，你一定要进去见见她。她是个很可爱的女孩。吉玛，亲爱的，我带里瓦雷兹先生出来是为了让他看一看我们的美景，现在我必须把他托付给你照料。我知道你会照顾好他，把他介绍给每一个人。啊！那不是可爱的俄罗斯王子吗！你们见过他吗？他们说他深受尼古拉斯陛下的宠爱。他在波兰的某个城镇担任军事长官，那座城镇的名字没人叫得出来。”

“好美的夜晚啊！不是吗，我的王子？［法语］”

她飘然而去，朝着一个脖子粗壮得像公牛的男人滔滔不绝地讲了起来。那男子下巴上堆满了赘肉，外衣上点缀着各种闪闪发光的勋章。她那“我们不幸的祖国”［法语］的忧伤挽歌夹杂着“妩媚”［法语］和“我的王子”［法语］的声音，渐渐消失在阳台的那一头。

吉玛静静地站在石榴树旁。她对那个可怜愚蠢的小女人感到惋惜，对牛虻无精打采的傲慢感到恼火。他注视着远去的身影，他脸上的表情令她生气，那神情似乎在刻薄地嘲笑这些可怜的人。

“意大利和——俄罗斯的爱国主义都走了，”他微笑着转过身来对着她，“手挽着手，因为有了对方的陪伴而十分高兴。你喜欢哪一种？”

她微微皱了一下眉，没有回答。

“当、当然了，”他接着说道，“这只不过是、个人的爱好问题。不过我认为，在这两种爱国主义之间，我更喜欢俄国人那一种——它非常彻底。如果俄国不得不依靠鲜花和天空来维持自己的霸权，而不是靠子弹和射击，你认为‘我们的王子’对那个波兰要塞能守住多久呢？”

“我认为，”她冷冷地回答道，“我们可以保留我们自己的意见，而不必去嘲笑一个女人，尤其是我们还是她的客人。”

“啊，说得对！我忘、忘记了在意大利的这个地方，有殷勤好客的义务，还有非常好客的人，那些意大利人。我肯定奥地利人也会这样认为。你不坐下吗？”

他一瘸一拐地走到阳台对面，为她拉回一张椅子，他自己则在她对面坐了下来，倚靠在栏杆上。窗子里射出来的灯光映照在他的脸上，这样她就可以不慌不忙地端详那张脸。

她失望了。她原指望见到一张醒目、威武的脸庞，纵使不讨人喜欢也罢。可是，他最显著的外貌特征与其说是某种被掩盖着的傲慢无礼言行，不如说是浮华的衣着倾向。至于其他方面，他皮肤黝黑，就像一个黑白混血儿；虽然跛足，却像猫一样机敏。奇怪的是，他的整体性格给人留下的印象，是一只黑色的美洲豹。他的前额和左脸颊已经破了相，留下了一道被军刀砍过的斜长弯曲的恐怖刀痕。她还注意到，每当他结结巴巴地开始说话时，他的半边脸就会神经质地痉挛。要不是有这些缺陷，他一定会长得相当英俊，尽管那会令人感到不安。不过，他那张脸并不吸引人。

不一会儿，他又开始低声说话，声音细得像猫一样。（“真像一只美洲豹说话的声音，如果它能说话并且心情好的话。”吉玛暗自说道，火气越来越大。）

“我听说，”他说道，“你对激进的报纸感兴趣，还为报纸写文章。”

“我写得不多，没时间多写。”

“噢，那是当然！我从格拉西尼太太那里得知，你还肩负着其他重要工作。”

吉玛微微扬起了眉毛。格拉西尼太太就是一个傻乎乎的小个子女人，她显然口没遮拦，把一切都对这个轻率狡猾的人说了，而吉玛真的开始不喜欢眼前这个人了。

“我确实比较忙，”她说话的口气很生硬，“可是格拉西尼太太高估了我所做事情的重要性，那都是一些微不足道的小事。”

“哦，如果我们所有人都把我们的时间花在为意大利唱挽歌这件事上，那这个世界将会很糟糕。我倒是认为，今晚晚会的主人及其太太的邻居为了保护自己会让每个人都变得很轻佻无聊。噢，是的，我知道你想说什么。你说得很对，可是他们俩的爱国主义实在令人觉得好笑。你就要进去了吗？这里真好啊！”

“我想我要进去了。那是我的围巾吗？谢谢你。”

他已经捡起围巾，站在那里瞪大眼睛看着她，他的眼睛就像小溪里的勿忘我花一样湛蓝清纯。

“我知道你很生我的气，”他悔恨地说，“因为我愚弄了那个油漆蜡像，可这又有什么办法呢？”

“既然你问我，我就不得不说：我的确认为那样做不够磊落，而且还—嗯—还是懦夫所为，用那种方式来嘲讽智力低下的人，就像是嘲笑跛子，或者……”

他突然痛苦地屏住呼吸，身躯后缩，扫了一眼自己的跛足和残疾的手。片刻之间，他又恢复了镇定自若的神态，突然哈哈大笑起来。

“这个比喻恐怕有失公正，夫人。我们这些跛子绝不会像她炫耀自己的愚蠢那样，在别人面前炫耀自己的身体缺陷。至少我们相信，背部畸形并不比行为畸形更令人不愉快。这儿有一个台阶，扶着我胳膊好吗？”

她一声不吭地重又回到房间里，内心十分尴尬。他的敏感完全超乎她的意料，使得她不知所措。

他径直推开宽敞的会客厅大门。她突然意识到，在自己离开的这段时间里，客厅里发生了某种异乎寻常的事情。先生们看上去大多显得愤怒而不安；女士们一脸羞赧地聚集在房间的一端，小心翼翼地装作不明就里的模样；男主人用手指拨弄着自己的眼镜，露出明白无误、强忍下去的怒火；一小群游客站在房间的角落里，饶有兴趣地看着远端的一角。显然，那里正在发生一桩在他们看来是笑话，在大多数客人看来是侮辱的事情。只有格拉西尼太太一人装作没注意到任何事情的样子。她卖弄风情地挥舞着折扇，喋喋不休地对荷兰大使的秘书说着什么，后者眉开眼笑地听着。

吉玛在门口停了一下，转身去看那个牛虻是否也注意到了同伴们脸上的不安神色。当他从幸福无知的女主人脸上看到房间尽头的一张沙发时，他的眼里明白无误地流露出一种邪恶的得意神情。她立即恍然大悟：他打着虚假的幌子把自己的情妇带到这里来，除了格拉西尼太太，他没有骗过其他的人。

那个吉卜赛女孩斜靠在沙发上，身边围着一群不停傻笑的花花公子和不停献殷勤的骑兵军官。她打扮得花枝招展，身着琥珀色朱红色相间的服装，身上佩戴着各种配饰，带着东方的艳丽色彩，在佛罗伦萨的这个文学沙龙里令人无比惊艳，犹如一只热带鸟儿出现在麻雀和椋鸟群中。她自己似乎也感觉到与环境格格不入，于是带着一种鄙夷的神情，怒视着那些气急败坏的贵妇人。一见到牛虻和吉玛走进房间，她就跳起来向他走去，嘴里还口若悬河地费力发出一连串不正确的法语，让人听起来头痛。

“里瓦雷兹先生，我正在到处找你呢！伯爵萨尔特科夫想知道你明晚能不能去他的别墅。那里要举办舞会。”

“对不起，我不能去；而且即使我能去，也没法跳舞。博拉太太，请允许我向你引荐思蒂·雷尼太太。”

那吉卜赛女人神态倔强地上下打量了一下吉玛，僵硬地鞠了一躬。正如马尔蒂尼所说，她果真长得很美，带有一种鲜明、质朴的野性美。她的动作十分和谐自在，看上去赏心悦目。可是她的前额又低又窄，精巧的鼻子曲线长得毫无同情心，几乎接近残忍。跟牛虻在一起吉玛就感到压抑，这种压抑感因为这个吉卜赛人的出现而被进一步加强了。不一会儿，男主人来求博拉太太，请她帮着招待另一个房间里的游客，她当即答应了，心里如释重负，那是一种很奇怪的感觉。

……

“哦，麦当娜，你怎么看那个牛虻？”那天深夜他们驱车回佛罗伦萨，马尔蒂尼在路上问道，“他竟然愚弄格拉西尼的那个可怜的小个子女人，你可曾见到过比这更可耻的事情？”

“你指那个舞女吗？”

“是的，他让她相信那个女孩子会成为声名显赫的名人。为了名人，格拉西尼太太可是愿意做任何事情的。”

“我认为那样做不公正，居心不良。那样会让格拉西尼夫妇陷入尴尬境地，而且这对那女孩本人也十分残忍。我肯定她当时也感到不安的。”

“你和他谈过话，对吗？你觉得他怎么样？”

“噢，切萨雷，除了知道离开他的时候我有多么高兴，别的什么都没想过。才跟他在一起聊了十分钟，我就头痛不已。他就像一个骚动不安的恶魔的化身。”

“我知道你不会喜欢他。说句实话，我也不喜欢他。那人像泥鳅一样滑头，我不相信他。”

第三章

牛虻在罗马城门外住了下来，思蒂住在附近。他显然是一个有点喜欢奢侈享乐的人。虽然房间里没有显示出任何严重的铺张浪费，在一些琐碎事情上却有着奢侈的倾向，在所有事情的安排上表现出近乎挑剔的讲究，这让加利和里卡尔多非常惊讶。他们原以为会找到一个曾经在亚马孙河两岸的荒野中生活过、口味简单的人，因此，他们对他一尘不染的领带和一排排铿亮的靴子，对总是摆放在他写字台上的一丛丛鲜花感到惊讶。总的来说，他们与他相处得很好。他对所有人都热情友好，对当地的马志尼党员尤其如此。这一规则对吉玛显然又另当别论。自他们初次见面以来，他似乎就不喜欢她了，总是想方设法地躲着她。有那么两三次，他对她竟非常粗暴，因此招致了马尔蒂尼对他的强烈憎恶。两个男人从一开始就对对方没什么好感，两人的气质似乎水火不容，彼此都厌恶对方。对马尔蒂尼来说，这种厌恶正在快速发展成敌意。

“我并不介意他不喜欢我，”有一天他对吉玛说，一脸的委屈模样，“因此，我也不喜欢他，这样对双方都不会有什么害处。可是我不能容忍他对待你的那种方式。要不是担心在党内造成流言蜚语，说我们先把他请来，然后又同他争吵，我真要叫他出去说道说道了。”

“不用理他，切萨雷。这没什么大不了的。毕竟，我也和他一样有错。”

“你有什么错？”

“他现在很不喜欢我，是因为我们第一次相会时，在格拉西尼家的那个夜晚，我对他说了一句很粗暴的话。”

“你会说无礼的话？简直令人难以置信，麦当娜。”

“当然，那是无心之过，我也非常歉疚。我说了句人们嘲笑跛子的话，没想到他会对号入座。我从来没有把他当成跛子，他身体也没有残得那么严重。”

“当然没有。他一个肩膀高，一个肩膀低。他左臂严重伤残，但他既不驼背，脚也不畸形。至于他的跛足嘛，那也不值一提。”

“总之，他浑身发颤，脸色骤变。当然，我自己也太笨拙了。可是说来也怪，他竟然会那么敏感。我就纳闷，难道他没遇到过别人跟他开这种残忍的玩笑？”

“我倒认为，更有可能是他把他们都杀了。此人优雅举止的外表下隐藏着一副蛇蝎心肠，这一点让我感到非常恶心。”

“好了，切萨雷，这样说就完全不对了。我比你更不喜欢他，可是，把他说成更坏的人又有什么意思呢？他的举止是有一点做作，有些令人生气——我想他是被人给捧坏了——他那永无休止的时髦话语令人十分厌倦，但我不相信他会想害人。”

“我不知道他意欲何为。但是，一个人嘲笑一切事物，他内心就有一些肮脏的东西。那天，在法布里齐家的辩论会上，听到他那样贬斥罗马的改革，仿佛他想要寻找一切事物的邪恶动机，真让我恶心。”

吉玛叹了口气。“在那件事情上，我恐怕更赞同他的观点。”她说，“你们这些善良的人总是充满了美好的希望和期待；你们总是乐于去想，如果一位善良的中年绅士碰巧被选为教皇，那么一切问题就会因此迎刃而解。他只消推开牢门，为身边所有人赐福，我们就可以指望在三个月内实现太平盛世。你们似乎从来就不明白，即使他愿意，他也不能拨乱反正。因为这事错的是原则，而不是这个人或那个人的行为不当。”

“什么原则？是指教皇的世俗权力吗？”

“为什么单单说它呢？它只是总体错误中的一部分。糟糕的原则就是任何人都可以掌握操控别人的权力。这种错误关系会妨碍人与人之间的交往。”

马尔蒂尼高举双手。“好了好了，麦当娜，”他哈哈大笑着说，“一旦你开始以那种方式谈论起讨厌的反律法主义，我就不打算和你讨论了。我确信你祖先一定是17世纪的英国平等派成员。另外，我到这里来的目的是为了这份手稿。”

他从口袋里掏出手稿。

“又一份新小册子？”

“是里瓦雷兹这个讨厌鬼昨天交给委员会的一份愚蠢透顶的手稿。我知道，和他在一起，用不了多久我们也会变成傻子。”

“手稿怎么了？老实说，切萨雷，我认为你对他有一点偏见。里瓦雷兹也许不招人喜欢，可是他并不愚蠢。”

“噢，我并不否认这份手稿有聪明透顶之处，但你最好还是自己先读一读吧。”

小册子是一部滑稽短剧，讽刺人们对新教皇继位而产生的狂热，这种狂热至今还充斥着全意大利。像牛虻的所有作品一样，这部作品笔锋犀利，充满仇恨。但是，虽然吉玛很不喜欢作品的风格，她在内心深处也情不自禁地承认这一批评是公正的。

“我非常赞同你的观点，这篇手稿确实恶毒可恶，”她边说边放下手稿，“可最糟糕的是，它讲的全都是事实。”

“吉玛！”

“对，可是事实如此。你尽可将此人看作一条冷血的鳗鱼，可是真理站在他那一边。我们竭力劝说自己这篇文稿没有击中要害，但是这样没用——它击中了要害！”

“那么，你是否建议我们印刷此文稿？”

“啊！那又另当别论了。我当然不会认为我们应该原封不动地印刷文稿，那样做会伤害并疏远所有的人，毫无益处。但是如果我们改写这篇文稿，删除那些人身攻击的内容，我认为就很有可能将它变成一篇真正有价值的作品。因为政治批评写得非常好。我没想到他能写得这样出色。他讲必须讲的事情，而我们却没有一个人有勇气这样讲。看看这一段：他把意大利比作一个醉汉，搂住一个小偷的脖子温柔地哭泣，而小偷正在偷他的钱包。写得真精彩！”

“吉玛！整篇作品这一段写得最糟糕！我讨厌对每一件事情和每一个人居心不良地疯狂乱咬！”

“我也一样，可这不是关键问题。里瓦雷兹的文风令人讨厌；而且，作为一个人来说，他也一点不英俊。可是，当他说我们沉醉于游行和拥抱，沉醉于高呼友爱与和解，说耶稣会士和圣信会士们才是从中渔利的人时，他就千真万确说对了！真希望我参加了昨天的委员会会议。你们最终得出了什么结论？”

“这就是我来这里的目的：请你跟他商量一下这件事，劝他缓和语气。”

“我？可是我根本不了解这个人，而且他讨厌我。这么多人，为什么偏偏让我去？”

“只因为今天找不到别的人去做这件事。而且，你比我们其余这些人都更会讲道理。你不会像我们一样，陷入无益的讨论，和他发生争吵。”

“我当然不会那样做。好吧，如果你喜欢的话，我就去，不过我对成功并不抱多大希望。”

“我可以肯定，只要你尽力，就一定能够说服他。是的，并且转告他，从文学的角度看，委员们都很欣赏这篇稿子。这样他就会心情愉快，而且这也是大实话。”

……

牛虻坐在一张摆放着鲜花和蕨类植物的桌子旁边，出神地凝视着地板，膝盖上放着一封拆开了的信。一只皮毛蓬松的柯利牧羊犬卧伏他脚下的地毯上，当吉玛轻敲开着的房门时，牧羊犬扬起头来汪汪叫唤。牛虻赶紧站起身，僵硬着身子，礼节性地鞠了一躬。他的脸突然变得冷酷无情。

“你真是太好了，”他用一种非常冷漠的腔调说道，“要是事先让我知道你想和我说话，我就已经去拜访你了。”

吉玛见他明显想置自己于千里之外，便赶紧说明来意。他再次鞠了一躬，并拉过一张椅子让她坐。

“委员会希望我来找你，”她开口说道，“因为他们对你的宣传册子有不同的意见。”

“我预料到了。”他微笑着坐到她对面，顺手拖过一大瓶菊花放在前面挡住光线。

“大多数委员都认为，不论他们多么欣赏作为文学作品的宣传册，他们并不认为宣传册目前的形式适合印刷。他们担心小册子的激烈口吻会得罪、疏远一些人，而这些人对党的帮助和支持是很有价值的。”

他从花瓶里抽出一枝菊花，将白色的花瓣一朵一朵地慢慢扯掉。她无意中看到他那只纤细的右手扯掉一朵朵花瓣的动作，心里立即产生了一种很不舒服的感觉，自己好像在哪里见到过这一动作。

“作为文学作品，”他用柔和、冷漠的声音说道，“它一文不值，只有对文学一无所知的人才会推崇它。至于说它会得罪人，那正是我想要做的事情。”

“这一点我非常理解。问题是，得罪错了人你就不会取得成功。”

他耸了耸肩，将扯下的一个花瓣塞进嘴里。“我想你误会了，”他说道，“问题是：你们委员会出于何种目的请我来这里？我的理解是，揭露并讽刺耶稣会士。我可是竭尽全力来履行自己的职责。”

“我可以向你保证，没有人怀疑你的能力和好心。委员会担心的是自由党可能会生气，城里的工人也有可能不再在道义上支持我们。你这篇小册子也许意在攻击圣信会教徒，但是许多读者会把它理解为对教会和新教皇的攻击。从政治策略的角度出发，委员会认为这样做是不可取的。”

“我开始明白了。只要继续针对党不喜欢的那几位牧师先生，我就可以畅所欲言；但我却直接触及到了委员会喜欢的几个宝贝牧师——‘真理是一条狗，必须待在狗窝里；只有当圣父站在火边的时候——才必须用鞭子把它撵出来……’［牛虻在引用《李尔王》第一幕第四场中傻子讲的一段话“真理是一条贱狗，它只好躲在狗洞里；当猎狗太太站在火边撒尿的时候，它必须一鞭子把人赶出去。”］是的，那个傻子说得对；可我宁愿做任何一种人，也不愿做傻瓜。当然了，我必须服从委员会的决定，可是我仍然认为，这样做会降低双方的机智，会放过中间的——蒙、蒙、蒙、塔、内、利先生。”

“蒙塔内利？”吉玛重复道，“我不明白你什么意思。你是指布里西盖拉的主教吗？”

“是的。新教皇任命他做了红衣主教，这你知道。我这里有一封有关他的信。你愿意听吗？写信的人是我的朋友，从边界那边寄来的。”

“教皇国边界？”

“是的。他是这样写的……”他拿出从她进来时就一直握在手里的那封信，大声念了起来，突然变得非常结巴：

“你、你、你很、很、很快就会有、有、有幸遇、遇、遇见我们最、最、最可怕的一个敌人，红、红、红衣主教洛伦佐·蒙、蒙塔、内、内利，布里西盖、盖、盖拉的主、主、主教。他想、想……”

他顿住了，停了一会儿，又重新开始念，念得非常缓慢，声音拖得令人难受，可是不再结巴了：

“他想在下个月访问托斯卡纳区，其使命是实现和解。他会先在佛罗伦萨讲道，会在那里逗留三个星期，然后去锡耶纳和比萨，再途经皮斯托亚返回罗马涅大区。他表面上属于教会中的自由派，是教皇和红衣主教费雷迪的朋友。格雷戈里教皇在位时，他失宠被贬到亚平宁山区一个看不见的小洞里。现在他突然又抛头露面了。当然，实际上，他就像国内的圣信会徒，都受到耶稣会的操纵。他肩负的使命就是由一些耶稣会的神父建议的。他是教会中最杰出的牧师之一，其行事方式就像兰布鲁斯契尼本人一样阴险。他的任务是保持公众对教皇的狂热不消退，吸引公众的注意力，直到大公签署耶稣会代理人准备向大公提交的一个计划。我还没有弄清这个计划的内容。”这封信接着写道：“至于蒙塔内利是否理解他因为什么被派到托斯卡纳去，或者是否是耶稣会士在作弄他，我不能确定。他要么是个绝顶聪明的骗子，要么是个世所罕见的大傻瓜。奇怪的是，据我所知，他既不受贿，也不养情妇——我还是第一次遇见这样的事。”

他放下那封信，坐在那里眯着双眼望着她，显然是在耐心等待她说话。

“你的情报员提供的事实是正确的，你对此感到满意吗？”过了一会儿，她问道。

“你是说关于蒙、塔、内、内利老爷这位完人无可指责的私生活吗？不满意，不过他也并非完人，”他又加入省略的从句：“据我、我所发现的情况……”

“我不是说那个，”她冷冷地插话道，“而是有关这 任务的那部分。”

“我完全信任写信的人。他是我的老朋友——是我四三年的同志之一，他所处的地位使他获得了弄清那一类事情的绝佳机会。”

“梵蒂冈的某个官员，”吉玛飞快地想到，“这么说来你们保持的就是这种关系？我猜想就是诸如此类的事。”

“当然，这是一封私信，”牛虻接着说，“而且你懂的，这一情报只限于你们委员会的成员知道。”

“这个不用你说。接着说关于那本宣传册的事：我是可以告诉委员会你同意做一些修改以使其委婉一点，还是……”

“你难道不认为，改动原稿，降低语气的激烈程度，会破坏那篇文学作品的整体美，夫人？”

“你问的是我的个人意见。我来此表达的却是委员会整体的意见。”

“那是否在暗示你、你不同意委员会整体的意见？”他已经将信放进了衣袋，如今附身向前，用渴望、专注的表情望着她，这表情完全改变了他的面容。“你认为——”

“如果你想知道我个人是怎么想的——我不赞同大多数人在这两个问题上的看法。我根本不从文学角度去欣赏小册子，而且我的确认为这样描述事实是正确的，所用的策略是明智的。”

“那就是说……”

“我非常赞同你的看法，意大利正被鬼火引入歧途，所有这一切狂热和欣喜也许会置它于非常可怕的泥淖之中；有人将这一点公开大胆地说出来，我应该感到由衷的高兴，即使会付出代价，冒犯并疏远当前支持我们的一些人。但是，作为一个组织的成员，这个组织的绝大多数人都持反对意见的话，我就不能固执己见。我当然也认为，如果必须要谈那一类事情，也应该温和、平静地谈，而不该用这本小册子所采用的语调。”

“你能不能等一下，让我把这篇稿子再看一遍？”

他拿起稿子一页一页地翻看起来，同时眉头紧锁，露出了不满的表情。

“是的，当然如此，你说得完全正确。草稿写得像咖啡厅里表演的滑稽短剧，不像一出政治讽刺剧。可是我又能怎么办呢？如果我中规中矩地写，公众就不能理解；如果写得不够尖刻，他们就会说枯燥乏味。”

“你不觉得过于尖酸刻薄也会枯燥乏味？”

他快速敏锐地瞟了她一眼，接着哈哈大笑起来。

“夫人显然是属于总是正确的那一类可怕的人！那就是说，如果我屈服于尖酸刻薄的诱惑，我最终就会变得像格拉西尼太太一样乏味？天呀，命苦啊！别，你别皱眉。我知道你不喜欢我，我这就说正事。嗯，实际情况是这样的：假如我剪掉个人攻击部分，只留下手稿最基本的部分，委员会就会非常后悔他们没能负责印刷出来。如果我剪掉政治真理，将所有确凿的人名全部改成党的敌人，委员会就会把稿子吹得好上了天，而你我又知道它没有印刷价值。这就造成了一个绝妙的形而上学论题：以下情况哪一种更理想，是印出来但没有印刷价值，还是有印刷价值但不能印出来？你说呢，夫人？”

“我并不认为你面临着这样的两难选择。我相信，如果你删除掉那些人身攻击的内容，委员会就会同意付印小册子，尽管大多数人不会赞同这样做。我确信文稿会很有用。但你必须放弃尖刻的文风。如果你要讲述一件事情，但实际上却是要让读者吞下一个难以下咽的苦果，那么就别在形式上一开始就吓唬他们。”

他叹了口气，服从地耸了耸肩。“我服从，夫人，但是有一个条件。如果你现在不许我笑，那么下一次我一定要笑出声来。当那位无可指责的红衣主教阁下来到佛罗伦萨的时候，不管是你还是你的委员会，都不许再反对我的尖刻，我想怎样就要怎样，这是我的权力！”

这番话他说得十分轻松，十分冷漠。他随手拔出花瓶里的菊花，举起来仔细查看穿过半透明花瓣的光线。“他的手抖得很厉害，”看到菊花在他手里不停地哆嗦，她心中暗想，“他肯定不喝酒！”

“你最好去和委员会其他成员商讨这件事，”她边说边站起身来，“至于他们对这事是怎么想的，我没法告诉你。”

“那你是怎么想的？”他也站起身，斜靠着桌子，把鲜花摁到自己脸上。

她犹豫起来。这问题令她痛苦不安，勾起了她以往的痛苦回忆。“我——不知道，”她最后说道，“许多年以前，我对蒙塔内利阁下的一些事曾经有所了解。他在当时还只是个教士，是我小时候生活的那个省的神学院院长。我听说过他很多事情，从——从某个和他很亲密的人那里。我从来没有听到过任何说他不好的话。我相信，至少在那些日子里，他真是一个非常杰出的人。不过那已经是很久以前的事了，他也可能变了。不负责任的权力腐蚀了这么多人。”

牛虻从那一簇花丛中抬起头，脸色平静地看着她。

“不管怎么说，”他说道，“就算蒙塔内利阁下本人不是恶棍，可他也是掌握在恶棍手中的工具。这对我来说都一样——对我边境之外的朋友来说也一样。路上的石头也许充满善意，但也必须把它踢出去。请让我来，夫人！”他按响门铃，然后一瘸一拐地走到门口，打开门让她出去。

“谢谢光临，夫人。要我为你叫一辆马车吗？不需要？那么下午好！比安卡，请把客厅的门打开。”

吉玛来到大街上，心中焦虑不安。“我边境外面的朋友”——他们都是些什么人？怎样将石头踢到公路外面去？如果他只是开玩笑，为什么说这话的时候眼中带着杀气？

第四章

蒙塔内利阁下在十月的第一周来到了佛罗伦萨。他的来访在全城引起了一阵小小的骚动。他是著名的传教士，又是革新派教皇的代表；人们急切地盼着他来阐释“新教义”，阐释友爱与和解的福音，这福音能够治愈意大利的忧伤。红衣主教吉齐被提名为罗马教皇国秘书长，以取代遭到人民普遍厌恶的兰布鲁斯契尼，这件事情将公众的狂热推向了高潮，而蒙塔内利就是能够维持这种狂热的合适人选。在罗马教廷的高级教士中，他无可指责的严谨生活十分罕见，这就足以吸引一些人的注意力，这些人习惯于将敲诈、贪污和肮脏的私通看作是高级教士职业生涯几乎一成不变的附属品。更重要的是，蒙塔内利作为传教士的才能确实很出众。凭借自己的美妙声音和人格魅力，他就会在任何时候、任何地点做出成绩。

格拉西尼一如既往地竭尽全力想把这位新到的名人迎到自己家里来，可蒙塔内利却不是容易上当的人。对于所有邀请，他一概彬彬有礼而又明确地予以回绝，理由是他身体不好，时间安排得很满，因此既没有体力也没有闲暇时间参加社交活动。

“格拉西尼夫妇简直就是杂食动物！”在一个晴朗寒冷的礼拜天上午，马尔蒂尼和吉玛两人在穿过市政广场的时候，马尔蒂尼轻蔑地对她说，“你有没有注意到，当红衣主教的马车驶来的时候，格拉西尼是怎么鞠躬的？他们才不管他是谁，只要他是别人谈论的对象就行。我一辈子还没有见到过这样的趋炎附势之徒。八月来的是牛虻，现在来的是蒙塔内利。希望主教阁下受到如此瞩目会受宠若惊，与他分享如此殊荣的冒险家真是大有人在。”

他们之前在大教堂里听蒙塔内利布道，大教堂里面挤满了如饥似渴的听众。马尔蒂尼担心吉玛头痛病复发，便劝她在弥撒结束之前早点离开。此前已经下了一周雨，这是雨后第一个阳光明媚的早晨。这给他提供了一个机会，借机建议在圣·尼科洛教堂花园的斜坡上散会儿步。

“不，”她回答道，“你要是有时间的话，我很乐意走一走，但不是朝山丘上走。我们还是沿着阿诺河走吧。蒙塔内利从教堂出来会经过这里，而且我就像格拉西尼一样——我想看一看这位要人。”

“可是你刚刚才见过他。”

“远了一点。大教堂里太拥挤，马车经过时他背对着我们。要是我们靠近那座桥，就肯定能看清楚——你知道，他就住在阿诺河边。”

“可你怎么突发奇想，想去看蒙塔内利？你以前从来不在意著名的牧师。”

“不是著名的牧师，是他这个人。我想看一看自我上次见他后，他发生了多大的变化。”

“那是什么时候？”

“是在亚瑟去世两天之后。”

马尔蒂尼焦虑地瞥了她一眼。他们这时已经来到了阿诺河边，她茫然地望着对岸，脸上露出一副他讨厌见到的表情。

“吉玛，亲爱的，”过了一会儿他说道，“难道你要让那件伤心事困扰你一辈子？我们在十七岁的时候都犯过错误。”

“不是所有人在十七岁的时候都杀死过自己最亲密的朋友。”她厌倦地说。然后她将一只胳膊斜倚在大桥的石栏杆上，俯视着桥下的河水。马尔蒂尼没有再说话。每当她表现出这样的情绪时，他几乎有些害怕同她说话。

“每当我俯瞰河水，就会回想往事，”她说着慢慢抬起头去看他的眼睛，接着感到身上一阵紧张的微微颤抖，“我们接着走吧，切萨雷，站在这儿有点冷。”

他们默默地走过大桥，沿着河边行走。过了几分钟，她又说话了。

“那人的嗓音真美！声音里有一种我在别人声音里从未听到过的东西。我相信，他影响力一半的秘密就在于他的嗓音。”

“的确是美妙的嗓音。”马尔蒂尼表示赞同。他抓住这个有可能转移她注意力的话题，以便使她忘掉由河水勾起的可怕回忆。“撇开嗓音不说，他还是我听过的传教士中最杰出的传教士。不过我相信，他影响力巨大还有更为深刻的秘密。使他从所有主教中脱颖而出的，是他的生活方式。在意大利的所有高级教士中，不知道你是否还能指出另外一个人——教皇本人除外——能够拥有如此一尘不染的声誉。我记得去年在罗马涅大区的时候，我穿过他的教区，见到那些粗野的山里人在大雨中耐心等待，为的就是能够看他一眼，或者摸一摸他的衣服。他在那里极受尊崇，几乎被奉为圣人。这对罗马涅人来说是非比寻常的事情，因为他们普遍讨厌与穿教士服的人有关的事情。我曾经对一个老农——我生平见过的一个典型走私贩——说那里的人似乎非常忠诚于主教，他却说：‘我们不喜欢主教，他们都是些骗子；但是我们喜欢蒙塔内利阁下，因为没人知道他曾经撒过谎，或者做过任何不公正的事。’”

“我就纳闷，”吉玛半是自言自语地说道，“他是否知道人们是如何看他的。”

“他怎么就不应该知道呢？你认为人们的看法不对吗？”

“我知道不对。”

“你怎么知道的？”

“因为他是这样告诉我的。”

“他——告诉你？蒙塔内利？吉玛，你这是什么意思？”

她将前额的头发往后一捋，转过身对着他。他们再一次默默无言地站在那里，他倚在石栏杆上，她则用伞头在大桥的人行道地上画线。

“切萨雷，我们是多年的老朋友了，但我从来没有对你讲过亚瑟的真实经历。”

“没必要告诉我，亲爱的，”他赶紧插话道，“这事我全知道。”

“是乔瓦尼告诉你的？”

“是的，在他临死之前。有一天晚上，我守在他身边的时候他告诉我的。他说——吉玛，亲爱的，既然我们已经谈起了这件事，我就把实情告诉你——他说你总是沉溺于这件悲惨往事不能自拔，他求我尽量与你做好朋友，设法不让你去想这件事。我努力地这样做，尽管我做得不成功——我的确尽力了。”

“这我知道，”她温柔地说，抬眼望了一会儿，“要是没有你的友谊，我会过得很艰难。可是——乔瓦尼并没有对你讲蒙塔内利大人的事，对吧？”

“没有。我不知道他与这件事有什么干系。他对我讲的——全都是和那个密探有关的事，还有就是……”

“就是我打了亚瑟和他投河自尽的事。好吧，我来告诉你蒙塔内利的事。”

他们转身对着蒙塔内利的马车将要经过的那座桥。说话的时候，吉玛双眼直视着河面。

“那个时候，蒙塔内利还只是个教士，是比萨神学院的院长，经常给亚瑟上神学课。在亚瑟去萨皮恩扎大学之后，常和他一起读书。他们彼此忠诚，与其说是师生关系，还不如说更像一对情人。亚瑟对蒙塔内利崇拜得几乎五体投地。我记得他曾经对我说，如果他失去了‘神父’——他总是这样称呼蒙塔内利——他就要去投河自尽。唉，你知道后来就发生了密探那件事。第二天，我父亲和伯顿兄弟——亚瑟的同父异母兄弟，最讨厌的人——花了一整天在达塞纳港内打捞尸体。我独自一人坐在家里，回想自己做过的事……”

她停顿了一下，然后又接着说：

“那晚深夜的时候，我爸爸走进我房间说：‘吉玛，孩子，到楼下去。我想让你见一个人。’我们走下楼梯时，见到了那个学生组织的一个学生。他坐在诊疗室里，脸色煞白，浑身颤抖。他向我们讲了乔瓦尼从监狱里写来的第二封信，信上说他们从狱卒那里打听到了卡尔迪的事，得知亚瑟在忏悔室里被骗了。我记得那个学生对我说：‘我们得知他是无辜的，这至少是一种安慰。’爸爸握住我的手，设法安慰我，可他并不知道我打了亚瑟。后来我回到自己房间里，独自坐了一整夜。到了早晨，我爸爸又和伯顿兄弟一道去码头上看打捞尸体的情况。他们希望能在那里找到尸体。”

“一直没有找到，是吗？”

“是的，肯定被冲到海里去了，可他们仍然抱着一线希望。我一个人待在屋子里，仆人上来说有一个‘神父’来访，她告诉神父说我父亲在码头上，他就走了。我知道一定是蒙塔内利，便向后门跑去，在花园门口赶上了他。当时我说：‘蒙塔内利神父，我想和你谈谈。’他停下来，默默地等我说话。唉，切萨雷，要是你看见过他的脸——那张脸在随后几个月里一直在我脑海里挥之不去。我说：‘我是华伦医生的女儿，我来是要告诉你，是我害死了亚瑟。’我把一切都告诉了他，他站在那里听我说话，就像一尊石像。直到我把话说完，他才说：‘放宽心吧，我的孩子。我才是害死他的凶手，你不是。是我欺骗了他，被他发现了。’说完这话他转过身离去，一言不发走出了大门。”

“然后呢？”

“后来他遇到了什么事我就不知道了。听人说他当晚突然昏倒在大街上，被人抬进了码头附近的一间屋子里，我只知道这些。爸爸做了一切能为我做的事。当我把这事告诉他时，他就立即关门歇业，带我去了英国，让我再也听不到任何可能勾起往事的事情。他害怕我也投河自尽，而我的确相信自己有一次险些这样做。可是，你知道，后来我发现父亲得了癌症，我就不得不振作起来——因为再没有人护理他。他去世之后，我又要照顾几个弟弟妹妹，直到我哥哥成了家，能够安置他们。后来乔瓦尼也来了。你知道吗，由于我们之间的那一段可怕记忆，我们差不多都害怕遇见对方。那件事他也有责任，他对此悔恨不已——导致不幸的那封信是他从监狱里寄出的。但是我相信，真的，正是我们所经历的共同苦难，将我们连在了一起。”

马尔蒂尼微笑着摇了摇头。

“从你那一方来说也许是这样，”他说，“可是乔瓦尼第一次见到你的时候就打定了主意。记得他第一次去里窝那之后回到米兰，向我谈起你来眉飞色舞、滔滔不绝，以至于我一听到英国人吉玛，就感到非常讨厌。我想我应该恨你的。啊，马车来了！”

马车驶过石桥，在阿诺河边一座大宅子门前停下了。蒙塔内利仰靠在椅背的靠垫上，仿佛已筋疲力尽，无心再去关照围在马车门前想一睹他容颜的狂热人群。他在大教堂内流露出富有灵性的表情，如今早已荡然无存。阳光照在他脸上，照出一道道焦虑、疲乏的皱纹。他下了马车，穿过人群，走进屋子。只见他步履沉重无精打采，身心俱疲老态龙钟。吉玛转过身，慢慢朝大桥走去。一时之间，她脸上似乎也反映出他脸上那种枯萎、绝望的表情。马尔蒂尼默默地跟在她身边。

“我经常感到纳闷，”过了一小会儿，她又开口说道，“他说的欺骗是什么意思。我常常会想到……”

“什么？”

“哎，真是奇怪。他们俩长得太相像了。”

“哪两个人？”

“亚瑟和蒙塔内利呀。不光我一个人注意到这一点。而且，那个家庭成员之间的关系也有些微妙。伯顿夫人，亚瑟的母亲，是我认识的女人中长得最温柔的一个女人。她脸上的神情和亚瑟一模一样，而且我相信他们的性格也一样。可她似乎总是感到害怕，好像是一个被人发现的罪犯。她继子的妻子经常虐待她，待她连狗都不如。另外，伯顿一家人非常庸俗，亚瑟与他们相比简直是天壤之别。当然了，人在小时候会认为一切都是理所当然的，可现在回想起来，我经常怀疑亚瑟究竟是不是伯顿家的人。”

“他很可能发现了有关他母亲的事——那很容易成为他的死因，而与卡尔迪事件根本没关系。”马尔蒂尼插话道。在这一时刻，他也只能想到这样的安慰话。吉玛摇了摇头。

“切萨雷，要是你能看见我打完他之后他的那张脸，你就不会那样想了。蒙塔内利的事也许全都是真的——很可能是真的——可是我做的事已经无法挽回了。”

他们又走了一会儿，两人都没有说话。

“亲爱的，”马尔蒂尼终于说道，“如果这世界上有什么方法能够挽回已经发生了的事，我们对过去所犯的错误念念不忘还算值得；可实际情况却是，事已发生，无可挽回。那的确是一件可怕的事情，可那个不幸的青年至少已经解脱了，比起活下来的一些人——被流放和还在监狱里的那些人，他反而更幸运。你我必须为这些活人着想，我们无权因为死者而太过伤心。记住你们的雪莱说的话：‘过去属于死神，未来属于你自己。’[①]把握未来吧，趁它还属于你的时候。要专注，不是专注于自己过去做了什么事来伤害自己，而是专注于你现在能够做什么，来帮助自己。”

他非常诚恳地握住了她的手。身后突然传来一个软绵绵、冷冰冰而有气无力的声音，他闻声猛地松开手，缩了回去。

“蒙塔、内、内利大人，”有气无力的声音自言自语道，“毫无疑问正是你们所说的那样，我亲爱的医生。实际上，对这个世界来说，他似乎太好了，因此应该礼送他去另一个世界。我肯定他在那里也会引起轰动，就像在这里一样。也、也、也许那里的许多老鬼都没见过像红衣主教这样诚实的东西。鬼可是最喜欢新奇的东西……”

“你是怎么知道的？”里卡尔多医生强压怒火问道。

“从《圣经》上知道的，我亲爱的先生。如果福音书值得相信的话，即使最受鬼众尊敬的鬼，也会幻想结成反复无常的同盟。现在，诚实和红、红、红衣主教在我看来就是一个反复无常的同盟，而且是个很难受的同盟，就像小虾米和甘草根一样。啊，马尔蒂尼先生，博拉夫人！雨后天气真舒服，不是吗？你们也听过萨沃纳罗拉[②]新、新的传教吗？”

马尔蒂尼猛然转过身。牛虻嘴里叼着雪茄，上衣纽扣里别着一枝温室里种出的鲜花，向他伸出一只细长的胳膊，手上戴着精致的手套。阳光从他一尘不染的靴子上反射出去，又从水面上折射回来，映照着他微笑的脸庞。在马尔蒂尼看来，他不像平时那样瘸，而且显得比平时更加自负。两人的手握到一起，一方非常殷勤，另一方却闷闷不乐。就在这时，里卡尔

① 参见雪莱《伊斯兰的反叛》第八章。

② 萨沃纳罗拉·季罗拉摩（1459—1498）是著名的佛罗伦萨传道士，因揭露教会和当局的不道德而被处死。

多突然叫道：

“恐怕博拉夫人身体不大舒服！”

只见她脸色苍白，帽檐阴影中那部分脸看上去面如死灰。她胸部剧烈起伏，胸前的帽带也明显地随之波动。

“我要回家。”她虚弱地说。

他们叫来一辆出租马车。马尔蒂尼和她一道坐上车，护送她回家。牛虻弯腰去替她整理缠在车轮上的披风时，突然抬起双眼望着她的脸。马尔蒂尼注意到，她面露恐怖之色，身子直往后缩。

“吉玛，你怎么了？”马车开动后，他用英语问道，“那个恶棍对你说了什么？”

“没什么，切萨雷，这不是他的错。我——我——吃了一惊……”

“吃了一惊？”

“是的，我产生了幻觉……”她用一只手捂住双眼，他默默地等待，直到她恢复自制力。她的脸已经开始恢复自然色泽了。

“你说的很对，”她终于开口说话，转身对着他用平时的声音说道，“回首可怕的往事非但无益，而且有害。它影响人的神经，使人去想象各种不可能发生的事情。我们永远不谈论那个话题了，切萨雷，要不然，我看每个人的脸都觉得像亚瑟。这是一种幻觉，就像在大白天做噩梦。刚才，那个讨厌的花花公子走上前来的时候，我就以为是亚瑟。”

第五章

牛虻当然知道如何让人与己为敌。他八月来到佛罗伦萨。到十月底，邀请他来的委员会里，就已经有四分之三的成员与马尔蒂尼对他的看法一致。他对蒙塔内利的粗暴攻击甚至惹恼了自己的崇拜者。一开始，对这位诙谐讽刺作家说的每一句话、做的每一件事，加利都强烈地支持。现在，连加利也愤愤不平地承认，还不如当初就放过蒙塔内利。

“正直的红衣主教并不多。真出现一些正直的主教时，应该对他们礼貌一些。”

对漫画和讽刺诗风暴仍然无动于衷的，显然只有一个人——蒙塔内利自己。正如马尔蒂尼所说，似乎不值得耗费精力去嘲讽如此和气的一个人。据说有一天，佛罗伦萨大主教和蒙塔内利在一起进餐时，后者在房间里发现了牛虻所写的一篇针对他的刻薄讽刺文章。他读完了文章，然后将报纸递给大主教说：“写得非常聪明，不是吗？”

有一天，城里出现了一份传单，标题是“天使报喜节之谜”。文章作者甚至省掉了蒙塔内利已经熟悉的签名—— 一只展翅欲飞的牛虻速写，但他那辛辣尖刻的文笔早已深入大多数读者之心，他们无疑知道作者是谁。这篇讽刺文章采用了对话的形式，对话者是托斯卡尼和圣母玛利亚。蒙塔内利是天使，他身负象征纯洁的百合花，头戴表示和平的橄榄枝，在那里宣布耶稣会士即将降临人间。整篇文章充满了带有人身攻击的隐喻，以及险恶至极的暗示，佛罗伦萨所有人都觉得这篇讽刺文章心胸狭隘，不公正。可佛罗伦萨所有的人还是笑了。牛虻严肃而荒诞的言论中有一种难以抗拒的东西，以至于最不赞同他、最不喜欢他的那些人，也会像他最热心的游击队员一样开怀大笑。尽管传单的口气令人厌恶，可是却在城市大众的情感上留下了印迹。蒙塔内利声望太高，任何讽刺文章，无论多么机智，都不能对其构成严重损害。但是，形势也曾一度几乎对他不利。牛虻知道该叮何处。尽管急切的人群仍然围聚在红衣主教住宅前面看他踏上或者离开马车，但欢呼和祝福声中经常夹杂着“耶稣会士”和“圣信会密探”这样不祥的喊声。

可蒙塔内利并不缺少支持者。在那篇讽刺文章发表两天之后，一份教会的主要报纸《教徒报》发表了一篇精彩的文章，标题是“对‘天使报喜节之谜’的答复”，署名为“教会之子”。针对牛虻对蒙塔内利的肆意诽谤，文章做了慷慨激昂的辩护。这位匿名作者凭借出众的辩才与强烈的热情，阐释了地球上的和平法则及其对人的良好意愿。按其解释，新的教皇是福音传道者。最后，文章要求牛虻证明他自己的一个断言，然后严肃地呼吁公众不要轻信一个卑鄙的诽谤者。文章在辩论方面的说服力和文学作品方面的价值，都远高于一般水平，因此引起了城里许多人的注意，特别是报刊编辑的注意，因为就连他们也猜不出文章作者的身份。很快，文章就单独成册印刷。在佛罗伦萨的每一家咖啡店里，人们都在讨论这个“匿名的反击者”。

牛虻做出的反应是，对新教皇及其支持者发起猛烈攻击，特别是对蒙塔内利。他非常谨慎地暗示，此人或许同意了别人对他的赞颂。那位匿名反击者再次在《教徒报》上对此做出回应，愤怒地予以否认。蒙塔内利在此逗留的其余日子里，两个作者之间的这场激烈论战吸引了公众的注意，也引起了牧师本人的注意。

就牛虻对待蒙塔内利的恶毒口气，一些自由党党员对这样做的必要性斗胆责备他。但他们并没有从他那里得到满意的答复。他只是殷勤地微笑着，疲惫而略微口吃地回答说：“的、的确如此，先生们，你们也太不公正了。我向博拉夫人让步的时候就清楚地说明，我有权随时让自己高、高兴一下。合约上也是这样规定的！”

十月底，蒙塔内利回到了他在罗马涅的教区。离开佛罗伦萨之前，他做了一次告别布道。在布道中，他讲到了这次论战，温和地对两位作者的激烈程度表示反对，并恳求那位匿名为他辩护的人结束这场无益又不得体的口舌之争，以此为人们树立一个宽容的榜样。第二天，《教徒报》上发表了一则声明：鉴于蒙塔内利阁下公开表达的愿望，“教会之子”将退出这场论战。

牛虻发表了论战结束语。他散发了一篇小传单，在传单上宣称自己休兵罢战，宣称自己受到蒙塔内利的基督教温顺精神的感召而皈依正统，随时准备搂着自己遇见的第一个圣信会教徒，洒下和解的眼泪。“我甚至愿意，”他最后说，“拥抱与我匿名论战的人。假如我的读者像主教阁下和我一样，知道那句话的含义，知道他为什么仍然隐姓埋名，他们就会相信我的皈依是真诚的。”

十一月下旬，他向文学委员会宣布他要去海边度两周假。他显然去了里窝那。里卡尔多医生稍后也去了那儿，希望和他谈一谈，可是他搜遍了全城也没找到他。十二月五日，沿亚平宁山脉的教皇领地内爆发了十分激烈的政治示威游行，人们开始猜想，牛虻为什么在隆冬季节突然想到要去度假？骚乱平息之后，牛虻回到了佛罗伦萨。他在大街上碰到了里卡尔多，非常殷勤地说：

“我听说你去里窝那找我了，我一直待在比萨。那是多美的一座老城啊！很有一点田园牧歌式的味道。”

圣诞周期间，他参加了文学委员会在下午召开的一次会议，在里卡尔多医生家里开的，就在阿拉十字门附近。他进房间的时候稍晚了一点，会议室里已经座无虚席。他一面微笑，一边鞠躬表示歉意，房间里似乎没有空座位了。里卡尔多打算起身去隔壁房间拿一张椅子来，但牛虻阻止了他。“别为这事找麻烦，”他说，“我坐这里就很舒服。”他说着走到对面的窗口边，坐到了窗台上，懒洋洋地将头靠在身后百叶窗上。吉玛就坐在窗子旁边的椅子上。

他笑盈盈地看着下面的吉玛，双眼半睁半闭，带着微妙的、像斯芬克斯一样神秘莫测的神态，这使他看上去就像列奥纳多·达芬奇的画像。他原本已经使她本能地产生不信任感；如今，这种不信任又深化为一种莫名其妙的恐惧感。

正在讨论的提议是散发一本宣传册，系统阐述委员会如何看待对托斯卡纳地区造成威胁的饥荒，以及应采取什么措施应对饥荒。这是很难决定的一件事，因为和往常一样，委员会在这一议题的看法上产生了严重分歧。更为先进的那一部分人支持发出强烈呼吁，呼吁政府和公众立即采取适当措施，救济农民。吉玛、马尔蒂尼和里卡尔多属于这一派。温和派——当然得包括格拉西尼在内——担心语气太强不仅不能说服政府，反而可能激怒政府。

“想让人民马上得到救助，这着实不错，先生们，”他一边说，一边用冷静、怜悯的眼神打量着那几个情绪激动的激进分子，“我们当中的大多数人想要得到许多东西，而这些东西是我们不可能得到的；但是，如果一开始就采用你们建议采用的那种语气，政府就很可能在真发生了饥荒之后，才开始采取救助措施。如果我们促使政府调查一下农作物现状，那样就又前进了一步。”

原本坐在火炉边角落里的加利，现在跳将起来，还击他的敌人。

“又前进了一步——是的，我亲爱的先生；可如果真要发生饥荒，它是不会等到我们前进那一步的。也许我们还有没得到任何实际救助，人民就已经饿死了。”

“那将会非常有趣，知道……”萨弓尼刚一开口说话，立即被几个人的话音给打断了。

“说大声点，我们听不到！”

“没想到，街上简直吵死人了，”加利急躁地说，“里卡尔多，窗户都关上了吗？自己都听不见自己说的话了！”

吉玛向四周看了一眼。“是的，”她说，“窗户都关得很严密。我猜是杂耍班子或诸如此类的人在从外面经过。”

下面街道上传来一阵阵叫喊声、喧笑声、叮叮当当的铃声和杂乱无章的脚步声，还夹杂着一支乐队演奏的邪恶音乐声，还有一面大鼓发出无情的咚咚声。

“这几天没办法，”里卡尔多说道，“圣诞节期间有点吵闹，这是不可避免的事。你刚才说什么，萨弓尼？”

“我说，要是能听一听比萨人和里窝那人对这事的看法，那将会非常有趣。也许里瓦雷兹先生能够给我们讲点什么，他刚从那儿来。”

牛虻没有应声。他凝视着窗外，仿佛根本没听到人们刚才在说的话。

“里瓦雷兹先生！”吉玛说。坐得离他近的就只有她一个人，因为他仍然一声不吭，她就附身向前碰了一下他的胳膊。他慢慢地转过脸来对着她。当她看见他那张脸上一动不动的可怕表情时，不觉吓了一跳。一时之间，只见那张脸就像一张死人的脸。接着，那两片嘴唇动了起来，感觉怪怪的，毫无生气。

“是的，”他小声嘀咕道，“一个杂耍班子。”

她的第一本能是掩护他，不让其他人对他感到好奇。虽然她不知道他出了什么事，但她意识到，某种可怕的幻想或幻觉控制了他。现在，他的身心都在任其摆布。她迅速站起身，挡在他和众人之间，并打开窗户，仿佛在往外面看。只有她看见了他的脸。

一个巡回杂耍班子正从大街上经过。江湖艺人们坐在驴背上，小丑演员穿着各种杂色服装。一群戴节日假面舞面具的人你推我搡，嘻嘻哈哈，与小丑们插科打诨，互掷如雨般的纸质丝带，还将小袋梅子糖一袋一袋扔给一个女丑角演员。女演员坐在彩车上，用锡箔纸和羽毛来装扮自己，前额上留着假发卷，如油漆般的殷红嘴唇露出做作的笑容。彩车后面跟着一大群穿着五颜六色服装的人——有大街上的阿拉伯人、乞丐、翻跟斗的小丑和兜售货物的小贩。他们相互推搡，投掷东西，还对着一个人鼓掌。因为那群人推来挤去的，吉玛一开始并没有看见那个人。但是过了一会儿，她看清那是什么了，是一个驼背，长得又矮又丑，穿一身傻子穿的奇异服装，戴着一顶纸做的系铃帽（旧时宫廷小丑戴的）。他显然和这一群行走的人是一伙的，他不断地变着可怕的鬼脸和怪相，来逗引那一群人。

“外面出什么事了？”里卡尔多走近窗户问道，“你们好像很感兴趣。”

为了看巡回杂耍班子的骗人把戏，他们竟然让委员会所有人在一边白等，他有点吃惊。吉玛这时转过身来。

“没什么兴趣，”她说，“只是一帮玩杂耍的。他们太吵了，我还以为出了别的什么事。”

她站在那里，一只手放在窗台上，突然感到牛虻伸出冰凉的手指，热情地按住她的手。“谢谢你！”他轻轻地小声说道，接着关上窗户，重新坐回到窗台上。

“我恐怕，”他潇洒地说，“我打断你们开会了，先生们。我刚才在看杂耍表演，表演得真、真好、好看。”

“萨弓尼在问你问题。”马尔蒂尼粗声粗气地说。在他看来，牛虻的行为矫揉造作，荒诞滑稽。让他恼火的是，吉玛竟然也没头没脑地跟着他学。她平时可不这样。

牛虻声称他对比萨人的心情一无所知，解释说他去那儿“只是度假”。接着他立即开始了一场活泼的议论，先谈农业前景，后谈宣传册问题。他说起话来滔滔不绝，却又结结巴巴，弄得其他人十分腻烦。他好像从自己的话音中找到了一些令人兴奋的快乐。

当会议结束，委员会成员起身离开的时候，里卡尔多走到马尔蒂尼身边。

“你愿意留下来和我一道吃晚餐吗？法布里齐和萨弓尼都答应留下来了。”

“谢谢，可是我要送博拉夫人回家。”

“你真担心我一个人回不了家吗？”她问道，一边站起身，围上围巾。“他当然会留下来陪你，里卡尔多医生。换换口味对他有好处，他很少出门。”

“你要是同意的话，我来送你回家吧，”牛虻插话道，“我也走那个方向。”

“你要是真走那边的话——”

“我想你晚上不会有时间过来了，是吗，里瓦雷兹？”里卡尔多问道，一边为他们打开了房门。

牛虻掉过头，哈哈大笑起来。“说我吗，老兄？我要去看杂耍表演！”

“这人真奇怪，竟然会对江湖骗子情有独钟！”里卡尔多回到客人身边时说。

“我倒认为，这是一种同病相怜的情感，”马尔蒂尼说，“这人就是我见到过的一个江湖骗子。”

“但愿我对他的看法到此为止，”法布里齐一脸严肃地插话道，“他要是个骗子的话，恐怕是一个非常危险的骗子。”

“危险在什么地方？”

“唔，我不喜欢他所热衷的神秘兮兮的旅行，毫无乐趣可言。这已经是第三次了，你知道的，而且我根本不相信他去过比萨。”

“他进山了，我想这是一个公开的秘密，”萨弓尼说，“他几乎不屑否认，他仍然同那些走私贩子保持着联系，他是在萨维尼奥事件中认识他们的。因此，他要利用他们的友谊这一层关系，把传单送到教皇领地边境那一边，这是很自然的事。”

“就我而言，”里卡尔多说道，“我正想和你谈谈这个问题。我突然想到，我们还不如请里瓦雷兹来负责管理我们的私运物品。我认为，设在皮斯托亚的报社管理不善，效率低下。运过边界的传单总是千篇一律地裹在雪茄烟里，这种方式太原始了。”

“迄今为止，这种方法非常奏效。”马尔蒂尼顽固地说。加利和里卡尔多总是把牛虻树立为可供借鉴的典范，他一听到这种话就感到厌烦。而且，他还倾向于认为，在这个“无精打采的海盗”前来对大家指手画脚之前，这个世界已经足够好了。

“这种方法的确太有效了，所以我们满足于现状不想做任何改善。可你知道最近有多少人被捕，有多少财物被没收。因此我相信，如果里瓦雷兹来帮我们操持这件事，那样的损失就会减少。”

“你怎么会这样想？”

“首先，走私贩子把我们看作生意场上的外行，或者可以敲诈的对象，而里瓦雷兹是他们的朋友，很可能还是他们的头，他们敬重他，信任他。可以肯定地说，对于萨维尼奥起义的参加者，亚平宁山区的每一个走私贩子都愿意为他效力，对我们则不然。其次，在我们的人当中，没有一个人像里瓦雷兹那样了解山区。请记住，他曾经是他们中逃亡者，对走私贩子所走的路了然于胸。没有哪个走私贩子敢欺骗他，哪怕他想这样做也不敢。即使有走私贩敢这样做，也骗不了他。”

“那么，你就建议我们请他接管我们边界对面的印刷品——分发渠道，家庭住址，藏匿地点——或者干脆请他替我们把东西运过边界？”

“嗯，至于家庭地址和藏匿地点，他也许已经知道了我们拥有的所有地点，和许多我们所没有的地点。我并不认为我们在那方面能教他多少。至于分发渠道，这当然要看别人的意思。在我看来，重要的问题是私运本身。只要那些书能够安全运抵博洛尼亚，分发它们就是件比较简单的事了。”

“就我而言，”马尔蒂尼说，“我反对这一计划。首先，关于他办事老练的说法纯属猜测，我们并没有见过他参与过边界工作，不知道在关键时刻他是否还能镇静自若。”

“噢，对此你不必有任何怀疑！”里卡尔多插话道，“萨维尼奥事件的历史证明，他能做到镇静自若。”

“还有，”马尔蒂尼接着说道，“我对里瓦雷兹所知甚少，压根不想把本党的所有秘密全部托付给他。在我看来，他是个轻浮做作的人。将党的私运工作管理全部交到一个人手里是一件很严肃的事。法布里齐，你是怎么想的？”

“如果我和你一样持反对意见，马尔蒂尼，”教授回答道，“要真遇到一个具备里卡尔多所说的全部品质的人——里瓦雷兹无疑具有——我当然会放弃反对意见。就我而言，我丝毫不怀疑他的勇气、诚实和沉着镇定。而且我们有充足的证据，证明他对山区和山里人都非常了解。但是我有异议。我不能确定他是为了私运小册子才进山的。我怀疑他另有企图。当然，这话只能在我们之间说。只是怀疑而已。在我看来，他很可能与某个‘党派’有联系，也许是最危险的党派之一。”

“你指的哪一个——‘红带会’？”

“不，是‘小刀会’。”

“‘小刀会’！可那只是一个非法的小团体——其中大多是农民，既没接受过教育，又没有政治经验。”

“萨维尼奥的叛乱分子也是这样，可是他们有几个领导人是有文化的，这个小社团也可能是一样的。请记住一个众所周知的事实，在罗马涅那些更为暴力的团体中，大多数成员都是萨维尼奥事件的幸存者。他们发现自己在公开起义中力量太弱，打不赢教会的实力，于是便退而求其次，专搞暗杀。他们的手软弱得拿不起枪，于是便诉诸刀子。”

“可是你凭什么猜测里瓦雷兹和他们有联系？”

“我不是猜测，而只是怀疑。不管怎样，在我们将私运工作托付给他之前，我们最好弄清此事。假如他试图同时兼顾两种工作，就会立即对我们党造成最可怕的危害。他只会损坏党的声誉，别的却一事无成。但是，我们还是改天再来谈论这事吧。我现在想和你谈谈罗马传来的消息。据说将要任命一个委员会来起早一份地方宪法。”

第六章

吉玛和牛虻沿着阿诺河河边静静地走着。他滔滔不绝的谈兴似乎已经消耗殆尽。自从他们离开里卡尔多的家门以来，他就几乎没有说过一句话，而吉玛也对他的沉默感到由衷的高兴。和他在一起，她总是感到尴尬，今天这种感觉尤甚，因为他在委员会议上的奇怪举止令她深感困惑。

走到乌菲齐宫的时候他突然停住了，转过身来对着她。

“你累了吗？”

“不累，怎么？”

“今晚不是特别忙吧？”

“不忙。”

“我想求你一件事，想让你陪我散会儿步。”

“去哪儿呢？”

“没有什么特别的地方，随你喜欢去哪里。”

“可这是为什么呢？”

他犹豫不决起来。

“我——不能告诉你——至少现在不能，这很难说出口，但是如果可以的话，就请来吧。”

他突然抬起本来望着地面的双眼，她看到了他非常奇怪的眼神。

“你有心事。”她轻轻地说。他从插在扣眼里的那枝花上扯下一片叶子，开始将叶子撕成碎片。他太像一个人了，那人是谁呢？那人的手指也有同样的习惯性动作，也有那样急促而紧张不安的姿势。

“我遇到麻烦了，”他一边看着自己的双手，一边用低得几乎听不到的声音说道，“我——不想今晚独自一个人待着。你愿意来吗？”

“当然可以，不过还是到我家去吧。”

“不，来和我一道去餐厅里吃晚餐。广场边上就有一家。请你现在别拒绝我；你答应了！”

他们走进一家餐厅。他点了餐，对自己那一份却几乎没有动一下。他继续固执地不发一言，一边在桌布上将面包揉成碎屑，一面心不在焉地玩弄餐巾的边缘。吉玛感到浑身不自在，接着开始希望自己没有答应来这里。沉默变得越来越尴尬，可是她又不能同一个似乎忘记了自己存在的人聊天。终于，他抬起头来唐突地说：

“你愿意去看杂技表演吗？”

她惊讶地瞪着他。他怎么会想到去看杂技？

“你看过杂技吗？”她还没来得及说话，他又问道。

“没有，我不记得自己看过。我不觉得它们多有趣。”

“它们非常有趣。我倒认为，凡是没有看过杂技表演的人，是不能够研究他们生活的。我们回天主十字门去吧。”

他们到达那里的时候，江湖艺人们已经在城门外支起了帐篷。一阵刺耳的提琴声和砰砰作响的大鼓声，宣告他们的表演已经开始。

这是一种最粗俗的娱乐节目。几个小丑、丑角、杂技演员、一个钻圈的杂耍班子骑手、涂脂抹粉的女配角以及表演枯燥而愚蠢的滑稽动作的驼背，就代表了杂耍班子的全部实力。大体而言，表演的笑话并非庸俗无礼，但是平淡无奇而又陈旧老套，整场表演平坦而又沉闷。观众出于托斯卡纳人天生的礼貌而欢笑、鼓掌，但他们真正喜欢的似乎是那个驼背的表演。吉玛发现，驼背的表演既谈不上诙谐，也无任何技巧可言，只是一系列怪诞、丑恶的身躯扭动。观众们模仿他的动作，还把小孩子高举到肩膀上，好让小家伙们也能够看见那个“丑人”。

“里瓦雷兹先生，你真的认为这个很好看？”吉玛说着转身朝着牛虻，后者站在她身旁，一只手扶着支撑帐篷的木桩。“在我看来……”

她不再说话，继续默默地看着他。自从在里窝那的花园门口与蒙塔内利并肩站在一起以来，她从没有再见到过谁的面部表情如此深不可测，绝望悲伤。她注视着他，脑子里想到了但丁笔下的地狱。

这时，那个驼背被小丑群里的人踢了一脚，翻了一个跟头，被场外一堆奇怪的东西给绊倒了。两个小丑之间的一场对话开始了，而牛虻似乎刚从梦中清醒过来。

“我们走吗？”他问道，“或者你还想多看一会儿？”

“我宁愿走。”

他们离开帐篷，从幽暗的草坪上走过，来到河边。一时之间，两人都没有说话。

“你觉得演出怎么样？”过了一会儿，牛虻问道。

“我觉得演得非常枯燥，其中有一段让我感到很不舒服。”

“哪一段？”

“唔，那样扮鬼脸和屈背扭腰，真是丑态毕露，那些表演一无是处。”

“你指那个驼背的表演吗？”

她还记得他对自己身体缺陷这一话题的敏感，所以尽量避免提及娱乐节目中这一段，可他自己现在倒触及到了这一话题，她于是回答道：“是的，我一点不喜欢那一段。”

“那一段可是人们最喜欢的。”

“大概，那正是最糟糕的地方。”

“因为它缺乏艺术性？”

“不——是，那根本就没有艺术性。我的意思是——因为它太残忍了。”

他微微一笑。

“残忍？你是指那个驼背吗？”

“我指的是——那个人自己当然不在乎。毫无疑问，这对他来说只是一种谋生手段，就像杂耍班子的骑手或女丑角一样。可这事让人感到不愉快。这是侮辱人，是贬低人格。”

“比起刚开始来，他现在大概没有更被贬低了。我们大多数人都以这样或那样的方式而被贬低。”

“是的，可是这事——我敢说你会认为这是荒谬的偏见；但是，对我来说，人体是很圣洁的东西，我不喜欢看到它遭到无礼对待，被弄得丑恶不堪。”

“那么人的灵魂呢？”

他突然站在那里不走了，一只手放在河堤的石栏杆上，双眼直勾勾地看着她。

“灵魂？”她嘴里重复道，同时也停下来惊诧地看着他。

他突然伸出双手，做了一个充满激情的手势。

“难道你从未想过，那个可怜的小丑可能也有灵魂——有鲜活的、努力奋斗的人类灵魂，却被圈禁在那个弯曲笨重的躯壳里，被迫受它奴役？你做每一件事都如此悲天悯人——你怜悯挂铃铛的傻子服饰下面的那具躯体——难道你从没想过没有任何衣服遮蔽、赤裸在外的那副可怜的灵魂？想想它在众人面前冷得瑟瑟发抖，因为羞愧和痛苦而默不作声——感受那鞭笞一样的嘲讽——他们的笑声，就像烧红的烙铁烙在赤裸的皮肉之上！

想一想它，回头看看——它在众人面前如此无助——因为大山不愿垮下来压住它——因为岩石无心遮蔽它——它嫉妒老鼠可以钻进地洞里躲藏起来；记住，一个灵魂麻木了——它欲喊无声——它必须忍耐，忍耐，再忍耐。噢，我是在胡说八道！你为什么就是不笑？你没有幽默感！”

她一言不发，慢慢转身，沿着河边继续往前走。整整一个晚上，她压根没有想到，他的麻烦（不管是什么麻烦）竟然会跟杂耍演出有关。现在，他突然爆发了，向她显示了他内心世界的一些模糊画面，她一时对他无限怜悯，竟至无言以对。他跟在她身边，头转向一边去俯瞰河水。

“我想请你理解，”他突然开口说话，掉头用一副挑衅的眼神看着她，“我刚才对你讲的那一切纯属幻想。我很喜欢沉溺于浪漫情调，但我不喜欢别人当真。”

她没有回答，他们继续静静地散步。他们经过乌菲齐宫的门口时，他跨过马路，弯腰去看倚靠在栏杆上的一捆黑色物体。

“怎么了，小家伙？”他问道。声音之轻柔，是她从来没有听到过的。“你为什么不回家？”

那捆东西动了一下，回答了一句什么，声音低沉而悲鸣。吉玛走过去看，看见是那一个小孩子，年纪在六岁左右。他衣衫褴褛，肮脏不堪，蜷缩在人行道上，就像一只受到惊吓的动物。牛虻弯着腰，一只手搭在孩子蓬乱的头上。

“怎么回事？”他问道，身子蹲得更低，以便听懂那孩子莫名其妙的回答。“你应该回家睡觉；小孩子夜晚出来干吗，会被冻僵的！把手递给我，像个男子汉一样跳起来！你家在哪里？”

他拉着孩子的胳臂，想把他拉起来。结果那孩子却尖叫一声，身子更加往回缩。

“咦，这是怎么了？”牛虻问着就跪到了人行道上，“啊！夫人，过来看看！”

孩子的肩膀和上衣血迹斑斑。

“告诉我发生了什么事？”牛虻继续爱抚地问，“不是摔伤的，是吗？不对，是有人打了你？我想是这样的！谁干的？”

“我舅舅。”

“啊，果然！什么时候的事？”

“今天上午。他喝醉了，我——我——”

“你挡他的道了——是不是？别人喝醉酒的时候，你不应该去挡他们的道，小家伙，他们不喜欢这样。夫人，我们拿这个小可怜虫怎么办呢？到光亮处来，赶快，让我看一看那只肩膀。把手放到脖子上，我不会害你的。这就对了！”

他用双臂抱起孩子，把他抱过街道，将他放在一块很宽的石栏杆上。然后，他掏出一把小折刀，熟练地剪开那只破旧的袖子，将那孩子的头靠在自己胸前，而吉玛则握住那只受伤的胳臂。那只肩膀已经红肿，被擦破了皮；手臂上有一道很深的刀伤。

“对你这个小可怜虫砍上这么一刀，真可恶，”牛虻说，一面将裹住伤口的手巾系牢以免伤口被外衣蹭伤，“他用什么干的？”

“铁铲。我向他要一个索尔多[①]，好去转角那家商店里买一点玉米粥，他就用那把铁铲打我。”

牛虻哆嗦了一下。“啊！”他轻声说道，“小家伙，打痛了吧？”

“他用铁铲打我——我就跑开——我跑开——因为他打我。”

“然后你就四处闲逛，也没有吃晚饭？”

孩子没有回答，而是开始猛烈抽泣起来。牛虻把他从石栏杆上抱了下来。

“好了，好了！我们很快就会弄好的。不知道能不能找到一辆出租马车。恐怕他们都到戏院那边等去了，今晚有一场大型演出。对不起，我把你给拖累了，夫人，可是……”

“我宁愿跟你来。你也许需要帮助。你认为你能抱他走那么远？他重吗？”

“哦，我能应付，谢谢你。”

到了剧院门口，他们只找到几辆等人的出租马车，而且都被人预定了。演出结束后，观众大多离开了。思蒂的醒目名字印在墙报上，她参加了芭蕾舞演出。牛虻叫吉玛等他一会儿，自己则转到演员入口处，同服务

---

① 意大利铜币。

员说起话来。

“雷尼小姐走了没有？”

“没有，先生。”那人回答道。他被眼前这一场景惊呆了：一位衣着讲究的先生怀里抱着一个衣衫褴褛的街头儿童。“我想是雷尼小姐出来了，她的马车在等着她。是的，她来了。”

思蒂依着一位年轻骑兵军官的胳臂，下了阶梯。她看起来十分漂亮，她的晚礼服上披着一件鲜艳的天鹅绒夜礼服斗篷，腰间悬挂着一个很大的鸵鸟羽毛粉饰。她在入口处突然停住脚步，从年轻军官胳臂里抽出手来，吃惊地朝牛虻走去。

“菲利斯！”她低声叫道，“你怎么到这里来了？”

“我在街上捡到了这个孩子。他受了伤，还饿着肚子。我想尽快把他带回去。到处都找不到出租车，所以我想用你的马车。”

“菲利斯！你别把讨厌的乞丐孩子弄到你房间里去！派人去叫警察，让警察带他去收容所，或者适合他待的任何地方。你不能把晨报城里所有的乞丐……”

“他受伤了，”牛虻重复道，“如果必要的话，可以让他明天去收容所，但我必须先照顾好这个孩子，给他弄一点吃的。”

思蒂做了一个厌恶的鬼脸。“你让他把头贴在你衬衣上！你怎么能这样？他脏得要死！”

牛虻抬起头，突然爆发出一阵怒火。

“他还饿着肚子，”他怒气冲冲地说，“你不知道那是什么滋味，对吗？”

“里瓦雷兹先生，”吉玛走上前来插话道，“我的住处离这儿很近。我们把孩子送到那儿去吧。如果你找不到出租马车，我会设法让他度过这一夜。”

他迅速转回身。“你不介意？”

“当然不介意。晚安，雷尼小姐！”

那个吉卜赛女人生硬地鞠了一躬，气愤地耸耸肩，再次挽着那位年轻军官的胳臂，撩起连衣裙，快速经过他们身边，朝那辆他们都想坐的马车走去。

“里瓦雷兹先生，如果你愿意，我会派车回来接你跟孩子。”她说着在门阶上停了下来。

“很好，我给你地址。”他来到人行道上，把地址告诉驾车人，然后又抱着他的负担回到吉玛身边。

凯迪正在等女主人回来。听了发生的事后，赶紧跑去准备热水，拿其他日用品。牛虻将孩子放在一张椅子上，自己跪在孩子身边，熟练地帮他脱掉褴褛的衣服，用那双轻柔、灵巧的手，为他清洗伤口，包扎伤口。他给孩子洗完澡，把他裹在一张温暖的毛毯里，这时吉玛手拿托盘走了过来。

“你的小病人准备好吃晚饭了吗？”她问道，一脸笑容地看着那个陌生的小家伙。“我刚才为他做吃的去了。”

牛虻站起身，转动了一下那堆破衣烂衫。“我们恐怕把你的房间弄得一团糟了，”他说，“至于这些东西，最好一把火烧了。我明、明天给他买一些新衣服。夫人，你家里有白兰地吗？我想他应该喝一点。如果你同意，我这就去洗个手。”

吃过晚饭之后，孩子立即就在牛虻的胳臂里睡着了，粗犷的头发靠着他的白衬衣前胸。吉玛帮着凯迪将乱糟糟的房间收拾好后，在桌旁坐了下来。

“里瓦雷兹先生，你回家之前一定得拿点吃的——你晚餐基本上没吃东西，现在又很晚了。”

“我想来一杯英式茶点，如果你有的话。对不起让你这么晚睡不成觉。”

“噢，那没关系。把孩子放到沙发上吧，他会累着你的。等一等，我在坐垫上铺一张床单。你打算拿他怎么办呢？”

“明、明天？弄清楚，除了那个醉鬼畜生，他还有没有别的亲戚。如果没有，我想我就必须听从雷尼小姐的建议，送他去收容所。最好的办法也许是在他脖子上拴一块石头，然后把他扔到那条河里去，可那将使我面对不愉快的结果。睡熟了！一个多么不走运的小家伙，这个小孩子——自我防护能力还比不上流浪猫的一半！”

凯迪端着茶盘进来的时候，小孩又睁开双眼坐了起来，一脸迷惑的神情。他认出了牛虻——他已经把牛虻看作他的天然保护神，便扭动着身子从沙发上下来，拖着裹在身上的毯子，重新爬回到牛虻的怀抱里。这时，他又恢复了好奇的天性。他指着牛虻拿糕饼的那只残缺左手问道：

“这是什么？”

“那个吗？蛋糕。你还想来一点？我看你现在已经吃饱了。等明天吧，小伙子。”

“不是——那个！”孩子伸手去摸断指和手腕上那块大伤痕。牛虻放下了糕饼。

“哦，那个呀！这和你肩膀上长的东西一样——是被一个比我强壮的人给打的。”

“很痛吗？”

“噢，我不知道——不见得比其他东西更痛。好了，现在继续睡觉。犯不着半夜来问这些问题。”

马车到的时候，小孩已经又睡着了。牛虻没有弄醒他，把他轻轻抱起来，朝楼梯走去。

“今、今天，你在我眼里就是一个救死扶伤的天使，”他在门口停下来对吉玛说，“可是我认为，这并不妨碍我们今后继续尽情地吵架。”

“我可不想和任何人吵架。”

“啊！可是我想哟。如果不吵架，生活就会没法忍受。吵得好生活就会富有情趣，它可比杂耍表演更好。”

他边说边下楼梯，怀里抱着那个孩子，轻轻地笑了。

第七章

一月头一周的一天，马尔蒂尼发出请柬，邀请文学会的成员来参加例行月会。他收到牛虻的一张便条，上面用铅笔潦草地写道：“非常抱歉，来不了。”他有点生气，因为请柬上已经写明了有“要事”。如此草率的处理，在他看来几乎就是傲慢无礼。而且，这天他一连收到三封信，都是坏消息。天上刮着东风，因此马尔蒂尼感到心情不佳，感到很生气。开会的时候，里卡尔多医生问：“里瓦雷兹没来吗？”他一脸愠怒地回答道：“没来，他好像有更为有趣的事情要做，不能来，或者不想来。”

“说真的，马尔蒂尼，”加利性急地说道，“你大概是佛罗伦萨最有偏见的人。一旦你反对某个人，他做的每一样事情就都是错的。里瓦雷兹病了，你叫他怎么来？”

“谁告诉你他病了？”

“你们不知道？他已经病倒四天了。”

“他怎么了？”

“我也不知道。因为生病，他被迫推迟了星期四与我的一次约见。昨晚我过去的时候，听说他病得不能见人。我还以为里卡尔多会去照顾他。”

“我对此事毫不知情。我今天晚上过去，看他是否需要什么东西。”

次日早晨，里卡尔多走进了吉玛的小书屋，他看上去一脸苍白，十分疲倦。吉玛坐在桌旁，向马尔蒂尼读出一连串单调的数字，后者一只手拿着放大镜，另一只手拿着一支削好的尖头铅笔，正在一本书上做一些很小的记号。她用手向他做出一个别出声的手势。里卡尔多知道，别人在写密码的时候是不能打扰的，便坐在她身后的沙发上打起哈欠来，好像没有睡醒似的。

“2，4；3，7；6，1；3，5；4，1；”吉玛的声音像机器一样平稳，“8，4；7，2；5，1；这个句子读完了，切萨雷。”

她将一根大头针别在纸页上，以便记住确切的地方，然后才转过身来。

“早上好，医生。你看上去被累坏了，你还好吗？”

“嗯，我很好——就是很累。我陪着里瓦雷兹度过了可怕的一夜。”

“跟里瓦雷兹？”

“是的，我陪着他熬了一个通宵，现在必须回医院去看病人。我过来是想看看你能否找一个人，在接下来这几天过去照看他。他状况糟糕极了。我当然会竭尽全力，可是我真的没时间，他又不同意我派一个护士过去。”

“他怎么了？”

“唉，情况很复杂。首先——”

“首先，你吃过早饭了？”

“是的，谢谢你。关于里瓦雷兹——他的病情无疑很复杂，因为有大量的神经损伤，可令人焦虑的主要起因却是一道旧伤，这道伤似乎被人可耻地忽视了。总之，他现在处于一种可怕的癫狂状态，我估计跟南美的那场战争有关——受伤时，他肯定没有得到适当医治。可能就是胡乱地处理了一下，他能活下来，真是万幸！可他的炎症有慢性化趋势，任何一点小事都有可能造成旧疾复发……”

“那很危险吗？”

“不——不，在这种情况下，主要危险来自病人感到绝望，并吞服砒霜。”

“那当然非常痛苦？”

“简直是恐怖。我不知道他是怎么忍受的。我不得不在晚上用鸦片使他昏迷——我讨厌对神经衰弱的病人使用这样的药物，可是我必须止住他的病情。”

“他神经衰弱，我应该想到的。”

“很严重，但他也勇气可嘉。昨晚，在没有真的痛得头晕脑涨的时候，他就显得镇定自若。可到最后我还是对他做了可怕的事。你们认为这种情况能持续多久？只能持续五夜！屋子里找不到别的人，只有一个愚蠢的女房东。房子垮了她也不会醒来，而且，就算她醒了，也帮不上一点忙。”

“还有那个芭蕾舞女呢？”

“是呀，可这不是怪事一件吗？他不愿让她靠近他。他对她有一种病态的恐惧。总之，他是我遇到过的最不可思议的人—— 一个完美的矛盾集合体。”

他掏出怀表，专注地看着。“去医院要迟到了，可是没办法。我不在，年轻助手只能初次独自行医了。该让我早点知道这一切嘛——不能像那样一夜夜地硬撑下去。”

“他又不派人来说他病了，这究竟为什么？”马尔蒂尼插话道，“他也许认为，我们不该对他不管不顾。”

吉玛说：“医生，你昨晚该派人来叫我们去一个人，就不会把自己累成这样。”

“亲爱的夫人，我是想派人去叫加利，可是里瓦雷兹被这一建议气得暴跳如雷，我就不敢尝试了。我问他想叫谁来的时候，他盯了我好一会儿，仿佛被吓得魂飞魄散。然后他伸出双手捂住自己的眼睛说：‘别告诉他们，他们会笑话我的！’他似乎被某种幻想给迷住了，老觉得别人会嘲笑他。我也弄不清楚是什么原因。他不停地讲西班牙语，不过病人有时是会讲一些稀奇古怪的话。”

“现在谁和他在一起？”吉玛问道。

“除了女房东和女仆就没有别的人了。”

“我马上去他那里。”马尔蒂尼说。

“谢谢你。我晚上会再过去看看。靠近大窗户的抽屉里有一页纸，上面写着用药说明。鸦片在隔壁房间的书架上。如果他又痛，就再给他服用一剂——但只能服一剂。无论如何都别把药瓶放在他拿得到的地方，他可能会想多服用。”

马尔蒂尼走进那间没有开灯的房间时，牛虻迅速转过头来，向他伸出一只烧得滚烫的手，又想模仿一下自己一贯的轻率举止，不过这次很蹩脚：

“啊，马尔蒂尼！你是来催我交清样吧。我昨晚没去开会，骂我也没用。实际情况是，我身体感觉不太好，而且……”

“别管委员会了。我刚见到了里卡尔多，我是来看看我能否帮上什么忙。”

牛虻的脸绷得硬邦邦的。

“啊，真的吗？太感谢你了，不用麻烦。我只是有点身体不适。”

“里卡尔多也是这样跟我说的，我想他昨晚陪了你一整夜。”

牛虻拼命地咬着嘴唇。

“我很好，谢谢你。我什么也不需要。”

“很好。那么我去另外一间屋子里坐一座，也许你愿意独个儿待着。

我把门半掩上，以便你叫我。”

“别麻烦了，我真不需要任何东西。我这是在浪费你的时间。”

“别胡说了，伙计！”马尔蒂尼粗暴地打断了他的话，“你那样糊弄我有什么用？你认为我没长眼睛吗？安静地躺在那儿，睡觉，如果你能的话。”

他走进隔壁屋子，让门虚掩着，拿着一本书坐了下来。不一会儿，他听到牛虻焦躁不安地翻动了两三次。他合上书本细听。一阵短暂的沉默之后，又传来一阵焦躁不安的翻动，接着就是一阵急速、低沉的喘息声，牛虻在咬紧牙关，不让自己呻吟出声。他又走进那间屋。

“我能为你做点什么吗，里瓦雷兹？”

没有答复。他来到床边。只见牛虻脸色铁青，十分吓人。牛虻看了他一眼，默默地摇了摇头。

“要不我再给你一点鸦片？里卡尔多说，如果痛得很厉害，就要服用一点。”

“不用，谢谢你。我能多忍一会儿，过会儿会更糟。”

马尔蒂尼耸耸肩，挨着床坐了下来。接下来漫长的一个小时里，他默默地注视着他。然后，他起身去拿鸦片。

“里瓦雷兹，我不会让这种情况继续下去；即使你能忍受，我也受不了。你必须服用这东西。”

牛虻一言不发地服用了。然后，他转过身去，闭上了眼睛。马尔蒂尼再次坐下仔细倾听，直到他的呼吸渐渐变得深长，均匀。

牛虻被折腾得实在太疲倦，一旦入睡，就很难轻易醒来。他一动不动地一连睡了好几个钟头。在白天和晚上，马尔蒂尼好几次走到他跟前，去看那个静静的躯体。但是，除了呼吸之外，那副躯体没有任何生命迹象。那张脸是那样苍白，毫无血色，以至于他最后突然产生了一种恐惧感。要是他服用了过多鸦片，结果会怎样？那只受伤的左臂放在被单上，他轻轻地摇晃那只手，想把熟睡者摇醒。在他这样做的时候，松开的袖口滑了下去，露出从手腕到肘部的一系列又深又可怕的伤疤。

“刚落下这些伤痕时，那条胳臂一定很讨人喜欢。”身后传来里卡尔多的声音。

“啊，你总算来了！瞧，里卡尔多，他会一直睡下去吗？我十小时前给他服了一剂药，之后他就一动也不动了。”

里卡尔多弯腰细听了一会儿。

“不，他呼吸很正常，只是因为过于疲劳——这样折腾一夜，你还能指望什么呢。早晨之前可能还会再发作一次。我希望有人熬夜守着。”

“加利会来。他捎信说十点钟到。”

“现在已快到时候了。啊，他醒了！快去叫女佣把肉汤烧热。轻点——轻点，里瓦雷兹！好了，好了，你别打，伙计；我又不是主教。”

牛虻猛然醒来，露出一脸犹豫畏惧的神情。“轮到我了？”他用西班牙语慌张地说，“再让他们乐一会儿，我——啊！我没看见你呢，里卡尔多。”

他环顾四壁，一只手捂着前额，仿佛十分困惑。“马尔蒂尼！我还以为你走了。我一定是睡着了。”

“你就像神话故事里那个美女，刚刚睡了十个小时。现在，你要喝点汤，然后继续睡觉。”

“十个小时！马尔蒂尼，你不会这么久一直都在这里吧？”

“是的，我都开始怀疑是不是我让你服用了过量鸦片呢。”

牛虻狡黠地瞟了他一眼。

“哪有这样走运！那样你们不就可以开一场安静舒服的委员会会议了？里卡尔多，你究竟想干什么？你就不能发发慈悲，让我清静一会儿？我讨厌这样被医生折腾。”

“那好，把这喝了，我就让你清静。不过过一两天我还会再来，给你做一次全身检查。我想你这次已经渡过难关了。你看上去一点不像筵席上的骷髅头。”

“哦，我很快就会好了，谢谢。那是谁——加利？今晚我这儿似乎在开群英会。”

“我是来陪你过夜的。”

“胡说！我不需要任何人。回家吧，你们都走。即使病情复发，你们也帮不了我。我不想老是服用鸦片。偶尔服一下是挺管用。”

“恐怕你说得对，”里卡尔多说，“可要坚持服用也并非易事。”

牛虻抬起头来，微微一笑。“放心吧！我要是对那一类东西上瘾，那早就上瘾了。”

“无论如何，你不能单独过夜，”里卡尔多冷冰冰地回答道，“加利，到隔壁去一会儿，我有话要对你说。晚安，里瓦雷兹，我明天再来看你。”

马尔蒂尼跟着他们走出房间，突然听到有人轻轻地叫他的名字。牛虻对他伸出了一只手。

“谢谢你！”

“噢，废什么话！睡觉吧。”

里卡尔多走后，马尔蒂尼又在外间和加利聊了几分钟。他推开屋子的前门时，听到一辆马车在大门口停下来，看见车上闪出一个女人的身影，沿着小道走来。是思蒂，她显然刚参加完一个晚间娱乐活动后回来。他举起帽子，站到一旁为她让路，然后便走入了那条阴暗的小巷，小巷通向波焦佩里亚莱小镇。不一会儿，身后传来“咯咯”门响声，一阵急促的脚步声沿着小巷这边走来。

“等一下！”她说。

他转过身去迎她，她突然停住了，随即沿着树篱慢慢朝他走去，一只手放在身后。路口拐角处有一盏孤零零的路灯。借助街灯的灯光，他看见她低垂着头，仿佛很窘迫或害羞的样子。

“他怎么样？”她低头问道。

“比今天早晨好多了。他睡了差不多一整天，好像不那么困倦了。我想疾病发作已经过去了。”

她双眼依然看着地面。

“这次很严重吗？”

“我觉得严重到了极点。”

“我也这样认为。他不许我进他房间的时候，就意味着病得很重。”

“他经常像这样发病吗？”

“那取决于——根本就没什么规律。去年夏天在瑞士的时候他还好好的；可是在冬季来临之前，我们在维也纳的时候，他就病得很严重。一连几天，他不许我靠近他。他讨厌他生病的时候我在他身边。”

她抬眼瞟了一下，随即又垂下双眼接着说：

“每当他预感到要发病的时候，就总是以这样那样的借口，打发我去参加舞会、音乐会或诸如此类的事情。然后他就把自己反锁起来。我过去经常偷偷溜回来坐在门外——他要是知道了就会勃然大怒。狗叫的时候，他会让狗进去，但不许我进去。我想，他这是更关心狗吧。”

她口气怪怪的，好像在生闷气。

“嗯，但愿今后别再这么严重，”马尔蒂尼温和地说，“里卡尔多医生诊治他的病情非常认真。也许他能够使病情永远好起来。而且不管怎么说，眼下的治疗减轻了症状。但下一次你最好立即给我们送个信。如果我们早一点知道的话，他会少受很多罪。晚安！”

他伸出手去，可是她赶紧后退，表示拒绝。

“我不明白，你为什么想和他的情妇握手？”

“随你怎么想吧，当然。”他尴尬地说。

她猛一跺脚。“我恨你！”她转身冲着他嚷道，眼里闪烁着怒火。“我恨你们所有的人！你到这里来同他谈论政治，他让你整夜陪着他，给他服用止痛药，而我却不敢透过门缝往里瞧一瞧。他是你什么人？你有什么权利把他从我身边偷走？我恨你！我恨你！我恨你！”

她突然猛烈抽泣起来，随即回转身飞奔入庭院，“砰”的一声把门关上了。

“我的天呀！”马尔蒂尼走在小巷上自言自语道，“那个女孩竟然真的爱他！真是咄咄怪事……”

第八章

牛虻的病情恢复得很快。接下来一周的一个下午，里卡尔多发现他身着一件土耳其睡衣，正躺在沙发上与马尔蒂尼和加利闲聊。他甚至说起想下楼，但里卡尔多对这一建议只是微微一笑，接着便问他是否喜欢步行，穿越山谷前往菲耶索莱。

“或许你可以去拜访一下格拉西尼夫妇，换换环境，”他顽皮地补充道，“我敢肯定，太太见到你会很高兴，尤其是现在你一脸惨白的有趣模样。”

牛虻紧握双手，做了一个很不幸的姿势。

“天呀！我居然没想到这桩事！她会把我当意大利的烈士，会同我大谈爱国主义。我还得装扮成烈士的样子，告诉她我在地牢里曾经被大卸八块，然后好不容易才复原；然后她想知道我在此期间的感受。里卡尔多，你认为她不会相信？我敢用我的印第安匕首赌你书房里的瓶装绦虫，赌她会全盘接受我编造的最大谎言。这可是一个慷慨的建议，你最好赶紧抓住。”

“谢谢，我可不像你那样喜欢凶残武器。”

“哦，不管怎样，绦虫可是和匕首一样能杀人，而且比不上武器一半漂亮。”

“可碰巧的是，老兄，我不想要匕首，我想要绦虫。马尔蒂尼，我得赶紧走了。你负责照料这位喋喋不休的病人吗？”

“只值守到下午三点钟。加利和我要去圣米尼亚托。博拉夫人来照看他，直到我回来。”

“博拉夫人！”牛虻语气沮丧地重复道，“喂，马尔蒂尼，这可绝对不行！我不能因为一点小病就麻烦女士来照看我。而且，她来了坐哪儿呢？她不会喜欢来这儿的。”

“你从什么时候开始这么讲究起礼节来了？”里卡尔多问道，说着哈哈大笑。“我的老兄，对我们大家来说，博拉夫人是护士长。自打她穿上连衣裙，就一直在看护病人，而且比我所知道的任何仁慈姐妹都做得更好。不喜欢进你的房间！嘿，你或许是在谈论格拉西尼太太吧！马尔蒂尼，如果她来，我就不留任何医嘱了。哎呀，已经两点半了，我必须走了！”

“里瓦雷兹，趁她还没来，现在先吃药吧。”加利说着走向沙发，手里拿着一个药瓶。

“该死的药！”牛虻已经达到了恢复期烦躁阶段，喜欢为难尽职尽责的护理人员。“我现在已经不痛了，你为、为什么还让我服、服用那些可怕的东西？”

“就因为我不想让你的疼痛再次发作。如果博拉夫人在这里你支撑不住，而她只好给你喂食鸦片，你也不会喜欢这样子吧。”

“我的好、好先生，如果疼痛要发作，那就让它发作好了；这又不是牙痛，随便你用点乱七八糟的东西就能镇痛。他们的做法犹如屋子着火了，用玩具水枪去灭火。不过，我猜你是要固执己见了。”

他左手拿起茶杯，他手上的可怕伤痕使加利记起他们先前谈论的话题。

“顺便问一下，”他问道，“你怎么会伤成这个样子？是打仗落下的，是吗？”

“我刚才不是告诉你是在秘密地牢里……”

“是的，那种说法适合说给格拉西尼太太听。说真的，我猜是在同巴西的战争中受的伤？”

“是的，我在那儿受了点伤，后来又在蛮荒地区打猎，事情一件接一件。”

“噢，是的，还参加了科考探险队。你可以扣上衬衫，我已经弄好了。你在那儿似乎还过着一种惊心动魄的生活。”

“嗯，那是当然。在野蛮地区如果你不偶尔参加一些冒险活动，你就没法生存下来，”牛虻轻描淡写地说，“你当然不能指望每一次都令人愉快。”

“但我还是不明白，如果不是同野兽搏斗之类的冒险，你怎么会伤得那么重——比如你左手臂上的伤痕。”

“哦，那是一次狩猎美洲狮留下的。你瞧，我开火了——”

这时传来了敲门声。

“屋子收拾好了吗，马尔蒂尼？那就请把门打开。你真是太好了，夫人。请原谅我不能起来。”

“你当然不能起来，我又不是来拜访你。我稍微来早了一点，切萨雷。我想你也许会急着要离开。”

“我还能再待一刻钟。让我把你的斗篷放到另一间屋里去。这个篮子也要拿走吗？”

“当心，里面装的都是刚生下的鲜鸡蛋。凯迪今天上午在奥利维托山买来的。还有一些送给你的圣诞玫瑰，里瓦雷兹先生。我知道你喜欢花儿。”

她在桌旁坐下，开始剪鲜花的根茎，然后将鲜花插到花瓶里。

“哎，里瓦雷兹，”加利说，“接着讲狩猎美洲狮的故事吧，你才刚开了个头。”

“啊，是的！加利要我讲一讲在南美洲的生活，夫人。我刚才正给他讲我这条左臂是如何弄残的。那是在秘鲁。我们过河去捕猎美洲狮，我向那畜生开枪的时候，枪没有响，火药被水溅湿了。那只狮子当然不会等到我重装火药，结果就成了这个样子。”

“那一定是一次很愉快的经历。”

“啊，还不算太坏！当然了，凡事都有好有坏；但总的来说，是一种精彩的生活。比如捕蛇——”

牛虻喋喋不休地讲述起各种趣闻逸事，一忽儿讲阿根廷战争，一忽儿讲巴西探险，一忽儿讲与土著人一道捕猎野兽和各种冒险故事。加利仿佛小孩听神话故事一样高兴，不停地插话提问。他具有那不勒斯人的敏感气质，喜欢一切耸人听闻的事情。吉玛在做针线活，一边默默地倾听，一边低头忙活。马尔蒂尼皱起眉头，烦躁不安起来。在他看来，牛虻讲述奇闻的方式就是自吹自擂，具有很强的自我意识。在上一周，他目睹牛虻忍受肉体痛苦的惊人毅力，对这个男人勉强表示赞赏，可他的确不喜欢牛虻，不喜欢他所有的作品和行事方式。

“那一定是十分精彩的生活！”加利叹了口气，怀着天真的嫉妒。“我就纳闷，你怎么会下决心离开巴西。有了巴西的经历，其他国家一定平淡无奇了。”

“我想在秘鲁和厄瓜多尔的时候过得最快活，”牛虻说，“那才真正是广袤的国家。当然了，天气很热，厄瓜多尔的沿海地区尤其热，谁都会觉得受不了，但那里景色优美，超乎想象。”

“我相信，”加利说，“在野蛮国家的自由生活，远比自然景色对我的吸引更大。人必须感受到自己的个人尊严，这在我们拥挤的城镇里是绝对感受不到的。”

“是的，”牛虻回答道，“那是……”

吉玛原本在低头编织，这时抬起头来看着他。他突然满脸涨得通红，停住了话头。接着便是一阵沉默。

“该不会又发作了吧？”加利焦虑地问道。

“哦，没什么，谢谢你的镇、镇、镇静剂，我还骂、骂、骂它呢。你准备好了吗，马尔蒂尼？”

“是的。走吧，加利，我们要迟到了。”

吉玛跟着两个男人走出房间，一会儿拿着一杯牛奶返回来了，里面还加了一个鸡蛋。

“请把这杯牛奶喝了。”她温和的话语中带着威严，然后又坐下来继续她的编织活儿。牛虻温顺地服从了。

过了半个钟头，两人都没有说话。后来，牛虻用很低的声音说道：

“博拉夫人！”

她抬起头来。只见他用手撕扯沙发毯子的流苏，眼睛望着地面。

“你不相信我刚才说的是实话。”他说道。

“我一点都不怀疑你在说谎。”她平静地回答道。

“你说对了。我一直都在说谎。”

“你指那场战争吗？”

“指一切。我根本就没参加那场战争。至于那次探险，我当然参加了一些冒险活动。那些故事也大多是真的，但我并不是那样受伤的。你发现我撒了一个谎，那我干脆承认我说的全都是谎话。”

“编造这么多谎话，你不觉得是在浪费精力吗？”她问道，“我倒认为根本犯不着那么麻烦。”

“换你会怎么样呢？你知道那句英国谚语：‘不问问题，你就听不到谎言。’对我来说，那样愚弄别人也不是一件高兴的事，可是他们问我怎么会成了残疾，我必须回答他们的问题。回答的时候，我索性编造一些美丽的谎言。你瞧加利有多高兴。”

“你不喜欢用真话来让加利高兴？”

“真话！”他抬起头来，手里的流苏已经被扯烂，“你不会要我对那些人讲真话吧？如果那样，我宁可先咬断自己的舌头！”

他突然尴尬、腼腆地说道：

“这事我从来没有对任何人说起过，不过要是你想听，我愿意告诉你。”

她默默放下手中的针线活儿。在她看来，这个冷酷、神秘和不讨人喜欢的家伙身上有一种让人觉得特别凄惨可怜的东西。他突然拜倒在一个自己并不了解、而且明显不喜欢的女人脚下。

接着便是一阵长时间的沉默，她抬起了头。他正将左臂斜倚在身旁的小桌子上，用那只残缺的手挡住自己的双眼。她注意到他神经紧张的手指和手腕上伤疤的令人心悸的疼痛。她走到他身边，轻轻叫他的名字。他猛然惊醒，抬起头来。

“我忘、忘了，”他结结巴巴地道歉，“我正、正要向、向你讲——”

“讲那次意外，或造成你残疾的事情。但是如果这事让你焦虑——”

“意外？噢，那一顿毒打！是的，不过那可不是意外，而是一根烧火棍。”

她凝视着他，显出一脸惊愕的表情。他用那只微微颤抖的手将头发往脑后一抹，抬起头来看着她，微微一笑。

“你不坐吗？请你把椅子挪近一点。很遗憾，我现在不能为你效劳。真、真的，我现在想起来了。要是当时由里卡尔多来给我治疗，这桩病例就会成为一个完、完美的宝、宝藏。作为外科医生，他真喜欢医治骨折。我相信，我身上能够折断的地方都被折断了，只有脖子除外。”

“还有你的勇气，”她轻声插话道，“但你也许把它算入了你不能折断的物体之中。”

他摇了摇头。“不，”他说道，“我的勇气和我其余的部分是勉强恢复的，可它在当时也被折断了，就像一只被打碎的茶杯，那才是真可怕的事。啊——对了，我正打算给你讲那根烧火棍。”

“那是——让我想想——将近十三年前的事了，发生在利马。我给你讲过，秘鲁是一个令人愉快的宜居国家，但是对于像我这样的落难者来说，就说不上什么好了。我在阿根廷穷困潦倒，后来去了智利，经常四处漂泊，忍饥挨饿；后来我在一条牲口运输船上打杂，离开了瓦尔帕莱索。我在利马找不到工作，于是就去了码头——卡亚罗的码头，你知道的——去那儿试运气。当然，每一个货运码头都有一些航海者聚集的破烂地方。没过多久，我就在其中的一个赌窟里做了仆人。我要煮饭做菜，为台球玩家记分，为水手和他们带来的女人们端茶送水，以及诸如此类的事情。虽然不怎么令人愉快，但我还是喜欢干那份活儿，因为至少有吃的，能见到人脸，能听到人声——同类的声音。你或许认为，那工作没什么好处，可我刚得了黄热病，独自住在一个贫穷混血儿的棚屋外屋里，那情景令我感到了恐怖。唉，有一天晚上，我奉命去驱逐一位喝醉了酒、招人不快的印度水手。他上岸之后把钱全弄丢了，正在大发脾气。我当然只好服从命令，因为我不想失去工作并忍饥挨饿。可那人比我强壮一倍——我当时还不到二十一岁，高烧之后身体虚弱，就像一只病猫。此外，他手里还拿着一根烧火棍。”

他停了一下，偷偷瞟了她一眼，然后接着往下说。

“显然，他原本想一举结果我的性命，可是不知为什么又手下留情了——只要有机会，印度水手们就会这样做。他把我打了个半死，让我苟延残喘。”

“是这样，可是其他人呢，他们不能干预？难道他们都害怕一个印度水手？”

他抬起头，突然哈哈大笑起来。

“其他的人？赌徒和屋子里那些人吗？哦，你不明白！他们是黑人、中国人，还有上帝才知道是哪里的人，而我是他们的仆人——他们的财产。他们围成一圈看热闹，当然看得津津有味。在那里，这种事是很好的玩笑。就是那么回事，假如你碰巧不是玩笑对象。”

她心中一颤。

“那结果怎样呢？”

“这个我可没法告诉你多少。经历了这种事情的人，一般都不会记得随后几天的事。可是附近的船上有一个外科医生，好像是人们发现我还没死，就有人把他叫来了。他胡乱地给我做了缝合手术——里卡尔多似乎认为手术做得很差，但那也许是因为同行妒忌吧。总之，当我苏醒过来的时候，一个当地老太太出自基督徒的仁慈，把我收留了——这听起来有一点奇怪，不是吗？老太太总是蜷缩在茅屋的角落里，用一根黑色的旱烟管抽烟，一面向地上吐痰，一面独自轻哼着什么。可是她心地善良。她告诉我，我可能会平静地死去，不会有人来打扰我。可是我心里特别矛盾，还是选择了活下去。要挣扎着活下去可真难啊。有时我会想，我费这么大的劲活下来真是得不偿失。好在老太太很有耐心。她收留我——有多久呢？我在她的小棚屋里躺了将近四个月，时而像个疯子一样胡说八道，时而像一头耳朵受伤的熊异常暴怒。痛得要命，你知道的，而且我的脾气在小时候就被娇惯坏了。”

“后来呢？”

“哦，后来——我总算是熬过来，然后就爬走了。不，别以为接受老太太的施舍是什么棘手的事——我并不介意这个。我离开只是因为我受不了那个地方。你刚才还谈到我的勇气，那是因为你没看见我当时那副模样！每天晚上薄暮时分，我就会痛得死去活来。下午我会独自躺在地上，目送着太阳越降越低——噢，你不能理解的！现在我一看到太阳落山就感到恶心！”

长时间的沉默。

“后来，我就远离首都，看能否在别的地方找到活儿干——待在利马会让我发疯的。我一直走到了库斯科，在那里——我真不明白为什么要把这些陈芝麻烂谷子讲给你听，它们一点趣味都没有。”

她抬头看着他，目光深邃而严肃。“请别那样说。”她说。

他紧咬嘴唇，又撕下来一片沙发毯的流苏。

“要我接着讲下去吗？”过了一会儿他问道。

“如果——如果你愿意讲的话。我怕回忆往事对你来说太过可怕。”

“你以为不讲出来我就忘得了吗？那样会更糟。但是不要认为是我忘不了这件事，我忘不了的是曾经失去自控能力的这件事。”

“我——还是不大明白。”

“我的意思是说，我曾经丧失勇气，我发现自己是个懦夫。”

“任何人的忍耐力都是有限度的。”

“是的。有人达到了这一极限，只是不知何时还会再次达到这一极限。”

“你能不能告诉我，”她犹豫不决地问道，“你怎么会在二十来岁的时候就独自流落到那里了？”

“很简单，在故国老家，我的生活原本有一个良好开端，但我离家出走了。”

“为什么？”

他又哈哈大笑起来，笑声急促刺耳。

“为什么？因为我是一个自以为是的愣头青，我猜是这样。我生长在一个富裕奢华的家庭，从小娇生惯养，以为这个世界是由粉红色棉绒和蜜糖杏仁组成的。直到有一天，我发现我信任的某个人欺骗了我。咦，你怎么会吃惊！怎么了？”

“没什么，请接着说。”

“我发现自己被骗，轻信了一个谎言。当然，这是大家都会经历的一点小事。但是我告诉你，因为我当时年轻而且自以为是，认为骗子都会下地狱。因此，我离家出走，一头扎到了南美洲去尽情沉浮。我身无分文，对西班牙语一窍不通，除了不劳而获、大把花钱的习惯之外，别无所长。其结果当然是，我一跤跌入了真正的地狱，这才不再猜想虚幻的地狱。这一跤跌得真彻底——五年之后杜普雷兹探险队才把我搭救出来。”

“五年！哦，那真可怕！你就没有朋友吗？”

“朋友！我”——他突然冲她凶巴巴地说——“我从来没有过朋友！”接着他似乎羞于自己的粗暴，迅速接着说：

“这一切你都不能太当真。我敢说我做过最糟糕的事，但头一年半真的还不是那么糟。我当时年轻力壮，还能混得下去，直到那个印度水手在我身上留下印记。可在此之后我就再也找不到活儿干了。如果使用得当，那根烧火棍还真是一把很不错的趁手工具，可是没人愿意雇佣一个跛子。”

“你以前干什么活儿？”

“有啥干啥。有段时间我靠打零工为生，为甘蔗种植园里的黑奴们干活儿，为他们取东西、拿东西等。顺便说一下，那真是人生中最令人好奇的一件事情：奴隶们也会设法拥有自己的奴隶。黑人最喜欢做的事，就是能够欺负白种人劳工。不过那也没用，监工们经常把我赶走。我腿跛走不快，而且我不能搬运重物。后来我的伤口老是发炎，真是狼狈到了极点。过了一段时间，我去了银矿，想在那儿找份活儿干，结果连遭碰壁。经理对雇佣我的想法嗤之以鼻，而那些工人则对我拳脚相加。”

“怎么会那样？”

“噢，我想是人性使然吧。他们见我只能用一只手反击。他们都是些肮脏的混血儿，主要是黑人和桑博人。而且还有那些可怕的苦力！最后我终于忍无可忍，便动身漫无目的地四处漫游，就那样漫游，期望能出现转机。”

“步行吗？拖着那条瘸腿？”

他抬起头，突然发出一阵令人可怜的喘息。

“我——我当时好饿。”他说。

她将头转向一边，一只手托住下巴。过了一会儿，他又接着说话，说话的时候话音越来越低沉：

“噢，我走啊，走啊，直走得我快要发疯了，还是没有任何结果。我来到厄瓜多尔境内，那里的情况比先前更糟。有时我干一点修盆补锅的活儿——我可是个很好的补锅匠，或者帮人跑腿打杂，或者替人打扫猪圈。有时我还做——现在我自己都记不起做了些什么。后来，终于有一天……”

那只纤细、褐色的手攥成拳头“砰”的一声击打在桌子上。吉玛抬起头，不安地瞟了他一眼。他的脸颊侧对着她，她看到他太阳穴上的血管像锤击一样上下跳动，跳得快而无规律。她附身向前，将手轻轻搭在他胳膊上。

“别去想其他的了，这事讲起来似乎太可怕了。”

他用怀疑的目光凝视着那只手，然后摇了摇头，从容不迫地继续说道：“后来有一天，我遇到一个走江湖的杂耍班子。你该记得那晚那个杂耍班子。唔，大体差不多，只是比这个更粗俗，更下流。桑博人可不像这些温文尔雅的佛罗伦萨人。他们做事的时候才不在乎是否犯规或是否野蛮呢。当然，他们还有斗牛。他们夜晚在路边宿营，我走到他们帐篷那里去乞讨。唔，当时天气很热，我饿得要命，因此——我在他们的帐篷门口晕倒了。我当时是假装突然晕倒的，弄得像一个胸衣束得太紧的寄宿学校的女孩子。于是他们就把我抬进去，给我白兰地喝，给我吃的等等。后来——第二天上午——他们给予我……”

又一次沉默。

“他们想要一个驼背，或者要一个怪物，供孩子们投掷橘子皮或香蕉皮——以此逗黑人发笑——你那晚见到了那个丑角——唔，我就是那个丑角——我扮了两年丑角。我猜想，你对黑人和中国人怀有博爱精神，但等到你被他们摆布就不会再同情了！

“呃，我学会了各种把戏。我还不够畸形，但他们自有办法。他们给我做了一个人造驼背，充分利用我这只脚和胳臂——桑博人并不挑剔。只要他们能够弄到个活物来糟践，就很容易得到满足——那套傻瓜装束也帮了很大的忙。

“唯一的问题在于我经常生病，无法演出。有时，如果班主生了气，即使在我伤痛发作的时候，也会强迫我演出。而且我相信，人们最喜欢我带病演出的那些夜场。记得有一次，我演着演着就痛得昏厥过去了——当我苏醒过来时，那些观众正围着我——他们呵斥我，冲我吼叫，用东西砸我……”

“别说了！我受不了了！看在上帝的分上，别说了！”

她双手捂住耳朵，站了起来。他突然停止，抬头一看，只见她眼中泪光闪烁。

“该死，我是个傻瓜！”他低声地说。

她走到屋子对面，站在那儿朝窗外看了一会儿。当她转过身来时，牛虻又斜倚在桌子上，一只手捂住眼睛。他显然已经忘了她的存在，她一言不发地在他身旁坐下。经过好长时间的沉默，她才缓慢地说：

“我想问你一个问题。”

“问什么？”他一动不动地答道。

“你为什么不抹脖子自杀？”

他抬起头来，大吃一惊。“我没想到你会问这个，”他说，“那我的工作怎么办？谁来代替我完成？”

“你的工作——啊，明白了！你刚才谈到沦为懦夫。唔，如果你经历了那一切苦难却仍然矢志不渝，你就是我所见过的最勇敢的人。”

他又捂住自己的眼睛，另一只手激动地紧握着她的手。两人之间的沉默，似乎永无尽头。

下面花园里突然响起一阵清澈激越的女高音，唱的是一首法国的打油诗：

啊，皮耶罗！来跳舞吧，皮耶罗！
跳起来吧，我可怜的雅诺！
尽情舞蹈，尽情欢乐！
共享我们的美好青春！
别哭泣，别叹息，别愁眉苦脸——
先生，这可不是开玩笑，
这可不是开玩笑！［法语］

一听这歌声，牛虻立即从吉玛那里抽回手，身子直往后缩，还发出一声仿佛窒息般的呻吟。她双手抱着他的胳臂，抱得紧紧的，就像她抱着一个正在接受外科手术的病人的手。歌声停止时，花园那边便传来一阵笑声和掌声。他抬起头来，眼里露出动物受尽折磨一样的目光。

“是的，那是思蒂，”他慢慢地说，“和她的军官朋友们。前两天夜里，在里卡尔多到来之前，她想进来。她要是碰我一下，我会发疯的！”

“可她又不知道，”吉玛轻声抗议，“她不可能知道那是在伤害你。”

“她就像一个克列奥人[1]，”他应答时浑身发抖，“你还记得那天晚上，我们将乞丐孩子带回家时她那副面容吗？混血儿笑起来就是那个样子。”

花园那边又传来一阵笑声。吉玛起身打开窗户。只见思蒂头上包裹着一条妖艳的金丝围巾，站在花园小道上，手中高举着一束紫罗兰。为了得到这束花，三个年轻的骑兵军官正作势欲争夺。

① 克列奥人：拉丁美洲的土生白人，混血儿。当时他们在政治上受欧洲殖民者（来自宗主国的白人）压迫，最多只能充当下级军官和教士，要求摆脱宗主国的统治。

“雷尼太太！”吉玛说道。

思蒂的脸像暴风雨中的乌云一样阴沉。“太太？”她说着转身抬头，眼中露出挑衅的目光。

“请你的朋友们说话时稍微轻一些好吗？里瓦雷兹先生身体很不好。”

那吉卜赛女孩扔下手中的紫罗兰。“滚！［法语］”她突然转身对那几个惊得目瞪口呆的军官说，“我讨厌你们，先生们！”

她慢慢地走出花园。吉玛关上了窗户。

“他们走了。”她转身对牛虻说。

“谢谢你。麻烦你了，我——我很遗憾。”

“不麻烦。”她立即听出了他话音中的犹豫不决。

“可是为什么？”他说，“你那句话还没有说完，夫人。你心里还有一个‘但是’没有说出来。”

“如果你窥探别人的内心世界，你就不应对别人的心里话生气。当然这不关我的事，可是我不明白——”

“不明白我对雷尼太太的厌恶？那只是在——”

“不，你讨厌她却愿意和她生活在一起。在我看来，这似乎是一种侮辱，对于作为女人她和——”

“女人！”他突然发出一阵刺耳的笑声。“你管那叫女人？夫人，这可不是开玩笑！［法语］”

“这不公平！”她说，“你无权以这种方式对别人谈论她——特别是对别的女人！”

他转过脸，睁大眼睛躺着，望着窗外沉落的夕阳。她放下百叶窗，关上窗户，不让他看到夕阳落山。然后，她在靠近另一扇窗户的桌子边坐下来，重新拿起手中的针线活儿。

“需要电灯吗？”过了一会儿她问道。

他摇了摇头。

到天色已暗得看不清东西的时候，吉玛收起针线活儿，将针线活儿放进篮子里。有一阵子，她抄着双手站在那里，默默地注视着牛虻一动不动的身躯。昏暗的夜光照在他脸上，似乎软化了他脸上冷酷、嘲讽和自负的表情，加深了他嘴角的悲剧性线条。她产生了一些奇特的联想，回想起父亲为纪念亚瑟而树立的那个石头十字架，和刻在上面的铭文：

“你的全部波涛巨浪将我淹没。”

这样静静地过了一个小时。最后她站起身，轻轻走出屋子。她拿回来一盏灯，在屋子里停了一会儿，以为牛虻已经睡着了。当灯光照到他脸上时，他翻过身来。

“我为你煮了一杯咖啡。”她说着放下了手上那盏灯。

“先放一会儿。请你过来。”

他握住她的双手。

“我一直在想，”他说，“你说得很对：我让自己的生活陷入了一团乱麻，十分丑陋。但是请记住，一个男人并不是每天都能遇见他所——爱的女人，我——我已经身陷困境。我害怕……”

“害怕？”

“害怕黑暗。有时，我在夜晚不敢独自待着。我必须要某种活物——某种实在的东西陪在身边。那是外在的黑暗，在那里将——不，不对！不是那样的，那是只值六便士的玩偶地狱；我害怕的是内心深处的黑暗。那里没有哭泣，没有咬牙切齿，只有寂静——寂静——”

他瞪大了眼睛。她非常安静，屏声静息，直到他重新开口说话。

“对你来说，这一切都很神秘，是不？你不明白——对你反倒是件幸事。我的意思是说，如果我试图孤身独处，我十之八九是会发疯的——别把我想得太坏，请你行行好。我并不是你有可能想象的那种恶棍。”

“我没法为你做出判断，”她回答道，“因为我没有像你那样遭罪。但是——我也曾经陷入困境，以另一种方式。而且我认为——我肯定——如果你让对事物的恐惧主宰自己，驱使自己去做一件真正残忍、不公正或胸襟狭隘的事，事后你将为此后悔不已。因为余生——如果你在这样的事情上做错了，我知道换我也会做错——就应该诅咒上帝，然后去死。”

他仍然握着她的手。

“告诉我，”他轻轻地说道，“你一生中有没有做过一件真正残忍的事？”

她没有回答，但是她的头耷拉下来，两滴大大的泪珠溅落到他的手上。

“告诉我！”他紧握住她的手，情绪激动地低声说道，“告诉我！我对你讲了我所有的不幸。”

“是的——有一次——很久以前，是对我最亲爱的人做下的。”

紧握住她的那两只手在剧烈颤抖，但是并没有松开。

“他是一个同志，”她继续说道，“我相信自己造谣中伤了他——那是警察编造的一个常见的明显谎言。我把他当叛徒，打了他一耳光；他走了，然后投水自尽了。后来，过了两天我才弄清，他完全是无辜的。这个记忆也许比你所有的记忆都更糟。要是能够挽回自己做过的错事，我宁愿斩断自己的右手。”

他眼里闪过某种快速而危险的东西——某种她以前从未见过的东西。突然，他诡秘地低下头，去亲吻她的手。

她猛吃一惊，赶紧缩回手。“不要！”她楚楚可怜地嚷道，“请不要再这样做！你是在伤害我！”

“难道你没有伤害被你杀死的那个男人？”

“那个男人——我杀死——啊，切萨雷在门口，你终于来了！我——我必须离开！”

……

马尔蒂尼走进屋子的时候，发现牛虻独自躺在那里，身边放着一杯还没有喝过的咖啡，正在轻声地咒骂自己，一副萎靡不振、无精打采的样子，仿佛他有什么事情没有得到满足。

第九章

几天之后，牛虻走进了公共图书馆的阅览室。他脸色更加苍白，走起路来跛得更厉害。他要查阅红衣主教蒙塔内利的布道词。里卡尔多在旁边桌子旁读书，这时抬起头来。他很喜欢牛虻，可是却并不能理解他这一特性——这种奇特的个人仇怨。

“你准备对那位不幸的红衣主教发起另一轮攻势吗？”他有点性急地问。

“亲爱的老朋友，你为什么总、总、总觉得别人怀有不良动、动、动机呢？这样最、最不符合基督教教义。我在为那家新、新、新报纸准备一篇论当代神学理论的文章。”

“哪家新报纸？”里卡尔多皱起了眉头。这也许是一个公开的秘密：新的新闻法即将出台，反对党准备用一份激进的报纸来震惊这座城市，但这在形式上还是一个秘密。

“当然是《骗子报》，或《教会日记》。”

“嘘——嘘！里瓦雷兹，我们打扰到别的读者了。”

“那好，继续读你的外科学吧，如果那是你关注的学科；让、让、让我去研读神、神学吧——那是我关注的。我不、不、不干涉你医治骨折，尽管我对骨折知道得比你多出许、许、许多。”

他坐下去阅读那一卷布道书，脸上露出专注的神情。一个图书管理员走到他的跟前。

“里瓦雷兹先生！我想你参加了杜普雷兹探险队，探索了亚马孙河的支流？也许你能帮我们解决一个难题。有位女士要查询探险记录，可那些记录还在装订。”

“她想了解什么？”

“想了解探险哪一年开始，什么时候穿越厄瓜多尔。”

“一八三七年秋从巴黎开始，一八三八年四月穿过基多（厄瓜多尔首都——译者注）。我们在巴西待了三年，然后去了里约热内卢，在一八四一年夏回到巴黎。那位女士要每一次发现的具体日期吗？”

“不，谢谢你，只要这些。我都记下来了。贝波，请把这张纸条交给博拉夫人。非常感谢里瓦雷兹先生。对不起，麻烦你了。”

牛虻眉头紧锁，困惑不解地坐回到椅子上。她要那些日期干吗？他们经过厄瓜多尔时……

吉玛手里拿着那张纸条往家走。1838年4月——亚瑟死于1833年5月。

其中这五年……

她加快脚步往家走。前几夜她没有睡好，眼圈出现了阴影。

五年，一个“过分奢华的家庭”——“他信任的某个人欺骗了他”——欺骗了他——而他发现了……

她停下来，用双手捂住头。啊，这简直是在发疯——这是不可能的——这太荒唐了……

可是，他们怎么打捞那个码头的！

五年——他还“不到二十一岁”就被印度水手……那么，他离家出走时一定只有十九岁。他不是说过：“一年半——”他从哪里得到那双蓝眼睛，还有那紧张好动的手指？他为什么如此仇恨蒙塔内利？五年——五年……

假如她只知道他淹死了——假如她看见了尸体，那么有朝一日，这一旧伤口肯定会不再疼痛，旧的回忆肯定会不再恐怖。也许再过二十年，她就能毫不畏惧地回首往事。

她的全部青春都毁于对自己以往作为的反思之中。日复一日，年复一年，她毅然决然地同恶魔悔恨进行搏斗。自己的工作在于未来，她时常牢记这一点；她总是闭上眼睛、捂住耳朵，抗拒那阴魂不散的往日幽灵。日复一日，年复一年，那个被溺毙的尸体漂向大海的景象一直缠绕着她，那一声无法压抑的痛苦呼号会从她的心底响起：“是我杀了亚瑟！亚瑟死了！”有时，她似乎觉得这负担沉重得自己无法忍受。

如今，她情愿付出余下半生去索回那一负担。就算是她杀死了他——这是大家都熟悉的悲剧，她也已经忍受了太久，不会被这一负担压垮。但是假如她没有将他逼入水中，而是将他逼入了……她坐下来，双手捂住自己的眼睛。她的生活因为他而变得黯淡无光，因为他死了！假如她没有带给他比死亡更可怕的东西……

她坚定冷酷地去回顾他一步一步走过的地狱般的生活。那段生活对她来说栩栩如生，就像她亲眼看见了那一切，亲身感受到了那一切。赤裸的灵魂在无助地颤抖，比死亡更痛苦的嘲弄，孤独的恐惧，缓慢、难受和无情的苦恼。那情景真实得如同她陪着他坐在那间污秽的印第安茅屋里，如同她和他一道在银矿矿井里受罪，还有咖啡地和可怕的杂耍表演……

杂要表演——不，她至少得忘掉这一影像；一坐下来想到那样的事就会让人发疯。

她打开书桌的小抽屉。里面存有一些私人遗物，她一直舍不得销毁。她并不放纵自己沉溺于那些令人伤感的琐碎小事，保存这些纪念品是对她自己性格中软弱一面的妥协，她一直压制着这一面，很少去看那些东西。

现在，她把那些东西一件一件地拿了出来：有乔瓦尼给她写的第一封信，他临死还握在手里的花儿；她宝贝的一绺头发和她父亲坟上的一片枯叶。抽屉尽头是亚瑟十岁时的一张小照片——是仅存的他的照片。

她手捧着照片坐下，看着那个英俊少年的头像，直到亚瑟的真实面庞栩栩如生地重新浮现在她眼前。每一处细节都是那样清晰！敏感的嘴唇线条，诚挚的大眼睛，美丽纯洁的表情——它们都深深地铭刻在她的记忆里，仿佛他的死就发生在昨天。慢慢地，泪水模糊了她的视线，也遮住了那张肖像。

啊，她怎么会想到这件事！哪怕幻想一下那远去的明亮心灵被缚于污秽、凄惨的生活，都像是一种亵渎。上帝当然还是有点喜欢他，所以让他年轻就早逝！他本应成为彻底的虚无，这也比他活着并成为牛虻好上一千倍——牛虻，系着精美的领带，说着令人疑虑的妙语连珠，他那令人痛苦的舌头和那个芭蕾舞女！不，不！这不过是一个恐怖的、愚蠢的幻想。她在用虚幻的想象来自寻烦恼。亚瑟已经死了。

“可以进来吗？”一个声音在门口低声问。

她大吃一惊，照片从手中落到了地上。牛虻一瘸一拐地走过房间，把照片捡起来递给她。

“你怎么这样吓我！”她说。

“对、对、对不起。我是不是打扰你了？”

“没有。我只是在翻阅一些旧物。”

她犹豫了片刻，接着将那张小照片递还给他。

“你觉得这张头像怎么样？”

他看照片的时候，她注视着他的脸，仿佛她的一生都取决于那张脸的表情。可那表情是否定的，挑剔的。

“你给我出了一道难题，”他说，“照片已经褪色了，孩子的脸很难看清。但是我认为这孩子长大后会是一个不幸的人，对他来说，最明智的办法是永远不要长大成人。”

“为什么？”

“瞧瞧嘴唇下面这条线。这、这、这种性格的人会觉得痛苦就是痛苦，冤屈就是冤屈。这个世界容、容、容不下这样的人，它需要只知道工作的人。”

“他像不像你认识的某个人？”

他更加仔细地琢磨那张照片。

“是的。真是怪事！当然像，很像。”

“像谁？”

“红、红、红衣主教蒙塔内利。我就纳闷，完美无瑕的红衣主教是不是有一个侄儿。可否问一下他是谁？”

“这就是那天我对你讲过的那位朋友的照片，小时候照的……”

“被你害死的那个人？”

她不由自主地打个激灵。那个可怕的字他说得多么轻松，多么残忍！

“是的。被我害死的那个人——假如他真的死了。”

“假如？”

她紧盯着他的脸。

“我有时感到怀疑，”她说，“尸体一直没找到。他有可能离家出逃了，就像你一样，逃到南美去了。”

“但愿不是这样。那样会成为你挥之不去的噩梦。我一生曾经参、参、参加过一些恶战，也许把不止一个人打发到了阴曹地府；但是如果我将某个活、活人打发到了南美洲，而这事让我良心不安，我会寝食难安——”

“那么你是否相信，”她打断他的话，紧握着双手靠近他，“如果他没有被淹死，如果他跟你的经历一样，他会永远不回来并忘掉过去？你相信他永远不会忘记？记住，我也付出了代价。瞧！”

她将前额的浓密头发往后一掠，浓密的黑发中露出一大绺白发。

一阵长时间的沉默。

“我认为，”牛虻慢慢地说，“既然死了，那就最好让他死去。要忘掉有些事是很难的。假如我是你死去的朋友，我就会继、继、继续做死人。亡魂是丑陋的幽灵。”

她将照片放回抽屉，然后锁上了书桌。

“那是一种冷酷的说法，”她说，“现在我们谈点别的事情。”

“我就是来和你谈一谈，我可不可以——是一件私事，我脑子里有一个计划。”

她将一张椅子拖到书桌旁坐下来。“你对拟议中的新闻法是如何看的？”他开口说话，没有一丝口吃的痕迹。

“我怎么看？我认为它没有什么价值，不过是聊胜于无。”

“毫无疑问。那么，这儿有些好心人正准备筹办新的报纸，你是否愿意为其中一份效力？”

“我是打算这样做的。筹办一份新的报纸总是有很多实际工作要做——印刷与发行安排，还有——”

“你打算把自己的禀赋浪费到何时为止？”

“为什么是‘浪费’？”

“因为就是浪费。你很清楚，比起与你共事的大多数人，你都要聪明得多。可是你却让他们把你当成苦力、打杂工。就智力而言，你远远超过格拉西尼和加利，他们在你面前就像小学生。可你却像个印刷工人的助手，坐在那里替他们校对清样。”

“首先，我并没有将所有时间用于校对清样；此外，在我看来，你似乎夸大了我的智慧，我的智慧也并非你想象的那样出众。”

“我一点不认为你智慧出众，”他镇静地回答道；“但我的确认为，你的智慧健全可靠，这一点具有十分重要的意义。在枯燥乏味的委员会会议上，总是你来指出每个人的逻辑缺陷。”

“你这样对其他人是不公平的。比如，马尔蒂尼就是很有逻辑的人，法布里齐和加利的能力也毋庸置疑。而格拉西尼对意大利经济数据的知识也许要超过这个国家的任何一名官员。”

“好了，这并不能说明什么。咱们不谈他们和他们的能力。事实是，你拥有这样好的天赋，应该做更重要的工作，担任一个比当前的职位更为重要的职务。”

“我对自己的位置非常满意。我现在做的工作也许不是很有价值，但我们做的都是力所能及的事。

“博拉夫人，我们的关系非比寻常，就不用玩吹捧和客套那套虚礼了。请你如实相告，你是否承认，自己耗尽脑力做的工作，能力比你低的人也同样能够做好？”

“既然你逼着我回答——是的，在一定程度上。”

“那你为什么容许这种情况继续？”

没有回答。

“为什么允许那种情况继续？”

“因为——我无能为力。”

“为什么？”

她带着责备的眼神抬头望着他。“这样逼我有失公允——也太不客气了。”

“但你还是要告诉我为什么。”

“如果你一定要得到答案，那么——因为我的生活已经支离破碎，而我目前又没有精力去做任何真正的工作。我大概只适合做一匹革命的拉车老马，为党打打杂。至少我是凭良心在做，而且这事也总得要人来做。”

“这事当然得由人来做，但也不能总是由同一个人来做。”

“大概是我适合吧。”

他眯缝着眼睛看她，让人觉得神秘莫测。不一会儿，她抬起了头。

“我们又转回到老话题了，本来是要谈正事的。我向你保证，对我说我或许干过各种各样的事情，这也没用。我现在再也不会做了。但我或许能帮助你想出你的计划。你有什么计划？”

“你一开始就告诉我，不管提什么建议都没用；然后又问我，要提什么建议。我的计划要求你在实际行动中予以帮助，而不仅仅是在构思的时候。”

“说来听听，然后我们再来讨论。”

“请先告诉我，有关威尼西亚的起义计划，你是否听到了什么？”

“自大赦以来，我耳边听到的都是起义的计划和圣信会徒的计谋，我恐怕对这两者都表示怀疑。”

“在大多数情况下，我也和你一样，但是我说的是反对奥地利人的起义，全省都在做着严肃、认真的准备。教皇管辖境内的许多青年——特别是四大公使馆区——都在准备秘密越过边境，作为志愿兵加入这次起义。我从朋友那里听说罗马涅区——”

“请告诉我，”她插话道，“你是否肯定你那些朋友都是可靠的？”

“十分肯定。我本人就认识他们，还和他们一道共过事。”

“也就是说，他们是你所属那个‘团体’的成员？请原谅我的怀疑，但是对来自秘密团体的情报的准确性，我是向来有所怀疑的。在我看来，那种习惯——”

“谁告诉你我属于一个‘团体’？”他厉声插话道。

“没人告诉我，我猜的。”

“啊！”他坐回椅子里看着她，眉头紧锁。“你经常猜测别人的私事吗？”过了一会儿他问道。

“经常。我喜欢观察，习惯将各种事情进行综合分析。我告诉你这个，是希望你在不想让我知道什么事的时候，谨慎一点。”

“无论你知道什么我都不介意，只要不传出去。我想这还没——”

她抬起头，那姿势既生气又惊讶。“这个问题肯定是多余的！”她说。

“我当然知道你不会对外人泄露任何事，但是对你们的党员我想也许——”

“党务关乎事实，与个人猜测和幻想无关。我当然没有对任何人提及过这一话题。”

“谢谢。你是否猜出了我属于哪个团体？”

“我希望——你可不能因为我的坦诚而生气，是你先提起这个话题的，你知道——我的确希望不是‘小刀会’。”

“为什么希望不是？”

“因为你适合做更好的工作。”

“我们都适合做比现在更好的工作。刚才你已经给出了自己的答案。但是，我并不属于‘小刀会’，我属于‘红带会’。红带会的人要稳定得多，对自己的工作也更加认真。”

“你指杀人的工作吗？”

“那只是诸多工作之一。刀子本身是很有用的，但你必须以组织有序的良好宣传为后盾，而那正是我不喜欢“小刀会”之处。“小刀会”的人认为，刀子可以解决世界上的所有难题，这种想法是个错误。它能够解决许多问题，但不能解决所有问题。”

“你真相信刀子能解决什么问题吗？”

他惊讶地看着她。

“当然了，”她继续说道，“刀能够暂时消除某个实际难题，这一难题是由狡猾的密探或令人厌恶的官员造成的。但是，在消除这一难题之后，它会不会导致一些更严重的难题则是另一回事。在我看来，这就像装饰一新的房屋和七个魔鬼的寓言故事。每一次暗杀，只会让警察更加歹毒，使人民更加习惯于暴力和残忍。最后的状况，也许比原来还更糟。”

“革命来临时，你认为会发生什么事？到那时，你是否认为人民会不习惯于暴力呢？战争就是战争。”

“是的，但是公开的革命又是另外一回事。它只是人生中的短暂时刻，是为了我们的进步而必须付出的代价。无疑会发生一些恐怖的事情，每一次革命都会发生恐怖事件，但都是些孤立的事实——非常时期发生的非常事件。乱动刀兵的可怕之处在于，它会成为一种习惯。人们把谋杀看作每天都会发生的寻常事，他们对人类生命的神圣感会变得麻木。我去罗马涅大区的时间并不多，但是我所遇见的人的点滴见闻，给我留下了如下印象：对于暴力，他们已经、或者正在形成一种无意识的习惯。”

“即便如此，也比无意识的顺从或屈服的习惯更好。”

“我并不这样认为。所有的无意识习惯都是不好的，都是奴性的。而且，这种习惯是残忍可怕的。当然，如果你仅仅将革命者的工作看作是一种角力，目的是为了从政府那里争取一些让步，那么秘密团体和小刀在你看来一定是最好的武器，因为政府害怕的东西莫过于此。但是，如果你也像我一样，认为胁迫政府让步本身不是目的，而是达到目的的一种手段，我们真正需要改革的是人与人之间的关系，那么你的工作方式肯定会有所不同。让愚昧无知的人们习惯于见到鲜血，并不是提升他们赋予人类生命的价值的方法。”

“还有他们赋予宗教的价值？”

“我不明白。”

他微微一笑。

“我认为，在思想不和的根源上，我们的看法有分歧。你的观点缺少对人类生命价值的欣赏。”

“不如说缺少对神圣人性的欣赏。”

“随你怎么说。在我看来，造成我们混乱和错误的主要原因，似乎在于被称之为宗教的那种精神疾病。”

“你指某一种特定的宗教吗？”

“哦，不！那不过是外部症状的问题。这种疾病本身被称作宗教心理态度，是一种想树立并崇拜某个偶像、想跪下来敬仰某种东西的病态欲望，不管这东西是耶稣、佛陀还是神树，都没有差别。你当然不会赞同我的说法。你也许是无神论者、不可知论者，或者你所愿意的任何一种人，可是我在五码之外就能感觉到你身上的宗教气质。然而，讨论这样的问题于我们毫无益处。但你若认为我这人把动武看作消灭可恶官员的唯一手段，那你就大错特错了——它的确是一种手段，可我认为最重要的是，它是破坏教会威信、使人们习惯于将教会代言人看作害虫的最佳手段。”

“等到你完成了这一任务，等到你唤醒了在人们心中安睡的兽性，并将它对准教会，那么——”

“那么我就完成了不虚此生的任务。”

“这就是你在那一天讲到过的任务？”

“是的，正是这个任务。”

她浑身颤抖着转过身去。

“你对我感到失望了？”他抬起头来，微笑着说。

“不，不完全是。我——我想——我有点怕你了。”

过了一会儿，她转过身，用平常郑重其事的腔调说道：“这是一场毫无益处的讨论。就我来说，我相信宣传、宣传再宣传；等你觉得时机成熟时，就举行公开暴动。”

“那我们就再来谈谈我的计划吧，它涉及宣传，更涉及暴动。”

“是吗？”

“正如我对你所说，罗马涅大区的许多志愿者正进入威尼斯。我们还不知道多快会发生暴动，也许要等到秋天或者冬天。但亚平宁山区的志愿者们必须武装起来，做好准备，这样他们才能在接到命令时直接开赴平原。我已经着手帮他们将武器弹药运往教皇管辖地区——”

“等一下。你怎么会与那个组织合作？伦巴第和威尼西亚的革命党人全都是拥护新教皇的。他们正与教会中的进步势力联手推进自由改良。像你这样‘毫不妥协’的反教会人士，怎么会与他们共事？”

他耸了耸肩。“只要他们不忘自己的工作，他们喜欢用一个玩偶来自娱自乐，这跟我有什么关系？当然，他们会把新教皇当成一个傀儡。只要暴动准备进展顺利，我干吗去管那档子闲事？我认为，棍子只要能打狗就行，口号只要能够鼓动人民反对奥地利人就行。”

“你想让我做什么？”

“主要帮我把武器偷运过去。”

“可是我怎样做得到呢？”

“你是完成这一工作的最佳人选。我想过从英国购买武器，可是把武器运过来有很大困难，也无法将武器运过教皇管辖国的任何港口。武器只能途经托斯卡纳，穿越亚平宁山区送过来。”

“那样将穿越两道边界线，而不是一道。”

“是的，但除此别无他途。你不可能将大宗商品私运进没有商业贸易的港口，而且你知道，奇维塔·维基亚港的所有船只加在一起，也只有三艘划艇和一艘渔船。如果我们将东西从托斯卡纳运过来，我能设法将东西运过教皇国的边界。我的部下熟知山区的每一条小道，我们还有很多可供藏匿的地点。武器必须从海上运到里窝那，这是我面临的一大难题。我跟那里的走私贩子们关系不睦，我相信你和他们有联系。”

“让我考虑几分钟。”

她俯身向前，将胳膊肘支在膝盖上，手掌托住下巴。这样沉默几分钟之后，她抬起头来。

“那一地区的工作我也许能够帮上一点忙，”她说，“但在我们进一步商讨之前，我想问你一个问题。你能不能告诉我，这件事与暗杀或某种秘密暴力没有任何关系？”

“当然可以。我不会让你参与一件你不喜欢做的事情，这是毋庸置疑的。”

“你想在什么时候得到我的确切答案？”

“时间不多了，但我可以给你几天时间做出决定。”

“周六晚上你有空吗？”

“让我想想——今天星期四，有空。”

“那还到这儿来。我会仔细考虑这件事，然后给你一个确切答复。”

……

星期天这一天，吉玛给马志尼党佛罗伦萨支部委员会写了一份报告，说明自己希望从事一项特殊的政治任务。这样的话，在随后的几个月里，她将不能承担目前负责的党内任务。

宣布这一报告时，大家都感到有些惊讶，但委员会里并没有人提出反对意见。好几年来，她在党内以判断值得信赖而著称。委员们都认为，如果博拉夫人采取了令人意外的措施，她多半是有很好理由的。

她坦率地告诉马尔蒂尼，自己要帮牛虻做一些“边界工作”。她已经想好要对这位老朋友讲这些，以免他们之间产生误会，以免因为他对他们的怀疑和神秘感而感到痛苦。在她看来，自己这么做就是显示对他的信任。她将情况告诉他时，他未予置评。可是不知因为什么，她发现，这一消息深深地伤害了他。

他们坐在她寓所的阳台上，眺望着远处菲耶索莱[①]的红色屋顶。经过长时间沉默之后，马尔蒂尼站起身，开始来来回回地踱步。他双手揣在衣袋里，一边吹着口哨——表明他心情烦躁的确切迹象。

她坐在那儿，静静地看了他一会儿。

“切萨雷，你对这件事感到焦虑，”她终于说道，“很遗憾你对这件事感到失望，但是，我有权决定在我看来是正确的事情。”

“不是这件事，”他闷闷不乐地回答道，“我对此事一无所知，一旦你同意去做这事，这事也许就是对的。让我不放心的是那个男人。”

“我想你是对他有误会。在了解他之前，我也对他有误会。他说不上完美，但他身上的优点比你想象的要多得多。”

① 菲耶索莱（意大利语：Fiesole）：意大利托斯卡纳大区佛罗伦萨广域市的一个市镇。

"很有可能。"一时间，他默不作声，迈着沉重的步子来回踱着。然后，他在她身边突然停了下来。

"吉玛，放弃这件事吧！现在放弃还为时不晚！别让这个男的把你卷入你今后会后悔的事情。"

"切萨雷，"她温柔地说，"你都没想一想你在说些什么。没有人把我拖入任何事情中。我是在仔细考虑过这件事之后，才做出了自己的决定。你个人不喜欢里瓦雷兹，这我知道，可是我们现在谈论的是政治，而不是个人好恶。"

"麦当娜！放弃这件事吧！那家伙非常危险，他做事诡秘、残忍，而且厚颜无耻——他爱上你了！"

她身子往后一缩。

"切萨雷，你脑子里怎么会这样胡思乱想？"

"他爱上你了，"马尔蒂尼重复道，"离开他吧，麦当娜！"

"亲爱的切萨雷，我不能离开他，我没法向你解释其中的原因。我们被捆绑在一起了——并非出于任何愿望，或出于我们的任何行动。"

"如果你们被捆绑在一起了，那就无话可说了。"马尔蒂尼疲惫地说道。

他借故自己很忙，离开了她。在泥泞的街道上，他来来回回一连走了好几个小时。那天夜晚，他眼里的世界非常黑暗。他的心上人——这个狡猾的家伙闯进她的生活，把她偷走了。

第十章

快到二月中旬的时候，牛虻去了一趟里窝那。吉玛把他介绍给那里的一位英国青年—— 一个具有自由主义思想的航运经理，她和丈夫在英国的时候结识了他。他曾经为佛罗伦萨的激进分子帮过几次小忙，曾经借钱应付意外出现的紧急情况，还允许利用他的营业地址来为党收发信件，等等。但这一切都有赖于吉玛牵线搭桥，看在他们私人交情的情分之上。因此，按照党内规矩，她可以用任何方式，随意利用这种联系去做在她看来是有益的事情。至于这样做是否真有益处，那又是另外一回事。请求一个友好的同情者借出其营业地址接受西西里的来信，或者将几份文件存放在他账房保险柜的一角是一回事，请求他为准备起义而走私军火又是另一回事。而且，对于他是否会同意，她也没抱多大希望。

“你尽可试一试，”她这样对牛虻说，“但我并不认为会有什么结果。如果带着介绍信去找他，向他索要五百思库多[①]，我敢说他会立即给你那么多钱——他非常慷慨大方。遇到危急关头，他也许会把他的护照借给你用，会把逃犯藏到地窖里，但如果你提到枪支之类的事情，他就会瞪大眼睛看着你，会认为我们俩都疯了。”

“不过，他也许会给我几次暗示，或者把我介绍给一两个友好的水手，”牛虻回答道，“不管怎么说，这总值得试一试。”

月底的一天，他走进她的书房，穿着比平时更随意。她立即从他脸上看出，他有好消息要告诉她。

“啊，你终于回来了！我都开始以为你出什么事了呢！”

“我觉得写信不安全，我又不能早一点回来。”

“你刚到？”

“是的。我下了公共马车就直接赶过来了。我是想过来告诉你，那件事已经完全办妥了。”

“你的意思是说，贝利真的答应帮忙？”

“岂止是帮忙，他把整件事都应承下来了，包装——运输——每一件事。枪支会藏在货包里，直接从英国运过来。他的搭档威廉姆斯是他的好友。此人同意安排货物从南安普顿启运，然后由贝利将货物混过里窝那的海关。所以我才在那里待了这么久。威廉姆斯刚启程前往南安普顿，我把他一直送到热那亚。”

“路上商议细节了吗？”

① 思库多（scudo）：19世纪以前的意大利银币单位。

“是的。在我晕船不很厉害时，我们商议了各种细节。”

“你还晕船呀？”她快速问道。她突然想起，有一天她父亲带他们俩去海上兜风时，亚瑟因为晕船遭了不少罪。

“晕得十分厉害，尽管以前也经常出海。但是他们在热那亚装船的时候，我们长谈了一次。我想，你认识威廉姆斯吧？他真是一个好人，可靠又明智。在这件事情上，贝利也和他一样。他们都知道如何保守秘密。”

“我倒觉得，贝利这样做冒了很大的风险。”

“我也这样跟他说，可他却很不高兴地说：‘这关你什么事？’他的话正是我所期待的。我要是在廷巴克图[①]遇到贝利的话，我会走上前去对他说：‘早上好，英国人！’”

“可是我想不出你是怎么设法让他们同意的；还有威廉姆斯，我没想到他也会同意。”

“是的。一开始他强烈反对，倒不是因为危险，而是因为这件事‘太不靠谱’。但我花了一番工夫就把他争取过来了。现在我们来谈谈具体事项吧。”

……

牛虻回到自己寓所的时候，太阳已经落山了。悬挂在花园墙上盛开的木瓜花，在落日余晖映照下显得暗淡无光。他摘了几朵花拿进屋子。当他推开书房门的时候，只见思蒂从角落里的椅子上一跃而起，冲他跑来。

“噢，菲利斯，我还以为你再也不回来了！”

他的第一冲动是厉声诘问她在自己书房里干什么，但是他转念一想，自己已经有三个星期没有见到她，便伸出手非常冷漠地说：

“晚上好，思蒂。你好吗？”

她仰起脸来让他亲吻，可是他转身走了过去，仿佛根本没有看见她的姿势，接着便拿起一只花瓶，把木瓜花放了进去。就在此时，门被撞开了。那只牧羊犬冲进房间，围着他欣喜地跳跃，发出高兴而又抱怨的吠声。他放下手上的木瓜花，弯下腰轻拍那条狗。

① 廷巴克图（Timbuctu），现名通布图（Tombouctou），或称通布图古城，西非马里共和国的一个城市，位于撒哈拉沙漠南缘，尼日尔河北岸，历史上曾是伊斯兰教文化中心之一，现在的居民主要是桑海人。

“啊，谢坦，你还好吗老伙计？是的，真是我。握握手，真是一条好狗！”

思蒂的脸上显出了冷漠愠怒的表情。

“我们要不要去吃饭？”她冷冷地问道，“我那儿为你订了餐，因为你写信说今晚要回来。”

他迅速转过身来。

“我很、很、很抱歉，你就不、不、不该等我！我马上要收拾一下，收拾完后立即过来。也、也许你不介意我把这些东西放到水里去吧。”

他走进思蒂房间的餐厅时，她正站在镜子前面，将一束花别在裙子上。显然，她已经打定主意，一定要显出愉快的样子。她来到他跟前，手里还拿着一束捆在一起的深红色花蕾。

“这是为你准备的插花，让我把它插到你衣服上。”

吃饭的时候，他一直尽力显出和蔼可亲的样子，不停地和她闲聊，她则报以灿烂的笑容。对他的回来，她显示出明显的欢喜，这倒令他有点尴尬。他已经习惯于她已远离自己，在与她意气相投的朋友们中间过着她自己的生活，从没想过她会思念自己。她现在如此兴奋激动，那在此之前她一定觉得无聊乏味。

“我们去阳台上喝咖啡吧，”她说，“今晚天气很暖和。”

“很好。要我带上你的吉他吗？也许过会儿你要唱歌。”

她兴奋得满脸通红。他对音乐很挑剔，不常邀请她唱歌。

沿阳台的墙角处有一条宽大的木凳。牛虻选择了能够饱览群山风光的一个角落，思蒂则坐在矮墙上，背靠着屋顶的一根支柱，双脚搭在木凳上。她并不在意景色，她喜欢望着牛虻。

“给我一支香烟，”她说，“你走之后，我相信自己没有抽过一支烟。”

“好主意！我正想抽、抽支烟，尽情享受一下眼前的快乐。”

她俯下身子，热忱地看着他。

“你真的感到快乐？”

牛虻扬起那双好动的眉毛。

“是呀，干吗不呢？我享受了一顿精美晚餐，现在眼望着欧洲最、最美的景色之一，马上又要喝着咖啡欣赏匈牙利民歌。我的良心和消化系统都没出什么毛病，人生如此，夫复何求？”

“我知道你还想要一样东西。”

“是什么？”

“这个！”她将一个小纸盒扔到他手里。

“炒、炒杏仁？为、为什么不在抽烟之前告诉我？”他带着责备的口吻大声地说。

“嗨，你这个淘气包！你可以抽完烟后再吃嘛。咖啡来了。”

牛虻一边喝咖啡，一边吃炒杏仁，神情严肃，专注于享乐，就像一只舔奶油的小猫。

“在吃过里窝那的东西之后，回来品尝正、正、正宗的咖啡，真是太好了！”他拖长声调轻声说道。

“你待在家里的一个很好的理由。”

“我在家待不了多久，明天又得外出。”

她脸上的笑容僵住了。

“明、明天？干什么？你要去哪里？”

“唔，要去两三个地方，去公干。”

他和吉玛已经决定好，由他亲自去亚平宁山区，同边界地区的走私者安排好运送军火的事宜。对他来说，穿越教皇国的边界是一件十分危险的事情。但要想做成这事，就必须如此。

“总是干公事！”思蒂低声叹了口气，然后大声问道，“你要去很久吗？”

“不，只有两、三周时间，或许吧。”

“我想你是去做那件事吧？”她突然问道。

“哪件事？”

“你总是不惜冒生命危险去干的事——永无尽头的政治。”

“那事和政、政治是有一点关系。”

思蒂扔掉手中的香烟。

“你骗我，”她说，“你要去干冒险的事情。”

“我这就要到地、地狱里去，”他无精打采地回答道，“你在那儿是、是不是有朋友，想让我把常青藤捎到那儿去？其实，你用不着把常青藤全扯下来。”

她从柱子上猛地扯下一把攀缘植物，一怒之下又扔到地上。

“你要去冒险，”她重复说道，“你甚至不肯说一句实话！你是否认为我只配被人愚弄，供人取笑？总有一天你会被绞死，可是你连一句道别的话都不说。总是政治，政治——我讨厌听到政治！”

“我也一样，”牛虻说着懒洋洋地打了个哈欠，“因此，我们还是谈点别的吧——或者你唱首歌。”

“好吧，把吉他给我。可我唱什么好呢？”

“就唱那首失马的民谣吧，它挺适合你的嗓音。”

她开始唱那首古老的匈牙利民歌。歌曲讲的是一个人开始时失去了自己的马，后来失去了家，再后来连心上人也失去了。他回想起“莫哈奇战场上失去了更多”，并以此来安慰自己。这首歌是牛虻最喜欢听的歌曲之一。歌曲激烈悲怆的曲调和恬淡寡欲的苦涩内容，对牛虻产生的吸引远非其他缠绵音乐可比。

思蒂天生一副好嗓子。她唇间吐出的音符饱满清晰，充满了渴望生活的强烈情感。她唱不好意大利和斯拉夫民族的歌曲，德语歌曲唱得更糟，可是马扎尔人的民歌她唱得非常出色。

牛虻睁大双眼、张着嘴巴听着，他以前从没听她唱得这么好过。唱到最后一句时，她的嗓音突然颤抖起来。

“啊，没关系！更多的都失去了……”

她泣不成声，止住了歌声，将脸藏到了常青藤里面。

“思蒂！”牛虻站起身，拿过她手里那把吉他，“怎么了？”

她只是不停地抽泣，用两只手捂住脸。他碰了下她的胳膊。

“告诉我怎么了？”他轻柔地说。

“别管我！”她抽泣着缩开身子，“别管我！”

他静静地走回自己的座位，等着哭泣声停息。突然，他感到她的双臂搂住了自己的脖子，她已经跪到他身边的地板上。

“菲利斯——别走！不要离开我！”

“我们回头再来谈这事吧，”他说着轻轻地挣脱紧紧抱住他的那两条胳膊，“先告诉我，是什么让你如此心烦意乱？有什么事让你害怕吗？”

她默默地摇摇头。

“我做了什么伤害你的事吗？”

“没有。”她抬起一只手去抚摸他的喉结。

“那是什么呢？”

“你会被人杀死的，”她终于轻声耳语道，“我从来这儿的一个人那里得知，你不久就会遇到麻烦——我问你这件事的时候，你还嘲笑我！”

“我亲爱的孩子，”牛虻感到十分惊讶，过了一会儿说道，“你脑子里怎么尽装一些不着边际的念头。将来有一天，我是有可能被杀死——这是做一名革命者的自然结果。可是，没理由认为我现在就会被杀死，我冒的险也并不比别人多。”

“别人——别人跟我有什么关系？你如果爱我的话，就不会这样抛下我，让我彻夜难眠，担心你被捕了，即使睡着了也会梦见你死了。你对我的关心，还不如对那条狗！”

牛虻站起身，慢慢地走到阳台另一头。他没做好应对这种场面的思想准备，不知道该如何回答她。是的，还是吉玛说得对：他让自己的生活卷入了一团乱麻，再怎么努力也难以解开。

“我们坐下来心平气和地谈一谈吧，”过了一会儿他回到原处说道，“我想我们彼此之间产生了误会。我要是认为你是认真的，我当然不会笑你。尽量给我讲清楚，是什么事情令你心情烦恼；如果有什么误会，我们也许就能弄清楚。”

“没有什么事需要弄清楚。我看得出来，你对我毫不在意。”

“我亲爱的孩子，我们之间最好还是坦诚相待。对于我们之间的关系，我总是努力做到实话实说。我想我从来没有欺骗过你——”

“哦，是没有！你是足够坦诚。你都没假装把我当成过别的什么人，而只是个妓女—— 一件表面华丽的二手货，在你之前曾被别的许多男人占有过——”

“嘘，思蒂！我可从来没把任何人想成这样。”

“你从来没有爱过我。”她生气地说道。

“是的，我是没有爱过你。听我说，尽量别把我想成居心不良的人。”

“谁说我认为你居心不良了？我——”

“等一等。我想说的是：我并不信仰世俗的道德观念，也不尊重它们。对我来说，男女关系不过是个人好恶的问题——”

“还有金钱的问题。”她冷笑一声打断了他的话。他身躯后缩，犹豫了一下。

“那当然是这事的丑陋之处。但是请相信我，如果我认为你不喜欢我，或者对这事感到反感，我就绝不会提出这样的建议，也绝不会利用你的处境劝你这样做。我一辈子没对妇女做过这样的事。在我对妇女的感情方面，从不对她撒谎。你可以相信我说的是实话——”

他顿了一下，可她并没有搭腔。

“我认为，”他接着说，“如果一个男人在人世间孑然一身，感到需、需要一个女人陪伴在他身边，如果他能找到一个对他有吸引力的女人，一个他并不讨厌的女人，他就有权抱着感激和友好的态度，接受这个女人愿意给予他的快乐，而不必建立起更亲密的关系。我看这事是没有害处的，只要双方公平相待，不侮辱、不欺骗对方。至于我们相遇之前，你与其他的男人有过的关系，我压根没想过。我只是认为，这种关系对我们双方都是愉快的，无害的。一旦这种关系变得令人厌倦，我们彼此都可以随时结束这种关系。如果我错了——如果你对这种关系有了不同的看法——那么——”

他再次顿住了。

“那会怎样？”她低声问，头都没有抬一下。

“那我就委屈你了。我很抱歉，但我不是有意的。”

“你‘不是有意的’，你‘认为’——菲利斯，难道你是铁石心肠做的吗？难道你从来没有爱过女人，因此看不出我爱你吗？”

他突然感到一阵激动，已经好长时间没有人对他说“我爱你”。她突然走上前，张开双臂抱住了他。

“菲利斯，和我一道走吧！离开这个可怕的国家，离开这些人，离开他们的政治！我们和他们有什么关系？走吧，我们在一起会很幸福的。我们去南美吧，那是你曾经生活过的地方。”

联想所引起的肉体恐惧使他迅速清醒过来，他从脖子上掰开她的双手，然后紧紧握住那双手。

“思蒂！好好听我对你说的话：我不爱你；即使我爱你，我也不会和你一道离开。我在意大利有我的工作，有我的同志——”

“还有一个你更爱的人！”她恶狠狠地嚷起来，“哎，我真想杀了你！你关心的不是你的同志——我知道你关心的是谁！”

“安静！”他平静地说，“你太激动了，想象的事情并不真实。”

“你以为我想的是博拉夫人？我可没那么容易上当！你只是和她谈政治，你对她不见得比我关心。你关心的是红衣主教！”

牛虻大吃一惊，好像被人用枪击中了一样。

“红衣主教？”他机械地重复道。

“红衣主教蒙塔内利，他秋天来这里讲道。当他的马车经过时，你以为我没看见你的脸色吗？你脸色苍白，就像我衣袋里的白手绢一样白！咦，就因为我说出了他的名字，你就像树叶一样颤抖吗？”

他站住了。

“你都不知道你在说些什么，”他慢慢地柔声说道，“我——恨那位红衣主教。他是我最大的敌人。”

“不管是不是敌人，你爱他胜过爱世界上任何一个人。看着我的眼睛，如果你敢的话，就说这不是真的！”

他转身朝花园望去。她偷偷瞧着他，对自己做的事心里有些害怕。他的沉默令人感到害怕。最后，她像个受惊的孩子似的，悄悄走到他身边，羞怯地拉了拉他的衣袖。他转过身来。

“是真的。”他说。

第十一章

“可是我能、能、能在山里某个地方见到他吗？布里西盖拉对我可是一个充满危险的地方。”

“对你来说，罗马涅大区的每一寸土地都充满危险。可是目前对你来说，布里西盖拉比任何地方都更安全。”

“为什么？”

“我一会儿告诉你。别让穿蓝色夹克衫那家伙看见你的脸，他是个危险人物。是的，那是一场可怕的暴雨。我都不记得有多长时间没见到葡萄长得这么糟了。”

牛虻摊开双臂趴在桌子上，脸伏在手臂上，就像是劳累过度或酒精过量的样子。新来那个穿蓝色夹克的危险分子往四周迅速地扫视了一眼，他只看到两个农民对着一箱葡萄酒谈论收成，还有一个疲惫的山里人将头伏在桌子上。像马拉迪这样的小地方，这一类情景很常见。穿蓝夹克那家伙显然断定自己偷听不到什么有用的东西，因为他一口喝完酒，就悠闲地踱步到外面屋子去了。他靠在外屋的柜台上，懒洋洋地和掌柜的聊天，时不时用眼角余光透过敞开的房门，扫视里面桌子旁边的那三个人。那两个农民继续品尝葡萄酒，用当地方言谈论天气；牛虻打着呼噜，像是一个心无挂碍的人。

最后，那密探似乎断定，这家酒店内没有值得浪费他时间的东西。于是他付完酒钱，懒洋洋地跨出酒店，晃晃悠悠地朝这条狭窄街道的另一端走去。

牛虻坐起身子，一边打哈欠一边伸懒腰，睡眼惺忪地用粗布衣袖擦拭着眼睛。

“很好的伪装手段。”他说着从衣袋里掏出一把小刀，从桌上的黑麦面包切下一片。“米歇尔，他们近来让你担惊受怕了吗？”

“他们比八月份的蚊子还坏。让人片刻不得安宁。不论走到哪里，总有密探在你周围转悠。即使他们过去不愿冒险进入的山区，现在也三五成群地进出——是吗，基诺？所以我们才安排你在小镇与多梅尼基诺见面。”

“是的，可是为什么安排在布里西盖拉？边疆小镇总是布满了密探。”

“布里西盖拉眼下是最合适的地方。全国各地的朝圣者纷纷朝这里涌来。”

“可它的交通并不便利。”

“这里距离罗马不远，许多朝圣者会在复活节赶来做弥撒。”

“我不、不、不知道布里西盖拉有什么特别之处。”

“有红衣主教。去年十二月，他去佛罗伦萨讲道，你不记得了？就是那个红衣主教蒙塔内利。人们说他在那儿引起了轰动。”

“我敢说，我不会去听布道。”

“唔，他名声显赫，像个圣人，这你知道的。”

“他是怎么出名的？”

“这我不知道。我想是因为他捐出了所有收入，像个郊区牧师一样，每年仅靠四五百斯库多生活。”

“啊！”叫基诺那个人插话道，“远远不止那些。他不仅捐出自己的钱物，还将毕生精力用于照顾穷人，使病人得到妥善治疗，从早到晚倾听别人诉苦喊冤。米歇尔，我比你更不喜欢牧师。可是，蒙塔内利大人不同于其他红衣主教。”

“哦，我敢说与其说他是无赖，不如说是个傻瓜！”米歇尔说，“总之，人们对他几近疯狂。最近还出现了一件新的怪事，朝圣者都绕道前来请求他赐福。多梅尼基诺就想装扮成小贩，拎着一篮廉价的十字架和念珠。人们喜欢购买这些东西，让红衣主教触摸，然后将这些东西戴在小孩脖子上辟邪。”

“等一等。我怎么去呢——扮成朝圣者？我认为这套装束很、很合适我穿，可是我不能还扮成上次来布里西盖拉时的那个模样。我要是被捕了，就会成为对你们不利的证、证、证据。”

“你不会被捕的。我们为你准备了一套绝妙的伪装，护照和其他所需物品一应俱全。”

“怎么伪装？”

“伪装成一个西班牙老年朝圣者—— 一个悔过自新的盗贼，来自塞拉斯。去年，他在安科纳[①]病倒了。我们的一个朋友出于慈悲把他带上一艘商船，送他去了威尼斯，他在那里有朋友。为表示感激，他把自己的证件留给了我们。这些证件对你正合适。”

---

① 安科纳（Ancona），意大利东部港口城市。

“一个悔过自新的盗、盗、盗贼？可是遇到警察怎么办？”

“哦，没有问题！他几年前已经完成了苦役刑期，然后去了耶路撒冷和各种地方救赎自己的灵魂。他把自己儿子误当作别人给杀死了。事后他悔恨不已，便前往警察局投案自首。”

“他很老了吗？”

“是的，但是只消弄个白胡子和假发就行了。证件所描述的特征在各个方面都跟你极为相似。他是个老兵，像你一样瘸了一条腿，脸上也留下了一道刀疤；而且他也是个西班牙人——你瞧，如果遇到西班牙的朝圣者，你和他们交谈毫无问题。”

“我到哪里去见多梅尼基诺？”

“你在十字路口加入到朝圣者人群中，我们会在地图上指给你看。就说你在山里迷了路。然后到了镇上时，你就和其他人一道走进集市，就在红衣主教宫殿前面。”

“哦，这么说来，虽、虽然他是一个圣人，他还是设法住在宫殿里？”

“他住在宫殿一侧的厢房里，把其余房间都改成了医院。对了，你们全都要在那里等他出来赐福。多梅尼基诺会挎着篮子出来问你：‘老大爷，你是个朝圣者吗？’然后你回答：‘我是一个苦命的罪人。’然后他会放下篮子用衣袖擦脸，你就给他留个索尔迪[1]，买一串念珠。”

“然后当然由他安排我们谈话的地方了？”

“是的，当人们瞪大眼睛看着蒙塔内利时，他会有足够的时间告诉你见面的地址。这就是我们的计划，但是如果你不喜欢的话，我们可以通知多梅尼基诺，另作安排。”

“不，这计划很好，只是要确保胡子和假发看上去像真的一样。”

……

“老大爷，你是个朝圣者吗？”

牛虻坐在主教宫殿前的台阶上。他抬起蓬乱的满头白发，用沙哑、颤抖的声音说出暗语，带着浓重的异乡口音。多梅尼基诺从肩上放下皮带，

---

① 索尔迪（soldi）：意大利铜币（soldo的复数）。

将装着敬神便宜货那只篮子放在台阶上。一群农民和朝圣者有的坐在台阶上，有的在集市上闲逛，没有人注意到他们。但是，为了谨慎起见，他们的谈话还是断断续续。多梅尼基诺说的是当地方言，而牛虻说的是零碎的意大利语，间或还夹杂着西班牙文。

“主教阁下！主教阁下出来了！”靠近门口的人叫道。

“快闪开！主教阁下来了！”

他们俩都站起来了。

“给你，老大爷，”多梅尼基诺将纸包着的一个小神像塞到牛虻手里，“拿着这个，到了罗马要为我祈祷。”

牛虻将神像塞入胸前衣襟，转身去看站在最高一层台阶的那个人。他身着大斋节紫色长袍，头戴鲜红色的帽子，正伸出手臂给人们赐福。

蒙塔内利缓慢走下台阶，人们围在他身边亲吻他的手。许多人跪在地上，在他经过的时候将法衣的下摆捧到唇上亲吻。

“祝你们平安，我的孩子们！”

一听到那个银铃般清脆的声音，牛虻赶紧低下头，这样白发就遮住了他的脸。多梅尼基诺眼见这位朝圣者手中的手杖微微颤抖，不禁暗自佩服道：“真会演戏！”

有一位妇女站在他们旁边，她弯腰抱起石阶上的孩子。“来，赛轲，”她说，“主教阁下会赐福于你，就像上帝赐福他的孩子们一样。”

牛虻往前走了一步，旋即停住了。啊，这真是太难！这些外地人——这些朝圣者和山里人——可以上前去和他说话，他会把手放在这些人的孩子们头上。也许他会说那个农民的孩子“真漂亮”，他以前就经常这样说——

牛虻又一次坐回到石阶上，扭头不看眼前的情景。他多么希望自己能缩到某个角落里，捂住耳朵不听那个声音！确实，任何人都难以忍受——距离那么近，近到他只要伸出手臂就能触摸到那只亲爱的手。

“我的朋友，你不进去歇会儿吗？”那柔和的声音说道，“恐怕你会着凉。”

牛虻的心停止了跳动。他在刹那间失去了知觉，只感到血液上涌，仿佛要撕裂他的胸膛。接着，血液又猛然回流，在他周身激荡燃烧。他抬起了头。上方那双严肃、深邃的眼睛在看到他的面容时，突然变得温柔起来，充满了神圣的同情。

“往后退一点，朋友们，”蒙塔内利转身对人群说道，“我想和他说说话。”

大家交头接耳地慢慢往后退。牛虻坐在那里一动不动，牙关紧咬，眼望着地面。他感到蒙塔内利的手轻轻地放在了自己的肩上。

“你经历过很大的磨难。我能做点什么帮助你吗？”

牛虻默默地摇了摇头。

“你是朝圣者吗？”

“我是个苦命的罪人。”

蒙塔内利的提问碰巧和暗语相似，这恰似一根救命稻草。牛虻在绝望中抓住这根稻草，机械地回答了问题。他浑身颤抖起来，那只手轻轻按着他的肩，仿佛在他的肩上燃烧。

红衣主教俯下身来，离他更近了。

“也许你想和我单独谈一谈？如果我能帮助你的话——”

牛虻第一次沉着地直视蒙塔内利的眼睛，他已经恢复了自制能力。

“没用的，”他说，“事情已毫无希望。”

一位警官从人群中走出来。

“主教阁下，请恕我打扰一下。我认为这老头神志不太清醒。他绝对没什么恶意，他随身证件齐全，所以我们没有管他。他因为重罪而服过劳役，现在正在苦行赎罪。”

“重罪。”牛虻重复道，慢慢地摇了摇头。

“谢谢你，队长。请稍微靠边站一点。我的朋友，如果一个人真心悔罪，就没有什么事情是毫无希望的。你愿意今晚来找我吗？”

“主教阁下愿意接纳一个害死了自己亲生儿子的罪人吗？”

这问题几乎带有挑战的口气，蒙塔内利闻言直往后退，浑身颤抖，仿佛遇到了一股寒风。

“不论你做过什么，上帝都不许我谴责你！”他慎重地说，“在他看来，我们全都是有罪之人，我们的正义就像肮脏的抹布。如果你来找我，我就会接纳你，正如我祈祷上帝有朝一日会接纳我一样。”

牛虻突然做了一个充满激情的姿势，伸出了双手。

“听我说！”他说，“基督徒们，你们全都听我说！如果一个人杀死了他唯一的儿子——热爱并信任他的儿子，他的亲生骨肉，如果他用谎言和欺骗把他的儿子引入了死亡陷阱——这个人无论在人间还是天堂还有希望吗？我在上帝和众人面前坦承了自己的罪责，承受了人们施加于我的惩罚，人们放我一条生路。可是，上帝何时才会说，‘够了’呢？什么样的祝福才能从我的灵魂中解除他的诅咒？什么样的宽恕才会挽回我已经做过的事情呢？”

人们在一片沉默中望着蒙塔内利，看见他胸前的十字架起伏不停。

他最后抬起头来，用颤抖的手为他祝福。

“上帝是仁慈的，”他说，“把你的重负放在他的神座前吧，因为圣经上写着：‘不可以轻视一颗破碎而悔悟的心。’”

他转身穿过集市，不时停下来与人交谈，还会伸手抱抱他们的孩子。

晚上，牛虻按照神像包装纸团上写明的方向，前往约会地点。那是一名当地医生的家里。医生是该“团体”中的积极分子。密谋起义者大多数已经到达，他们对牛虻的到来皆大欢喜，这证明了牛虻作为领导者深得人心，如果他需要一份证明的话。

“再次见到你，我们十分高兴，”医生说，“但如果见到你离开，我们会更加高兴。这件事情异常凶险，我本人是反对这一计划的。你确定今天早晨在集市上，你没有引起那帮警察鼠辈的注意吗？”

“噢，他们足够注、注意了，但是没、没能认出我来。这事多梅尼基诺安排得很巧妙。可是他在哪里呢？我没有看见他。”

“他还没有到。这么说你一切顺利？红衣主教祝福你了吗？”

“他的祝福？噢，那无关紧要，”多梅尼基诺说着走进门来，“里瓦雷兹，你就像圣诞蛋糕一样令人惊讶。你打算施展多少才能来令我们吃惊？”

“又是怎么了？”牛虻疲倦地问道。他仰靠在沙发上，嘴里抽着一支雪茄。他还穿着朝圣者的衣服，但白胡子和假发放在身边。

“我压根没想到你戏演得这么好。我平生没见过这么好的表演。你差点把主教阁下感动得落泪呢。”

“那是怎么回事？说给我们听听，里瓦雷兹。”

牛虻耸耸肩。他正处于一种沉默寡言、说话简短的心态。其他人眼见从他嘴里掏不出任何东西，便转而去求多梅尼基诺解释。在讲到集市上的情景时，有一位年轻工人并没有和其他人一起哄笑。他突然说道：

“当然干得很聪明，可是我不明白，这样做戏对我们大家有什么好处。”

“只有一样好处，”牛虻说道，“那就是，在本地区，我能去任何想去的地方，能做任何想做的事，而不会受到任何人包括妇女儿童的怀疑。这件事明天就会传遍此地。我再遇到密探时，他就只会想：‘原来是疯子迪亚哥，他在集市上承认自己有罪。’那肯定是一大好处。”

“是的，我明白了。但我仍然希望做这事不必愚弄红衣主教。他心地善良，不该跟他玩这种把戏。”

“我也曾经以为他像个正派人。”牛虻懒洋洋地赞同道。

“桑德罗，别胡说！我们这里不需要红衣主教！”多梅尼基诺说，“蒙塔内利阁下原本有机会去罗马任职。如果他接受了那一职位，里瓦雷兹就没法愚弄他。”

“他不接受是因为他不想扔下这儿的工作。”

“更大的可能是，因为他不想被兰布鲁斯基尼的特务们给毒死。他们在某件事情上反对，这一点是确切无疑的。当一个红衣主教，特别像他这样有人望的红衣主教，宁愿待在一个被上帝遗忘的小洞里时，我们都知道那意味着什么——里瓦雷兹，对不对？”

牛虻正在吐着烟圈。“也许那是一颗‘破、破、破碎和悔罪之心’之类的事情，”他说着仰起头，看着烟圈在空中飘走，“伙计们，我们现在来谈正事吧。”

他们开始详细谈论各种计划。这些计划都是为偷运武器、隐藏武器而制订的。牛虻全神贯注地听着，不时插话严厉地纠正某个不准确的陈述或草率的建议。当每个人都发完言后，他提了几条切实可行的建议，这些建议大多未经讨论就被采纳了。会议随即结束。会上做出决定，在牛虻平安地回到托斯卡纳之前，至少要避免在很晚的时候开会，因为这会引起警察的注意。晚上十点稍过的时候，与会者四散离去，只剩下医生、牛虻和多梅尼基诺。他们留下来开一个小组会议，讨论一些特殊要点。经过较长时间的激烈争论后，多梅尼基诺抬头看了下钟。

“十一点半了，我们绝不能再拖下去，否则巡夜的人就会看见我们。”

“他什么时候经过这里？”

“大约十二点。我想在他到来之前回到家里。晚安，左丹尼。里瓦雷兹，我们要不要一起走？”

“不，我看我们还是分开走更安全一些。我还要和你会面吗？”

“是的，在博洛涅塞堡。我还没想好我该怎么装扮，但你已知道暗号。我想你是明天离开这里吧？”

牛虻在镜子前小心翼翼地戴上胡子和假发。

“明天早上，和朝圣者们一道走。后天我装病，在牧羊人的茅屋后面掉队，然后从山里抄近道，我会比你先到那里。晚安！”

当牛虻从那座巨大的空谷仓门往里望时，大教堂钟楼的钟正敲响十二点。谷仓被打开供朝圣者们住宿。地上躺着一具具笨拙的身躯，鼾声此起彼伏，空气污浊难闻。他感到一阵厌恶，浑身战栗着直往后退。想在这里睡觉是不可能的，他宁愿走一会儿，就算找一个草棚或者干草堆，至少也更干净、更清净。

那是一个月华如练的夜晚。紫色的夜空中，一轮满月发出闪闪月光。他漫无目的地在街道上游逛，忧伤地回忆着早上的情景，后悔自己答应了多梅尼基诺在布里西盖拉会面的计划。如果一开始他说明这项计划太危险，就有可能选择别的地方，那么他和蒙塔内利就能避免这出可怕荒谬的闹剧。

神父变化真大！可他的声音没有任何变化，还和以前他习惯称呼他“神父”时一样。

街道的另一头出现了巡夜人的灯笼，牛虻转身进入了一条狭窄弯曲的小巷。走了几码之后，他发现自己竟置身于大教堂的广场，在靠近主教寝宫的左侧厢房。广场上月光明亮，看不见一个人影。但是他注意到，大教堂的一道边门半掩着。一定是教堂看守人忘了把门关上。夜深人静，那里当然不会发生什么事。他何妨到里边的长椅上睡一觉，而不去那令人窒息的谷仓。他可以在教堂看守人来之前，在早晨悄悄溜出去。即使有人发现了他，也自然会猜想：疯子迪亚哥在教堂的一角祈祷，被关在里面了。

他在门口听了一会儿，然后悄无声息地走进去。虽然他瘸了，却依然保持着这种走路的方式。月光透过窗户，倾洒在大理石地板上，形成一道道宽宽的光影。特别是在祭坛上，一切东西都像白天一样，清晰可见。在祭坛底部的台阶上，红衣主教蒙塔内利独自跪着，头上没戴帽子，紧握着双手。

牛虻退回到阴影里。他要不要在蒙塔内利看见他之前溜之大吉呢？那当然是最明智的做法——也许还是最仁慈的做法。可是，稍微走近一点——再看一眼神父的面庞，对他又有什么害处呢？人群现在已经散去，他也没必要继续扮成上午那副吓人的滑稽模样。这也许是他最后的机会——没必要让神父看见他，他可以轻轻地溜上前去看——只看一眼。然后就回去做自己的事。

他隐身在立柱的阴影里，轻轻朝祭坛的栏杆爬过去。在靠近祭坛一侧的入口处，他停了下来。主教宝座投下了很宽的阴影，足以隐蔽他。他在黑暗中蹲伏下来，屏住呼吸。

“我可怜的孩子！上帝啊，我可怜的孩子！”

那断断续续的低语充满了无尽的绝望，以至于牛虻也情不自禁地战栗起来。接着传来一阵阵低沉、沉闷和无泪的啜泣。他看见蒙塔内利的双手紧紧握在一起，仿佛肉体上承受着巨大的痛苦。

他没想到，事情会发展到如此糟糕的地步。他曾经一次又一次痛苦地安慰自己：“我不必为此焦虑，那道创伤在很久以前就已经愈合了。”如今，经过了许多年以后，那道创伤依然呈现在他面前，他看到那伤口依然在流血。现在终于可以轻易治愈这道创伤了！他只需抬起头——只需走上前去说：“神父，是我。”还有吉玛，她头上已经有一绺白发。啊，但愿他能够原谅！但愿他能删除烙印在记忆深处的过去——删除那个印度水手、甘蔗种植园和杂耍表演！世界上肯定不会有这样的痛苦——愿意原谅，渴望原谅，然而却知道那已经无可救药——他不能，也不敢原谅。

蒙塔内利终于站起身，比画了一个十字手势，转身离开了祭坛。牛虻缩回到阴影中，浑身发抖，生怕自己被看见，生怕自己的心跳会暴露自己的行藏。接着，他长舒了一口气。蒙塔内利已经从他身边走过去。他们的距离是如此近，他的紫色长袍都扫到了他的面颊——他走过去了，没有看见他。

如果没有看见他——噢，他都干了些什么？这是他最后的机会——这一宝贵的时刻——而他却让它溜走了。他突然站起身，走到了月光下。

“神父！”

他耳边回响起自己的声音，这声音沿着拱形屋顶消失了，他感到了奇异的恐惧。他再次缩回到阴影之中。蒙塔内利站在柱子旁边一动不动，他大睁着双眼，凝神细听，充满了死亡的恐惧。这一阵寂静持续了多长时间，牛虻也说不清楚；也许只是一瞬，也许就是永恒。他猛然一惊，清醒过来。蒙塔内利的身子开始不停摇晃，仿佛就要倒下去。他的嘴唇动了一下，一开始没有发出声来。

“亚瑟！”最终传来了低低的耳语，“是的，水很深……”

“对不起，主教阁下！我还以为是一位神父。”

“啊，是那位朝圣者吗？”蒙塔内利立即恢复了自我克制。不过，牛虻从他手上闪闪发光的蓝宝石看出，他仍然在颤抖。“我的朋友，你需要什么吗？已经很晚了，大教堂晚上要关门的。”

“如果我做错了什么，我请求你原谅，主教阁下。我看见门开着，就进来祈祷。我看到一位神父在冥想，我是这样以为的，就等着请他为我赐福。”

他拿出一个锡制的小型十字架，那是他从多梅尼基诺那里买来的。蒙塔内利从他手里接过十字架，转身重新进入圣坛，将十字架在祭坛上放了一会儿。

“拿去吧，我的孩子，”他说，“请放宽心，因为上帝是温柔的，慈悲的。去罗马吧，请求主的使者——圣父为你赐福吧。祝你平安！”

牛虻低头接受他的祝福，然后慢慢地转身离开。

“请站住！”蒙塔内利说。

他站在那里，一只手扶着圣坛栏杆。

“你在罗马接受圣餐的时候，”他说，“请为一个灾难深重的人祈祷——在他的心灵上，上帝的手很沉重。”

他的话音里几乎带着哭腔，牛虻的决心动摇了。再过片刻，他就会暴露自己的身份。这时，他又想起了杂耍演出的情景。他像约拿[1]一样，认为自己恨得对。

“我是什么人，上帝会倾听我的祈祷吗？一个遭人蔑视的人，一个流浪者！如果我像主教阁下一样，能在上帝的神座前奉献圣洁的一生——奉献没有任何瑕疵和隐私的灵魂——”

蒙塔内利突然转身离去。

“我所能奉献的只有这一样东西，”他说，“一颗破碎的心。”

……

几天之后，牛虻乘坐公共马车从皮斯托亚回到佛罗伦萨。他直接去了吉玛的住宅，可是吉玛不在家。他留了一张纸条，说自己次日早上还会再来，便回家去了。他真心希望不会又发现思蒂闯入了自己的书房。她那满含妒忌的责备就像牙医的锉刀发出的声音，令他神经十分紧张，不知道今晚是否还会听到许多这样的责备声。

“晚上好，比安卡，”女仆打开门的时候他说，“雷尼夫人今天在吗？”

她一脸茫然地看着他。

“雷尼夫人？先生，这么说她回来了？”

“你这是什么意思？”他提问时皱了一下眉头，责备地停了下来。

“她突然离家出走了，就在你刚走之后，撇下所有东西不管了。她从来就不说她要去哪里。”

“我刚离开？那得，两周以前了？”

“是的，先生，是在同一天。她的东西乱七八糟地扔了一地。左邻右舍都在谈论这事呢。”

他转身离开门口，一言不发，匆匆穿过通往思蒂房间的小巷。她房间内的东西都没有动过，他送给她的所有礼物还放在原来的地方，房间里也没有留下一张字条。

“对不起，先生，”比安卡从门外伸头进来说，“有一个老

---

① 约拿（Jonah），圣经人物，意思是带来厄运的人。

太太——”

他猛地转过身来。

“你想干什么—— 一直跟着我？”

“有一个老太太想见你。”

“她想干什么？告诉她，我不、不能见她，我很忙。”

“先生，自你走后，她几乎每天晚上都来，还总是问你什么时候回来。”

“问一问她有什、什么事，不，没关系，我看我还得亲自去。”

老太太在大厅门口等他。她衣着十分贫寒，一张褐色的脸皱得就像枸杞，头上围着一条颜色鲜艳的围巾。他走进去的时候，她站起身，那双敏锐的黑眼睛打量着他。

“你就是那位瘸腿先生了，”她说着用挑剔的眼光，从头到脚把他打量了一遍，“我给你捎来雷尼·思蒂的口信。”

他打开书房门，扶着门让她进去，然后跟在她身后关上门，以防比安卡听到。

“请坐。现、现在告诉我你是谁。”

“我是谁不关你的事。我来是想告诉你，雷尼·思蒂和我儿子一道走了。”

“和——你的——儿子？”

“是的，先生。如果你有了情人却不知如何留住她，那么别的男人把她带走，你就无可抱怨。我儿子是个热血男儿，他血管里流淌的不是牛奶，也不是水，他是个吉卜赛人。”

“啊，你是个吉卜赛人！这么说，思蒂回到她自己的种族中去了？”

她惊讶而又轻蔑地看着他。显然，这些基督徒没有男子汉气概，对自己受到的侮辱居然毫不生气。

“你这人是啥东西做的，她居然会跟你在一起？我们女人们把自己借给你是出于姑娘家的幻想，要么就是因为你付给她们很多钱，但吉卜赛人是要回到吉卜赛人中间的。”

牛虻的脸像往常一样冷漠平静。

“她是和一个吉卜赛人的营地离开的，还是只和你儿子生活在一起？”

那女人突然大笑起来。

“你是想去追她，企图把她夺回来吗？太晚了，先生，你早就应该想到这一点的！”

“不，我只想知道真相，如果你愿意告诉我的话。”

她耸了耸肩。一个对这种事情听之任之的人，她不屑于侮辱。

“真相是，就在你离开她那天，她在路上遇见了我儿子，并用吉卜赛语和他说话。当他发现她是我们中的一员时，虽然她穿着华丽的衣服，但他还是爱上了她那张漂亮的脸蛋，就像我们的男人恋爱一样，把她带到了我们的营地。她向我们讲了她的所有烦恼，坐在那里哭个不停，可怜的姑娘，哭得我们都为她心痛起来。我们就尽可能地安慰她。后来，她脱掉了身上的华丽衣服，穿上了我们女孩子们穿的衣服，并把自己给予了我儿子，她就成了他的女人，而他则成了她的男人。他不会对她说：‘我不爱你。’不会说：‘我有别的事要做。’女人年轻的时候，需要男人。你是个什么男人，当一个美丽的姑娘用手搂住你的脖子时，你居然不肯去亲吻她？”

“你说，”他插话道，“你从她那里带了口信给我。”

“是的，我们的营地开拔时，我落在后面，就是为了给你捎个信。她叫我转告你，她已经受够了你们那些人，受够了他们的吹毛求疵和冷酷无情，她想回到自己人那里，无忧无虑。‘告诉他，’她说，‘我是个女人，我爱他，所以我才不愿再做他的婊子。’姑娘离开是对的。一个姑娘凭借美貌挣一点钱，只要她愿意，也没什么大碍——这就是美貌的价值，但是吉卜赛姑娘绝不会爱上你们种族中的任何一个男人。”

牛虻站起身来。

“这就是全部口信吗？”他说，“那么请你告诉她，我认为她做得对，我希望她幸福。我要说的就是这些，晚安！”

他站在那里纹丝不动，直到花园大门在她身后关上。这时，他才坐下来，用双手捂住了自己的脸。

又是迎头一记耳光！他还剩下什么骄傲呢——没有一点点自尊了？当然，他遭受了男人所能忍受的一切苦难；他的心被扔进烂泥之中，任由路人践踏。他灵魂的所有地方都烙上了被人轻蔑的烙印，都留下了被人嘲笑的印迹。现在，他在路边捡来的这个吉卜赛女孩——就连她手里也握着皮鞭。

谢坦在门外呜呜狺狺地哀鸣，牛虻起身放它进来。那条狗像往常一样，带着狂喜奔向它的主人。可是，它很快明白有什么地方不对劲，于是便蜷伏在他脚旁的地毯上，将它那冰冷的鼻子伸进那只有气无力的手里。

一个小时后，吉玛来到了前门。没人出来理睬她的敲门声。比安卡发现牛虻不想吃晚饭，便悄悄溜出去找邻家的厨子。她出去时没有关门，厅里还亮着一盏灯。吉玛等了一会儿，然后决定进去看能否找到牛虻，因为从巴里传来一条重要的消息，她要告诉他。她敲了敲书房门，里面传来牛虻的回答声："你可以走了，比安卡，我什么都不需要。"

她轻轻打开门。房间里很黑，但是在她进去时，过道上那盏灯投射出一道长长的光亮。她看见牛虻独自坐在那里，头耷拉在胸前，那条狗在他脚边睡着了。

"是我。"她说。

他猛地抬起头。"吉玛——吉玛！啊，我真是太需要你了！"

她还没来得及说话，他已经跪在她脚下的地上，将头埋在她衣裙的皱褶里。他浑身剧烈地抽搐颤抖，让人比看见他流泪还难受。

她静静地站在那里。她不能做出任何举动去帮他——不能。这是最令人痛苦的事。她只能被动地冷眼旁观——为了解除他的痛苦，她宁可自己去死。她只消弯腰把他抱在怀里，把他紧紧搂在胸前，用自己的身躯使他不再遭受伤害和委屈，那么他肯定还是她的亚瑟，那么天就会破晓，阴影就会消散。

啊，不，不！他怎么可能忘掉过去？难道不是她使他堕入了地狱——不是她用右手做的吗？

她已经让那一时刻溜走了。他赶紧站起身坐在书桌旁，用一只手捂住自己的眼睛，紧咬着嘴唇，仿佛要将嘴唇咬破。

不一会儿，他抬起头平静地说：

"恐怕我让你受惊了。"

她向他伸出双手。"亲爱的，"她说，"我们现在的友谊难道还不足以让你对我多一点信任吗？出了什么事？”

“我自己的一点个人烦恼。我不明白你有什么理由为此担忧。”

“你听我说，”她接着说道，同时用双手握住他那只手，想要止住它的剧烈颤抖，“我从来不想过问与我无关的事情。可是既然你已经自愿给予我这么多的信任，为什么就不能多给一点——就像你对待你的姐妹一样。你可以继续戴着面具，如果这能够给你安慰；但是为了你自己，不要让自己的灵魂也戴上面具。”

他把头垂得更低。“你对我一定要耐心一点，”他说，“我怕自己不是令人满意的那种哥哥，但只要你知道——我上周差一点发疯，就像重新回到了南美一样。恶魔不知怎样就钻进了我的躯体——”他打住了话头。

“难道我不能分担你的苦恼？”她最后低声问道。

他把头伏在她胳膊上。“上帝的手很沉重。”

第三部

第一章

接下来的五个星期，吉玛和牛虻兴奋不已，忙得昏头转向。他们既没有时间，也没有精力去考虑自己的事情了。武器已经安全偷运到了教皇领地，接下来的任务则更为艰巨，更为危险：要神不知鬼不觉地把武器从沟谷山洞中转运到各地方的中心点，再送往各个村庄。整个地区到处都是密探；牛虻把军火委托给了多梅尼基诺，多梅尼基诺十万火急地派了个送信的到佛罗伦萨，请求要么援助，要么就多给点时间。牛虻坚持要在六月中旬完成这项工作；可是军火这么重，路面情况又糟糕，再加上不停地躲避检查，事情是一拖再拖，多梅尼基诺几近绝望了。“我是左右为难，”他写道，“动作快了，动静就大，害怕被发现；如果不赶快行动，在规定的时间里就没法准备就绪。要么就立刻给我派来足够的人手，要么就通知威尼斯人，我们要到七月的第一个星期才能准备好。”

牛虻把信拿给吉玛看。吉玛在一边读信，牛虻则皱着眉头坐在地板上，反向地捋着猫身上的毛。

“这就糟了，”她说道，“我们可没法让威尼斯人等上三个星期。”

“当然没法了；这事荒唐。多梅尼基诺也、也许能明、明白这一点。我们得服从威尼斯人的领导，不是他们听我们。”

“我觉得也不应该责怪多梅尼基诺。显然，他已经拼尽全力了，不可能办到的事情，他也没法子。”

“这并不是多梅尼基诺的错；错就在于只有他一个人，应该有两个人才对。我们至少应该安排一个人守着仓库，另一个人负责运送。他说得很对；他应该得到帮助。”

“可是，我们能给他什么帮助呢？我们在佛罗伦萨一个能派出去的人都没有。”

“那我就必、必须亲自出马了。”

她靠在椅背上，微微皱起眉头看着他。

“不行，这样不行。太冒险了。”

“也只有这样办了，我们再、再也没有其他解决问题的办法。”

“必须另找办法，就这样定了。你现在又去，不行。”

他的下唇嘴角处出现了一条倔强的纹路。

“我不觉得有什么不行的。”

“你冷静思考一分钟，你就明白了。你回来才不过五个星期，警察在追查朝圣者那件事，正满世界找线索呢。是的，我知道你乔装打扮很有一套，但你不要忘了，很多人都见过你，他们见过你装扮成迪亚哥什么样，也见过你装扮成乡下人什么样。你怎么也掩饰不了你的瘸腿，还有脸上的伤疤。”

“这世上瘸腿的人多、多了去了。”

“没错，可是在罗马涅又有多少人像你这样呢，有一条瘸腿，脸颊上还有砍伤的疤痕，左手伤成你那样，而且还有蓝色的眼睛和黝黑的皮肤。”

“眼睛好办，我可以用颠茄来改变它们的颜色。”

“但其他的特征都无法改变。不行，就是不行。你的特征这样明显，还跑到那里去，就是睁着眼睛往陷阱里跳。你肯定会被抓起来的。”

“可是，必须有、有人去帮多梅尼基诺呀。”

“这样关键的时刻，你要是被捕了，可不是帮他。你只要一被捕，整件事情就完蛋了。”

可是牛虻倔强得很，两个人就这样讨论来，讨论去，怎么也没有个结果。牛虻那份安安静静的倔强是多么地取之不尽，古玛算是领教了。如果不是事关重大，看在消停的分上，她很有可能就放弃了。可是，出于谨慎，这件事情她不能让步。在她看来，牛虻这样跑上一趟，是有好处，但似乎不值得冒险，而且她怀疑，牛虻这么想去，并不是因为坚信政治上的必要性，而是一种变态的渴望，就想寻求身处险境的刺激。他已经习惯了拎着脑袋做事——没必要的危险，他也想闯，这在吉玛看来就是没有节制，应该遭到冷静而坚决的抵制。无论怎么劝说，他都铁了心想去，吉玛使出了最后一招。

“我们还是敞开了说吧，”她说道，“别遮遮掩掩了。你下定决心要去，并不是因为多梅尼基诺遇到困难了。你想去，是因为你个人渴望——”

“绝对不是！”他暴躁地打断了吉玛，“对我而言，他什么都不是。就是再也见不到他，我也毫不在乎。”

他看到了吉玛的表情，知道对方读懂了自己的心思，他没有再说下去。他们的目光对视了那么一下，然后都垂下了眼帘。两人都知道那个人的名字，但都没有说出口。

“我不、不是想救多梅尼基诺，”最后，他结结巴巴地开口了，把脸半埋在猫毛里，“是、是我知道，如果他没有帮手，这事就危险了。”

这样的借口不值得她反驳，吉玛继续刚才的话说下去，就像是牛虻没有打断过她说话一样。

“你想去，是因为你个人渴望冒险。你只要担心，就渴望冒险，就如同你生病时渴望鸦片一样。”

“要鸦片的人又不是我，”他不服气地说道，“是别人坚持要给我用鸦片的。”

“也许是吧。说到坚忍不拔，你总是有点自命不凡。要鸦片减轻肉体的疼痛就会伤到你的尊严，可是你拿着生命冒险，也是为了缓解精神紧张，你倒觉得荣幸了。其实，两者的区别不过是角度不同而已。”

他把猫脸仰了过来，低头看着那双圆圆的绿色眼睛。“帕什塔，这是真的吗？”他说，“你女主人刚才说、说我的那番难听的话是真的吗？这是我的错，是我的大错特错吗？你这明智的畜生，你从来不讨要鸦片，是不是？你的祖先是埃及的神灵，没人踩、踩它们的尾巴。我想呀，如果我把你的这只爪子放在蜡烛上，你这份超然于人间罪恶的平静样子又会变成什么样呢？到那时，你也会向我讨要鸦片吗？会吗？或是——要我结果了你？不，小猫咪，我们没有权利为了自己痛快而死。要是能从中得到安慰，倒是可以骂骂咧咧。但是，我们不能把爪子抽回去。”

“嘘！”吉玛把猫咪从他膝盖上抱了下来，放在脚凳上。“我们以后再考虑那些事情吧。现在我们必须考虑怎样才能让多梅尼基诺摆脱困境。卡蒂，什么事？有客人？我没空。”

“夫人，莱特小姐专门派人送来了这个。”

包裹封得严严实实，里面有一封写给莱特小姐的信，可信是没有拆过的，上面贴着教皇领地的邮票。吉玛的老同学们还住在佛罗伦萨，为了安全起见，她的重要信件都寄往老同学的家里。

她很快地扫了一眼信中的内容，说的是亚平宁山脉一栋公寓夏季的价格，接着她指着信纸角落的两小滴墨迹说道：“这是米凯莱的记号，信是化学墨水写成的。试剂就在书桌的第三个抽屉里。是的，就是那个东西。”

他把信纸平铺在书桌上，然而用小刷子扫了一遍。信纸上出现了一行耀眼的蓝色字迹，他看到了真正的内容，一下子靠在椅子背上，大笑了起来。

“写的什么？”吉玛赶忙问道。他把信纸交给了吉玛。

“多梅尼基诺被捕了。火速前来。”

她坐在那里，手里拿着那封信，绝望地盯着牛虻。

“怎、怎么说？”最后，他拖着讽刺的声调，柔声柔气地说道，“我必须去一趟了，你现在没话说了吧？”

“是的，你必须去了，”她叹息着回答道，“我也必须去。”

他有些吃惊地抬头望着吉玛。“你也去？但是——”

“当然要去。我知道，佛罗伦萨这里一个人都没有，会非常不方便。可是，现在最重要的就是多些人手来帮忙，其他的事情都暂时不考虑。”

“到了那儿，有的是人手。”

“但是，他们并不是完全值得信赖的人。你自己才说过，现在必须有两个有担当的人来负责。多梅尼基诺一个人招架不住，那你一个人去也搞不成的。不要忘了，你特征这么明显，很容易遇到危险，做这样的工作很不方便，你就更需要帮助了。现在多梅尼基诺被捕了，就只能你和我出马了。”

他皱着眉头想了一下。

“嗯，你说得很对，”他说道，“我们尽早出发，越快越好。但是，我们不能一起出发。我若是今晚出发，那你就搭乘明天下午的马车。”

“去哪儿？”

“这个问题，我们必须商量一下。我觉得我最、最好是直接前往法恩扎。我今天深夜就出发，骑马去圣洛伦佐镇，我可以在那里找个伪装身份，然后再一路前进。”

“也没有别的办法了，”她微微皱着眉头，焦急地说道，“但这也太冒险了。这么匆忙就出发，还要在圣洛伦佐镇让走私贩子给你找伪装身份。你过境之前，至少应该有整整三天的时间来布置行踪，扰乱敌人视线。”

“你不必害怕，”他微笑着回答道，“要是再往前走，我可能会被抓起来，但在边境是不会的。只要一到山区，我就同在这里一样安全了。亚平宁山脉的走私贩子不会出卖我的。我不放心的是你怎么才能过境。”

“哦，那就太简单了！我就拿上路易莎·莱特的护照，说是去度假。在罗马涅，没有人认识我，可那里的每个密探都认识你。”

“幸、幸运的是，每个走私贩子也认识我。”

她掏出表来看。

“两点半了。如果今晚出发，我们还有下午和傍晚的时间。”

“那我最好还是回家去，把所有的事情都安排妥当，然后再安排一匹好马，我还是骑马到圣洛伦佐好了，要安全些。”

“租一匹马根本就不安全。马的主人——”

“我不会租马的。我认识一个人，他会借一匹马给我，可以信任他。他以前就为我做过事。再找个放羊人把马牵回来，用不到两个星期。那我就五点或是五点半再到这里来。等我走了，你就、就去找马尔蒂尼，把事情都给他解、解释一下。”

“马尔蒂尼！”吉玛转过头来，吃惊地看着他。

“是的。我们只能相信他了，除非你还能找出另外的人来。”

“我不太明白你的意思。”

“在这里，我们必须有个能信赖的人，以防遇到特殊困难的时候。这里所有的人中，我觉得最信任的就属马尔蒂尼了。当然了，里卡尔多也会尽其所能地为我们做事，但是，我觉得马尔蒂尼的头脑要冷静些。但你比我了解他，你看着办吧。”

“马尔蒂尼方方面面都值得信赖，办事也能干，这一点我丝毫不怀疑。我觉得他也会同意尽其所能地帮助我们。但是——”

他立刻就明白了。

“吉玛，如果你的同志非常需要帮助，而且你也能够给他帮助，可那位同志却因为害怕伤害你，或是害怕让你痛苦而没有请求你帮助，你会怎么想？你会觉得他是好心好意吗？”

“那好吧，”她稍微顿了一下说道，“我马上就打发卡蒂去请他过来。等卡蒂一出去，我就去找路易莎要她的护照。她说过的，我随时都可以找她要护照。钱怎么办？我去银行取钱？”

“不、不要在这上面浪费时间了。我账户里的钱够我们用上一阵子了，我去取。如果我账户的钱不够了，再用你的。那就五点半见。到时候，你肯定在这里，是不是？”

“哦，当然了！那时候我应该早回来了。”

在约定的时间过去半个小时之后，他回来了，看到吉玛和马尔蒂尼坐在平台上。他一眼就看出这两人的谈话不愉快；看得出来，两个人都激动不安，马尔蒂尼异乎寻常地沉默忧郁。

“事情都安排好了吗？”她抬起头来问道。

“是的。我给你带了些钱来，路上好用。凌晨一点钟，马匹会准备妥当，在罗索关卡等着我。”

“一点钟是不是太晚了？你应该在人们起床之前赶到圣洛伦佐。”

“赶得到的。是一匹快马。从这里出发的时候，我不想有人看到。我也不会回家了。家门口有个密探盯梢，他认为我在家里待着呢。”

“他没有看见你出门，你是怎么办到的？”

“从厨房窗户爬出来，再翻过邻居果园的围墙，所以我来晚了。我必须躲开他。我让马的主人整晚都点着灯，坐在书房里。只要看到窗户有灯，百叶窗上有人影，密探就会认为我一晚上都在家里写东西。”

“那你在出发去关卡之前，都会待在这里了？”

“是的。今晚，我可不想有人在街上看到我。马尔蒂尼，抽根雪茄？

我知道博拉夫人不介意别人抽烟的。”

“我又不在这里，没什么介意不介意的。我得下楼帮卡蒂准备晚餐了。”

等她一走，马尔蒂尼就站了起来，背着手在房间里上上下下地踱步。牛虻一边坐着抽烟，一边默默地望着外面的蒙蒙细雨。

“里瓦雷兹！”马尔蒂尼站在了牛虻面前，他开口说话了，眼睛却盯着地面。“你要拖上她干什么事情呀？”

牛虻把雪茄从嘴里取了出来，吐出长长的一口烟雾。

“是她自己选择的，”他说道，“没有任何人强迫她。”

“是的，是的——我知道。但是，告诉我——”

他没有再说下去。

“只要我能说的，我都会告诉你的。”

“嗯，我不知道山里那些事情的细节情况——你是要她做非常危险的事情吗？”

“你想听实话？”

“是的。”

“那答案就是——是的。”

马尔蒂尼转过身去，又开始踱上踱下地走着。不一会，他又停了下来。

“我想问你另外一个问题。当然了，如果你不想回答，就不必回答。如果你要回答，就要说实话。你爱上她了吗？”

牛虻不慌不忙地敲了敲雪茄的烟灰，然后继续默默地抽着烟。

“这就是说——你不想回答？”

“不是。只是我觉得我有权知道你为什么要这样问。”

“为什么？我的上帝呀，你难道看不出来为什么吗？”

“哈！”他放下手中的雪茄，目光坚定地看着马尔蒂尼。“是的。”他最后开口了，语气缓慢柔和，“我爱上她了。但你得知道，我不会追求她的，别担心。我只是去——”

他的声音变成了一种奇怪微弱的低语，听不见了。马尔蒂尼走近一步。

“只是去——

“去死。”

牛虻冰冷的目光直愣愣地盯着前方，好像他已经死了一样。等到他又说话时，他的声音平淡而无生气，很是奇怪。

“你不要提前告诉她，让她操心，”牛虻说道，“我是一点生的机会都没有的。这件事对谁都危险，我和她都知道这一点。但是，走私贩子会竭尽全力避免她被抓住的。他们都是好人，只是有点糙。至于我，我的脖子上已经套上了绞索，等我跨过边境，就是拉紧绳索的那一刻。”

“里瓦雷兹，你什么意思？这件事当然危险了，对你而言尤其如此，这我是明白的。但是，你以前经常过边境，一直都没事呀。”

“是的。这次，我会出事的。”

“但是为什么呢？你怎么知道？”

牛虻倦怠地笑了笑。

“你还记得那个德国传说吗？那个人遇到了跟他长得一模一样的东西，然后就死了。不记得？一天晚上，在一个僻静的地方，它就出现在那个人面前，绝望地扭着自己手。嗯，上次我在山里的时候，遇到和我长得一模一样的东西了，我这次再过境，我就回不来了。”

马尔蒂尼朝他走了过来，一只手放在了他的椅子背上。

“听着，里瓦雷兹。这些玄学的东西我一个字都听不明白，但是我明白一件事：如果你有这样的感觉，你的状态就不适合去。如果坚信自己会被抓住，那被抓住的可能性就最大。你肯定是病了，要不就是心情不好，脑子里可不能装上这样的蛆虫。我替你去，怎么样？我去了，什么实际的工作我都能干，你只需要给你的人捎个信，解释——”

“让你去送命？那真是聪明绝顶呢。”

“哦，我不太可能送命的！他们知道你，却不怎么知道我。况且，即使我——”

他没有再说下去。牛虻抬起头来，用询问的目光慢慢地打量着他。马尔蒂尼的手从椅背上垂了下去。

“你死了，她会更想念你的，”他的语气没有带一丝感情，“而且，里瓦雷兹，这是大家的事情，我们得从实际的角度来看待这个问题，要为最多的人获得最大的好处。你的‘最终价格’，这个是不是经济学家嘴里的词儿？——是高于我的。我没有什么理由要特别喜欢你，我不怎么聪明，但也能够明白这一点。你比我重要；你是不是比我好，我就不知道了，但你的用处更多，你若是死了，损失更大。”

他这样说话，不知道的还以为他在讨论交易所的股票价格呢。牛虻抬起头来，似乎是冷得发抖。

“你能让我等我的墓穴自己打开，将我一口吞下吗？

“如果我必死，我将把黑暗当作新娘——[①]

“听着，马尔蒂尼，你我都在胡说八道。”

“你肯定是在胡说八道。”马尔蒂尼粗声粗气地说道。

“是的。你也是。我们不要像唐·卡洛斯和波萨侯爵[②]这两个人一样，去做什么浪漫的自我牺牲。现在是19世纪了，如果死是我的事，我就必须去死。”

“这样说来，如果活着是我的事，我就必须活着了。里瓦雷兹，你是个幸运的人。”

“是的，”牛虻简洁地表示了同意，“过去，我一直都幸运。”

两个人一起默默地抽了几分钟的雪茄，接着就开始讨论事情的细节。吉玛上来叫他们吃晚饭的时候，从他们的表情和态度都看不出这两人还进行过非同寻常的谈话。吃过晚饭后，大家坐在一起，讨论计划，做一做必要的安排，到了十一点钟，马尔蒂尼起身，拿起了帽子。

“里瓦雷兹，我回家去拿我的骑马斗篷。披上斗篷，人们更不容易认出你来。我也想先侦察一番，确定我们出发之前，周围没有密探。”

“你要跟着我去关卡吗？”

“是的。有两双眼睛盯着，总比一双眼睛管用，万一有人跟着你呢。我十二点就回来。千万要等着我一起出发。吉玛，我最好还是拿上一把钥匙，到时候就不用摁门铃，惊醒什么人了。”

---

① 莎士比亚《一报还一报》中的句子。

② 席勒历史悲剧《唐·卡洛斯》中的两个人物。唐·卡洛斯是西班牙国王菲利浦二世的儿子，因有反政府倾向，被其父拘禁，后来死在狱中。波莎侯爵是唐·卡洛斯的好友，为了营救他而牺牲了自己。

他拿钥匙的时候，吉玛抬起眼睛，看到了他的脸。吉玛明白，他是在找借口想要自己能够和牛虻单独待一会儿。

“你我明天再谈，”她说，“明天早上等我收拾好东西，我们就有时间了。”

“哦，是的！很多时间。里瓦雷兹，我还有两三件小事情想问你呢，去关卡的路上再谈吧。吉玛，你最好打发卡蒂去睡觉吧。你们两个尽可能地小声点。那就十二点见了。”

他点了点头，微微一笑走了，狠狠地带上了门，好让邻居们都知道博拉夫人的客人走了。

吉玛走到厨房给卡蒂道晚安，回来的时候，手上端着黑咖啡。

“你想躺一会不？”她问道，“这一晚上你都没法睡觉了。”

“哦，不用！等到了圣洛伦佐，他们帮我搞伪装身份的时候，我可以睡上一觉呢。”

“那就喝点咖啡吧。等一下，我去给你拿点饼干。”

吉玛在餐具柜边上跪下来拿东西，他突然弯腰出现在了吉玛的肩膀上方。

“你这里有些什么东西？奶油夹心巧克力和英国太妃糖！天，国、国王般的奢华！”

听到他激动的语气，她抬起头来，淡淡地笑了笑。

“你喜欢甜食？我一直都为切萨雷备有这些东西。他就像个孩子，特别喜欢糖果。”

“真、真的？嗯，你明天再给他多准备一些，把这些都给我带走好了。不，让我把太妃糖装、装、装进口袋里；生活中失去的快乐，有了它，就能安慰我。我真、真希望，他们在绞死我的时候，能够给我点太妃糖吃。”

“哦，别这样放进口袋里，好歹让我给你找个纸盒装上！到处都会弄得黏糊糊的！我把巧克力也给你放进去？”

“不，巧克力现在就吃，和你一起吃。”

“但我不喜欢巧克力。我想你还是过来，规规矩矩地坐下吧。我们可能不会再有机会这样安安静静地说说话了，你我会有一个人送命的，然后——”

“她不、不、不喜欢巧克力！”他嘟囔着，“那就全归我一个人了。这是绞刑前的晚餐，是不是？今天晚上，你会满足我所有奇怪的想法的。首先，我想要你坐在这张安乐椅上，照你刚才说的，我要躺下了，但我要躺在这儿，舒舒服服的。”

他躺在了吉玛脚边的地毯上，胳膊靠在椅子上，抬头望着吉玛的脸。

“你多苍白呀！”他说道，“都是因为你悲观看待生活的原因，还有你不喜欢巧克力——”

“好歹严肃五分钟吧！这毕竟是生死攸关的事情。”

“亲爱的，两分钟都不行，是生是死都不值得严肃。”

他握住了吉玛的双手，用指尖轻轻地抚摸她的手。

“密涅瓦[①]，别这么严肃！用不到一分钟，你就会让我哭出来，到时候你又难过了。我好希望你能再微笑一下；你的微笑出其不意，给人欢、欢欣。好了，亲爱的，不要责备我了！我们一起吃饼干好了，就像两个好孩子，吃饼干的时候不争不抢——明天，我们就死了。”

他从盘子里拿起一块甜饼干，小心翼翼地分成了两半，上面的白糖饰物也从中间分开，两边一样多。

“这也是一种圣餐了，就像那些道貌岸然的人在教堂里吃的一样。‘拿着吧，吃下去，这是我的身体。’我们必须用同、同、同一个杯子喝葡萄酒，你知道的，对了，就是这样。为了缅怀——”

她放下了杯子。

“不要说了！”她几乎是在抽泣了。他抬起头来，又握住了吉玛的手。

“那就不要出声！我们安静一会儿。如果我们当中哪一个死了，另一个人也能记住这一幕。我们会忘记这个在我们耳边嚎叫的喧腾世界；我们会手牵手地一起离开；我们会去往死亡的神秘殿堂，躺在罂粟花中。嘘！我们要寂静无声。”

他埋头靠在了吉玛的膝盖上。在一片寂静中，她埋下头看着他，手放

① 智慧女神，即希腊神话中的雅典娜。

在了他黑色的头发上。时间就这样一点点地溜走了，两个人一动不动，也没有说话。

“亲爱的，快十二点了。”吉玛终于说话了。他抬起头来。

“我们只有几分钟的时间了；马尔蒂尼马上就会回来。也许我们再也见不到彼此了。你没有什么要对我说的？”

他慢慢站了起来，走到房间的另一边。这一刻，两人都没有作声。

“我有件事情要说，”他开口说话了，声音小得几乎听不到，“有件事情——要告诉你——”

他打住了，坐在了窗户边，用双手捂住了脸。

“这么长的时间，你终于决定要慈悲一下了。”她柔声说道。

“我这辈子没见过多少慈悲，我本以为——最开始的时候——你不会在乎——”

“你现在不那样认为了吧。”

吉玛等了一下，他还不说话，吉玛就走了过去，站在他的身边。

“把实话告诉我吧，”她轻声说道，“想想吧，如果你被杀害了，我不——我这一辈子活下来，却不知道——不能肯定——”

他抓住了吉玛的手，紧紧地握在手里。

“如果我死了——你知道，我去南美的时候——啊，马尔蒂尼！”

他猛然一惊，赶紧闪身，去把房门打开。马尔蒂尼正站在脚垫上，蹭靴子。

“准时到分、分、分钟，一直都是这样！马尔蒂尼，你就是个有生命的大文钟。这就是骑、骑、骑马斗篷吗？”

“是的，另外还有两三样东西。外面下着倾盆大雨，我尽力不让雨淋湿了这些东西。我想，你这次骑马肯定很不舒服了。”

“哦，没关系的。街面上有什么情况没？”

“没有情况。密探好像都回家睡觉去了。他们这样，我也不觉得奇怪，天气太糟糕了。吉玛，是咖啡吗？外面又湿又冷，出发之前，他应该喝点热的东西，要不会感冒的。”

“是很浓的黑咖啡。我去热点牛奶。”

吉玛去厨房了，她狠命地咬着牙齿，握住拳头，这才没有哭出来。等她拿上牛奶回来，牛虻已经穿上了骑马斗篷，正在系马尔蒂尼带来的皮制绑腿。他喝了一杯咖啡，站在那里，拿起了那顶宽边的骑马帽。

“马尔蒂尼，我觉得是时候出发了。在去关卡之前，我们还得兜上一圈，以防意外。夫人，现在就再见了。星期五，我在弗利同你会合，除非是发生了什么特别的事情。等一下，这、这是地址。”

他从自己的小笔记本上撕下一页纸，用铅笔在上面写了几个字。

“地址，我已经有了。”她的语气沉闷平静。

“有了吗？嗯，反正就是这个了。来吧，马尔蒂尼。嘘，嘘，嘘！别让门发出嘎吱嘎吱的声音！”

他们轻手轻脚地溜到了楼下。他们轻轻关上了门，她走回房间，机械地打开了牛虻放在她手心里的那张纸。地址下面有行字：

“到了那里，我就把一切都告诉你。”

第二章

这天是布里西盖拉集市的日子，这一地区大村子小村子的乡下人都赶着猪，拎着家禽，带着奶制品，还有一群群半野放的牛来到了这里。市场里川流不息的人群，大笑着，开着玩笑，人们讨价还价，购买干无花果、廉价的蛋糕，还有葵花籽。一个个皮肤黝黑的孩子，光着脚丫子，脸朝下，平躺在大日头下的人行道上，他们的母亲则拿着装有黄油和鸡蛋的篮子坐在树荫下。

蒙塔内利阁下走出来祝大家“早安”，立刻就被一大群孩子团团围住，一个个手里都举着从山坡上摘来的鸢尾花、大红罂粟和芬芳的白色水仙，吵闹着要他接受自己的花。他非常喜爱野花，这有点傻里傻气的，可放在大智者身上，却很般配，人们也就充满爱意地包容了他的这一小缺点。如果有人在房子里装满了花花草草，却没有像他这样广受爱戴，肯定会遭到嘲笑的。但这位“神佑的红衣主教”可以有几个无伤大雅的小怪癖。

“嗯，马尤西亚，”他停下来拍了拍一个小孩的头，“自从上次见到你以后，你长高了不少。你祖母的风湿好些了没有？”

“最近好些了，主教大人。但是，母亲现在身体不好。”

“听你这样说，我很难过。回去给母亲说，让她哪天到这儿来一趟，让焦尔达尼医生给她瞧一瞧。我会找个地方让她住进去，也许换个环境，她就好起来了。路易吉，你看起来好多了，你的眼睛现在怎么样了？”

他一边走，一边同这些山里人攀谈着。孩子们的名字和年龄，孩子们的烦恼，孩子父母的烦恼，他都记得。他还会停下来，关切地询问一下圣诞节生病的那头牛好点了没，或是问问上次赶集的时候在车轮下压坏的布偶修好了没有。

等他回到宅邸后，市场就开始买卖了。这时来了一个瘸子，穿着蓝色衬衣，一绺黑色的头发耷拉在眼睛上面，左脸颊上还有一道很深的刀疤，他懒洋洋地走到一个摊位前，操着蹩脚的意大利语，要买一杯柠檬水。

“你不是本地人。”那个女人一面给他倒水，一面抬头望着他。

“不是。我是从科西嘉岛来的。”

“来找活儿干？”

“是的。马上就是收割干草的季节了。有个绅士在拉韦纳附近有个农场，那天他偶然到了巴斯蒂亚，说这里有很多活儿可干。”

“但愿如此了，你肯定能找到活儿的，但这一带收成不好。”

“大娘，科西嘉岛的收成就更糟糕了。我不知道我们这些穷人活个什么劲呀。”

“你一个人来的？”

“不是，我有同伴。那不是，穿红衬衣的那个。嗨，保罗！”

米凯莱听到叫他，就双手插在兜里，懒洋洋地走了过来。他怕被人认出来，就戴了顶红色的假发，尽管如此，他扮成科西嘉人，还是非常像的。至于牛虻，他乔装得天衣无缝。

他们一起慢腾腾地走过市场。米凯莱一路吹着口哨，牛虻胳膊下面夹着个包裹，步履沉重，他不想别人轻易就看出他是瘸子，所以拖着脚走。

他们在等密使，有重要的指示要给他。

“马尔科内来了，马背上的那个，角落里。”米凯莱突然低声说道。牛虻拿着他的包裹，拖着脚走向那个骑马的人。

“先生，你是在找人收割干草吗？”他一边说，一边碰了碰自己的破帽子，还伸出一个手指去碰缰绳。这是约好了的暗号。那个骑马的人看上去像是乡绅的管家，他跳下马来，把缰绳扔在了马脖子上。

“伙计，你会干什么活儿呢？”

牛虻笨拙地捏着帽子。

“先生，我会割草，修剪树篱笆”——他一开口是这话，声音一点都没有停顿，继续往下说，“凌晨一点，圆洞的洞口。你必须带来两匹好马和一辆运货马车。我在洞里等你——先生，我还会挖洞，还有——”

“够了，我只要一个割草的。你以前出来干过没有？”

“先生，干过一次。注意，你必须全副武装。我们可能会碰上骑兵分队。不要走树林那条路，另一边要安全些。如果遇到密探，不要停下来同他辩解，直接开枪——先生，能有活儿干真是太好了。”

“有活儿干当然好，但我要的是熟练的割草工。走开，我今天一个铜板都没有。”

一个穿得破破烂烂的乞丐走到了他们身边，嘴里一个劲儿地苦苦哀求。

“看在圣母的分上，可怜一下这个苦命的瞎子吧——立刻离开这个地方，有个骑兵分队过来了——天堂的圣母呀，纯洁的少女——里瓦雷兹，他们就是来抓你的，用不到两分钟，他们就过来了——愿圣人保佑你——你快跑吧，到处都是密探，想不被发现，悄悄溜走是不可能的。”

马尔科内把缰绳塞在了牛虻手里。

“赶快！骑到桥边，这匹马认识路，你可以躲在洞里。我们都带有武器，可以拖他们十分钟。”

“不行。我不能让你们被捕。你们都站到一起，跟着我走，等我开枪，你们再有序开枪。朝着我们的马匹移动，马都拴在宅邸的石阶边。把你们的刀拿出来。我们不要打，等到我扔下帽子，就砍断马的缰绳，跳上最近的那匹马。这样，我们都能到达树林。”

他们说话的声音很小，很平静，就是站在旁边的人都只是觉得他们在谈论割草而已，哪里想得到他们在说这么危险的事情。马尔科内手里拽着缰绳，朝拴着的马匹走去，牛虻低头垂肩地跟着他，乞丐伸长了手跟在他们后边，依旧一路哀号着。米凯莱也吹着口哨跟上来了，乞丐经过米凯莱旁边的时候，就警告了他，接着米凯莱又不露声色地把消息带给了在树荫下吃生洋葱的三个乡下人。他们立刻站了起来，跟着他走。就这样，没有惊动任何人，他们七个都站在宅邸的阶梯下面了，每个人的一只手都按着藏在衣服里的手枪。石阶下拴着的马也是近在咫尺。

“等我的信号，不要贸然行动，”牛虻说话的声音柔和而清晰，“他们有可能认不出我们。等我开枪，你们再有序地开枪。不要对着人开枪，打瘸他们的马，这样他们就追不上我们了。三个人开枪，另外三个人装火药。如果有人来夺马匹，打死他。我骑那匹杂色马。等我一扔帽子，就各顾各，不管发生什么事情，都不要停下来。”

“他们来了。”米凯莱说道。牛虻转过身来，露出了一种幼稚傻气的迷茫神情。这时，市场上的叫卖讨价声突然停止了。

十五个武装士兵骑着马慢慢走进了市场。他们行进在人群中，步履维艰，大家的注意力都在士兵身上，要不是角落里到处都是密探，这七个革命党人就能悄悄溜走了。米凯莱朝牛虻身边挪了一点。

“我们现在不能逃走？”

“不行，周围都是密探，其中一个已经认出我来了。他刚刚派了一个人把我的位置告诉了那个队长。我们唯一的机会就是打瘸他们的马匹。”

“那个密探在哪儿？”

“我一开枪，就打他。你们准备好了没？他们已经清出一条路来了，他们就要朝我们扑过来了。”

“都闪开！”队长大叫着，“看在圣父的名义上！”

众人惊慌迷惑，都闪开了，士兵们[illegible]下了就朝着站在宅邸台阶旁的这一小群人冲了过来。牛虻从衬衣里掏出手枪，他对准的不是朝他们扑过来的骑兵，而是那个朝着马匹靠近的密探。牛虻一枪打在他的锁骨上，他倒在了地上。这一声枪响之后，又连续有六声枪响，同时这几个革命党人稳步朝着马匹靠近。

骑兵的队伍里有一匹马踉跄了一下，一头栽在了地上；接着另一匹马一声惨叫，也倒了。人群惊慌失措，一片尖叫声中，指挥官站在马镫上，高举着佩剑，高声喝令：

“伙计们，这边！”

牛虻又开了一枪，他可是个神枪手，队长在马鞍上摇晃了一下，往后一栽。一小股血从他的制服里流了出来，他抓紧了缰绳，挣扎着坐稳了，狠命地大叫道：

“那个狠命的瘸子，就是里瓦雷兹，抓不了活的，就干掉他！”

“快，另给我一支枪！”牛虻对身边的人叫道，“跑！”

他扔下帽子。时机正好，愤怒的士兵拿着剑已经快冲到他的面前了。

“所有的人，都放下武器！”

蒙塔内利主教突然出现在了交战双方的中间。一个士兵惊恐地高声尖叫道：

“主教大人！上帝呀，你会没命的！”

蒙塔内利又往前走了一步，直对着牛虻的手枪。

五位革命者已经爬上了马背，沿着街道往高处冲去。马尔科内跃身翻上了马背。就在飞奔而去的当头，他回头看了一眼，想看他的头儿需不需要帮助。杂色马就在他身边，只需要一秒钟，他也就安全了，可那个穿红色袍子的人往前走了一步，牛虻突然踌躇了，拿着手枪的手垂了下去。就在那么一瞬间，一切已成定局。士兵立刻就包围了他，凶狠地将他按倒在地，一个士兵刀背一挥，敲掉了他手中的枪。马尔科内踩着马镫击打马的侧腹，后面响起了骑兵队的马蹄声，他们追来了。即使留下来也帮不上忙，只能多一个人被捕。他一边策马飞奔，一边转过身来，对着离他最近的追捕者的头开了一枪，这时他瞥见了牛虻在马匹、士兵和密探的践踏下，一脸的血，还听到了他们恶狠狠的咒骂声，还有胜利和愤怒的吆喝声。

蒙塔内利没有注意到发生了什么，他从台阶走开了，竭力安抚惊恐的人群。不一会儿，他又弯腰查看那个中弹士兵的伤势，人群骚动起来，他这才抬起头来。士兵用绳子捆住囚犯的手，拽着他经过广场。囚犯痛苦不堪，筋疲力尽，脸都成了铁灰色，痛苦地喘着气，可路过的时候，他转过头来，咧开惨白的嘴唇笑了，低声说道：

“祝、祝、祝贺您呀，主教大人。”

……

五天后，马尔蒂尼到了弗利。吉玛给他寄来一捆印刷的传单，这是约好的暗号，意思是情况紧急，需要他前往。想到天台的那次谈话，他立刻就猜到了真相。一路上，他不停地对自己说，牛虻本来就是一个紧张兮兮，喜欢想象的人，没必要相信他幼稚的迷信说法，根本就没有理由认为他发生了不测。可是，他越是找理由反驳这个念头，这个念头就越是牢牢地扎在他心里。

“我已经猜到是怎么回事了：里瓦雷兹被捕了，是不是？”他走进吉玛的房间就如是说道。

“上个星期四，在布里西盖拉被捕的。他拼命抵抗，打伤了骑兵队的队长，还有一个密探。”

“武力反抗，这可糟了！”

“没什么差别。他早就榜上有名了，多开一枪，少开一枪，对他的处境没什么影响。”

“你觉得他们会拿他怎么办？”

“我觉得，”她说道，“我们不能等着看他们想要怎么办。”

“你觉得我们可以营救他出来？”

“我们必须这么干。”

他转过身去，手背在后面，嘴里吹着口哨。吉玛没有打搅他，让他一个人思考。她安静地坐在椅子上，头靠在椅背上，眼睛望着远方，神情专注而悲伤。当她的脸上流露出这种表情时，看起来就像是杜勒[①]的画作《悲伤》。

马尔蒂尼沉重地踱着步子，他停下来问道：“你见过他没有？”

“没有。本来说好是第二天早上碰头。”

“是的，我也记得。他关在哪里？”

“在城堡里，看守非常严密，还有，他们说，给他戴了铁链。”

---

① 德国文艺复兴时期的代表画家。

他做了个无所谓的手势。

“哦，铁链算不上什么，一把好锉子就能解决问题。只要他没有受伤——”

“似乎受了轻伤，但具体伤成什么样，我们不知道。我想你最好还是听听米凯莱怎么说，抓捕的时候，他在现场。”

“他怎么没有被抓走？难道是他不顾里瓦雷兹的安危，一个人跑了？”

“不是他的错，他和其他人都一样作战了，严格遵守了里瓦雷兹的指令。所有的人都是。在最后一分钟，似乎忘了该怎么做，不知怎么犯了错误的人似乎就只有里瓦雷兹。这事有些解释不清楚。等一等，我把米凯莱叫来。”

她走出房间，不一会儿，就同米凯莱和一个宽肩膀的山里人走了回来。

“这是马尔科，”她说道，“你听说过他的，他是个走私贩子。他刚到这里，也许会有更多的消息告诉我们。米凯莱，这是切萨雷·马尔蒂尼，我同你谈起过他。据你所知，到底是怎么一回事呢？”

米凯莱简短地叙述了一下同骑兵队交火的事情。

“我不明白怎么会这样，”他最后总结说道，“要是知道他会被抓走，我们都不会先走一步的。但他的指令很明确呀，我压根儿没有想到，他扔下帽子后，居然会待在那里等着他们包围了他。花马就在他身边——我看见他砍断了缰绳——在我上马之前，我还交给他一把上了火药的枪。我唯一能够想到的就是他脚下打滑了，他腿瘸的，上马的时候打滑了。但即使如此，他也可以开枪呀。”

“不，不是那样的，”马尔科插嘴说道，“他根本就没有上马的动作。我的马听到枪声受惊了，我是最后一个走的。我朝他的方向看了看，看他是否安全。如果不是主教出现了，他可能就逃脱了。”

“啊！”吉玛轻声发出一声感叹；马尔蒂尼惊奇地重复道：“主教？”

“是的，他冲到了手枪面前——里瓦雷兹就糊涂了！我想里瓦雷兹肯定是吓到了，他拿枪的手落了下来，另一只手则是像这样举起来”——他举起左手腕遮住了眼睛——“他们当然朝他冲了过来。”

“我就不明白了，”米凯莱说道，“危急关头失去了理智，这不像是里瓦雷兹的作风。”

“也许是因为害怕杀死一个没有武器的人，才放下了手枪吧。”马尔蒂尼说道。米凯莱耸了耸肩。

“没有武器的人就不该插手别人交战。打仗就是打仗。如果里瓦雷兹一颗子弹结果了主教大人，自己就不会像个兔子一样乖乖被人抓住了，这世上就多了个诚实的人，少了个神父。”

他转过身去，咬着自己的胡须。他火冒三丈，眼泪都快掉下来了。

“不管怎样，”马尔蒂尼说，“事情已经这样了，浪费时间讨论过去的事情，没有什么用。现在的问题是我们该怎么安排他逃跑。我猜你们都愿意冒险一试？”

这样肤浅的问题，米凯莱压根儿就不想屈尊回答，走私贩子笑了一下，说了一句：“即使是我亲兄弟，如果说不愿意，我也会毙了他。”

“很好——第一件事，你有城堡的图纸没？”

吉玛用钥匙打开一个抽屉，拿出几张纸来。

“我已经把图纸都画出来了。这是城堡的底楼，这是塔楼的上层和下层，这是壁垒的图样。这是通往山谷的道路。这是山里的小路和藏身之处，还有地下通道。”

“你知道他在哪座塔楼吗？”

“东边的塔楼，有格栅的圆形房间。我已经在图样上标出来了。”

“你这消息怎么来的？”

“从一个绰号叫‘蟋蟀’的人那儿来的，他是看守的士兵之一。他的叔叔是我们的人——基诺。”

“你打听消息动作挺快的。”

“分秒必争。基诺立刻就去了布里西盖拉，我们手里本来就有些图纸。藏身之地这份图纸是里瓦雷兹本人绘制的，从笔迹就看得出来。”

“看守他的士兵是些什么样的人？”

“这个我们还没有打听出来。蟋蟀也是刚到那个地方，对其他人一无所知。”

“我们必须从基诺那儿打听清楚蟋蟀是个什么样的人。政府打算怎么干，有消息吗？里瓦雷兹是会在布里西盖拉受审，还是会被带到拉韦纳？”

“这个，我们不知道。拉韦纳是教会省份的主要城市，根据法律，重大案件只能到拉韦纳的初审法庭审理。但是，在四大教会省份，法律说了不算；大权在握的那个人的喜好说了算。”

“他们不会带他去拉韦纳受审的。”米凯莱插了一句。

“你为什么这么认为呢？”

“我肯定。法拉利上校是布里西盖拉的军事总督，里瓦雷兹开枪打伤的那个军官是这位上校的侄儿。这位上校是个有仇必报的混蛋，绝对不会放过惩罚敌人的机会。”

“你觉得他会设法把里瓦雷兹留在这里？”

“我觉得他会设法绞死他。”

马尔蒂尼很快地看了吉玛一眼。她的脸色非常苍白，可听到这些话，表情依然没有变。显然，她早就想到这一点了。

“还是要走些过场，他才办得到，”吉玛平静地说道，“但也有可能他找个什么借口，开设军事法庭，然后说本镇的治安需要如此，做什么都名正言顺了。”

“但是，主教呢？他会同意这样的事情吗？”

“他在军务上没有审判权。”

“是没有，但他影响力大呀。没有主教的同意，总督也不会贸然行事吧？”

“那总督就得不到主教的同意了，”马尔科插嘴说道，“蒙塔内利过去一直都反对特别军事法庭[①]和诸如此类的东西。只要他们还让他在布里西盖拉当主教，就不会有大事。主教总是替囚犯说话的。我害怕的是他们把他带到拉韦纳，一旦到了那儿，他就没救了。”

“有我们在，他到不了那里，”米凯莱说道，“我们可以在路上营救他；但从城堡里救他，就是另一回事。”

---

① 战争期间或中止民权期间审理平民犯法行为的特别军事法庭。

“我觉得，”吉玛说道，“坐等他被转移到拉韦纳一点用都没有。我们必须在布里西盖拉动手，没有时间了。切萨雷，你和我最好一起看一看城堡的图纸，看能不能想出什么办法。我有个想法，但有个地方还行不通。”

“走吧，马尔科，”米凯莱站起来说道，“我们还是让他们研究方案。今天下午，我必须到福亚诺，我想你跟我一起去。温琴佐还没有把子弹发过来，昨天就应该到了。”

等这两个人走了之后，马尔蒂尼走到吉玛面前，默默地伸出自己的手。吉玛把手指头在他手里搁了一下。

“切萨雷，你一直都是好朋友，”她最后说道，“有麻烦，你总会出手相助。现在，我们来讨论图纸吧。”

第三章

“主教大人，我再次诚恳地告诉您，您的拒绝将会危及本地的治安。”

主教大人在教会身居高位，总督不得不保持尊敬的口吻，但他的声音中已经透露出一股火气来了。他的健康出了问题，他的妻子债台高筑，最近三个星期，他的脾气遭受了严峻的考验。愤怒而不满的民众，其危险情绪与日俱增；整个地区到处都是叛变，到处都藏有武器；驻防部队碌碌无为，忠诚与否很值得怀疑；他对自己的副官哀叹道，这个主教“纯粹就是固执的化身”，所有的这一切加在一起，几乎把他逼到了绝望的边缘。现在，他又摊上了牛虻这档子事，牛虻活脱脱就是恶魔的化身呀。

这个“西班牙的畸形恶魔”先是在集市上打伤了总督最心爱的侄子和他最得力的密探，接着再接再厉，又教唆卫兵，恐吓审问他的军官，“把监狱变成了驱狗逗熊的场所”。他被关在城堡里已经三个星期了，布里西盖拉当局本以为捡到了便宜，现在真心厌倦了这个家伙。他们一场接一场地审问他，凡是想得到的威胁、劝诱还有策略都用上了，可从他嘴里什么都掏不出来，抓住他的那天他们知道多少，现在还是知道多少。他们开始觉得，最好还是立刻把他押送到拉韦纳。可是，想要纠正这个错误已经晚了。当时，总督给教皇特使送去报告，说抓了这个人，他还特别请求特使允许自己亲自审问这个案子；特使已经恩准了他的请求，他已经没有退路了，毕竟不可能自取其辱地说自己不是犯人的对手呀。

就像吉玛和米凯莱预测的那样，总督大人自然就想到了用军事法庭来解决这个难题，这是唯一能够让他满意的解决方案了。蒙塔内利主教坚决不肯同意这一做法，这是最后一根稻草，他再也忍受不了了。

“我觉得，”他说道，“如果主教大人您知道我和我的助手们遭了这个家伙多少罪，您的看法可能就不一样了。您本着尽责的态度，拒绝非常规的司法程序，我完全理解，也表示尊敬；但这是个非常的案子，需要非常的做法。”

“没有哪个案子，”蒙塔内利回答道，“需要不公正的做法。用秘密军事法庭来审判一个平民，这种做法既不公平又不合法。”

“主教大人，这个案子是这样的：这个囚犯显然犯下了几项重罪。他参加了臭名昭著的萨维尼奥暴乱，如果不是他成功逃到了托斯卡纳大区，埃斯皮诺拉阁下肯定都已经枪毙他了，或是给挂到绞刑架上了。之后，他也不停地在策划谋反。他参加的是该国危害最大的秘密组织之一，大家都知道，他是这组织里的重要人物。不少于三名秘密警察遭到了暗杀，即使不是他策划的，也是他同意了的，他有重大嫌疑。这一次，他走私军火到教会省份，可以说是被抓了个现行。他武力拒捕，他开枪射击，两名执行公务的军官受了重伤；他是这个城市的安宁和秩序永久的威胁。在这样的情况下，我们有正当的理由开设军事法庭。”

“无论这个人做了什么，”蒙塔内利回答道，“他都有权根据法律受审。”

“普通的法律程序要耽搁时间呀，主教大人，这可是争分夺秒的案子。此外，我一直都在担心他会逃走。”

“如果有逃走的危险，那你就应该加强看守力度。”

“主教大人，我尽力而为，但这事我还得依靠监狱的人手，可那个人好像把他们都蛊惑了。三个星期，我就换了四次看守。我也惩罚了士兵，现在我也厌倦这样做了，没用呀。我没法禁止他们来来回回地递信件。这些蠢货好像把他当成女人了，一个个地都爱上了他。”

“这就奇怪了。他肯定有非同寻常之处。”

“有非同寻常的邪恶之处——请原谅，主教大人，但遇到这样的人，圣人都会失去耐性。说来真是难以置信，我不得不亲自审问这个人，普通军官再也受不了他了。”

“怎么会这样？”

“很难解释。主教大人，如果你亲自见过他受审的方式，你就会明白的。不知道的还以为审问官是罪犯，他是法官呢。”

“但是，他能做出什么可怕的事情呢？当然了，他可以拒绝回答你的问题，但除了沉默，他再也没有别的武器。”

“刺刀一样的舌头。主教大人，我们都是凡人，我们大多数人都犯过不想公布于众的错误。这是人的本性，谁都不想自己二十年前的小错被翻出来，受不了——”

“里瓦雷兹把审讯官以前的私人秘密翻了出来？”

“嗯，真的——这个可怜的家伙当骑兵军官时欠下了一笔债，然后就从军队的资金里借了一点款——”

“事实上，是偷了交给他保管的公款？”

“这当然是不对的，主教大人。但是，他朋友立刻就帮他补回了这笔钱，这件事情也就没有张扬出去——他是好人家的出身，自那以后，他一直都规规矩矩的。里瓦雷兹怎么知道了这件事，我搞不明白，但审问的时候，他首先就把这桩旧丑闻提出来，还是当着属下的面呀！他说这件事情时，表情无辜得就像是在祈祷！现在整个教会省份都知道这件事情了。如果主教大人能够在场听一次这样的审问，我肯定你就会明白了——他不必知道您在场的。您可以偷听——”

蒙塔内利转过身来，看着总督，脸上挂着少有的表情。

“我是教会的神父，”他说，“不是警察局的密探，偷听不在我的职责范围之内。”

“我——我不是想冒犯——”

“我觉得没有必要再继续讨论下去了。如果你愿意把囚犯送到这里来，我倒愿意同他谈一谈。”

“我斗胆奉劝主教大人不要这样做。这个人是绝对地不可救药。这一次，还是不要拘泥于法律条文，在他犯下更多的罪行前把他除掉更为安全，更为明智。听了阁下前面一番话后，我是战战兢兢才斗胆强调这一点。毕竟，我要对特使大人负责，维护这个城镇的秩序——”

“而我，”蒙塔内利打断他说道，“要对上帝负责，在我的教区，不能有欺诈的勾当。上校，既然你督促我办理这件事，我就要行使红衣主教的特权。和平时期，我不允许这座城镇开设秘密军事法庭。明天早上十点，我将在这里接见这位囚犯。”

“谨遵大人的意思。”总督带着愠怒的敬意说道。接着他就走了出去，自言自语地嘟囔道：“说到顽固不化，这两个人还真是旗鼓相当。”

关于见面的事情，他一个人都没有告诉；快到时间了，他才吩咐手下敲断囚犯的铁链，押着他朝府邸出发。他对受伤的侄儿说，巴兰之驴[①]最显赫的儿子发号施令，这已经够受的了，再不能冒险让士兵们串通里瓦雷兹和他的死党，企图在路上逃跑。

重兵押解之下的牛虻到了房间里，他看到蒙塔内利坐在摆满公文的书桌旁，往事顿时闪现在眼前：那是个炎热的盛夏下午，他坐在一个同这里差不多的书房里翻阅布道手稿。同这里的房间一样，百叶窗是关着的，免得外面的热浪钻进来，窗外传来叫卖水果的声音：“草莓，卖草莓了！”

他怒气冲冲地甩开眼前的头发，摆出了一个微笑的嘴型。

蒙塔内利从文件堆里抬起了头。

“你们可以在大厅里等候。”他对士兵们说道。

“主教大人，请您见谅，”中士压低了嗓门，明显神色紧张，“上校觉得这个囚犯很危险，最好——”

蒙塔内利的眼中突然闪过一道亮光。

“你们可以在大厅里等候。”他安静地重复说道。中士一边行礼，一

---

① 源自《圣经》故事，用来指代平时沉默驯服，却突然开口抗议的人。

边结结巴巴地道歉，一脸恐慌，带着手下离开了房间。

“请坐下。”等门关上了，主教说道。牛虻一声不吭地坐下了。

“里瓦雷兹先生，”停顿片刻之后，蒙塔内利开口说话了，“我想要问你几个问题，如果能得到你的回答，我不胜感激。”

牛虻微微笑了。“我现、现、现在的主、主、主要工作就是听人问话。”

“然后不回答？我有所耳闻。但那些问题是调查你案子的官员提出来的，他们的职责就是：利用你的回答作为呈堂证据。”

“那、那主教大人您的问题呢？”这话里话外都有暗讽的意思，主教立刻就听出来了，但他脸上依然还是亲切庄严的表情。

“我的问题，”他说，“无论你回答与否，都只有你知我知。如果我的问题涉及了你的政治秘密，你当然不会回答。如果没有，尽管我们素昧平生，我希望你能回答我，就算是帮我个人一个忙吧。”

“我非常乐意为主教大人效劳。”他微微一鞠躬说道，脸上的表情足以吓退最贪得无厌的人。

“第一个问题，据说你把武器走私到这一地区。准备用来干什么？”

“用、用来打、打耗子的。”

“这样回答可真可怕。你的同胞与你的想法不一样，在你眼里就都成了耗子？”

“有，有些是耗子。”

蒙塔内利靠在椅背上，静静地看了他一会儿。

“你手上那个是什么？”他突然问道。

牛虻看了一眼自己的左手。“有些耗子留下的牙、牙印。”

“对不起，我说的是另一只手，是新伤。”

纤细灵活的右手上满是刀伤和擦伤。牛虻举起了右手。手腕肿胀，上面有一道又深又长的黑色挫伤。

“正如你所见，小事一桩，”他说道，“那天托主教大人您的福”——说到这里，他又微微一鞠躬——“我被捕的时候，一个士兵踹的。”

蒙塔内利托起他的手腕，仔细看了看。“三个星期了，怎么会成现在这个样子了？”他问道，“都发炎了。”

“戴着铁铐，能好到哪里去呢。”

主教皱着眉头抬起了头。

“他们在新伤口上戴铁铐？”

“那、那是自然，主教大人，新伤口的用处就在于此。旧伤就没有多大用处了。旧伤只会痛而已，没有灼烧的那种感觉。”

蒙塔内利又用那种审视的目光看了他一眼，接着就站了起来，打开了一个装满手术器械的抽屉。

“把手给我。”他说道。

牛虻的面孔坚定得就像铸铁一般，他伸出了手，蒙塔内利冲洗了受伤的地方，小心翼翼地上了绷带。显然，他经常做这样的事情。

“我会给他们说说铁铐的事情，”他说道，“现在我想问你另一个问题：你打算干什么？”

“这、这个太好回答了，主教大人。能逃跑，就逃跑，逃不了，就去死。”

“为什么要‘去死’？”

“如果总督枪毙不了我，他就会送我去服苦役，对我来说，都、都是一回事。服苦役，我这身体，也是死路一条。”

蒙塔内利把一只胳膊放在桌子上，静静地思索着。牛虻没有干扰他。他靠在椅背上，半闭着眼睛，懒懒地享受着摆脱了铁铐的惬意感觉。

“假如，”蒙塔内利又说话了，“你成功逃脱了，你活着打算干什么？”

“我已经告诉主教大人您了呀，我会打死耗子。”

“你会打死耗子。也就是说，如果我让你从这儿逃走了，假如我有权力这样做，你就会利用你的自由来鼓动暴力和流血，而不是阻止这些事？”

牛虻抬起头来，看着墙上的十字架。“‘不是和平，而是宝剑’[①]——至、至少我应该跟好人在一起。就我自己而言，我更喜欢手枪。”

---

① 源自《圣经》，耶稣有一次曾对他的信徒说：“你们不要以为我带着和平来到世上；我带来的不是和平，而是宝剑。”

“里瓦雷兹先生，”主教还是那么沉着冷静，“到目前为止，我没有侮辱过你，也没有对你的信仰或是朋友出言不逊。我是不该认为你能同样做到有礼貌呢，还是你想让我觉得无神论者就不可能是绅士？”

“哈，我都、都给忘了。在基督徒的美德中，主教大人很看重礼貌。我记得您在佛罗伦萨的布道词，针对的就是我与你的匿名捍卫者之间的争、争辩。”

“我也想过就这个话题和你谈一谈。你能不能给我解释一下，为什么你对我特别怨恨？如果我只是碰巧成为你发泄的对象，那就另当别论。你的政治辩论方式是你自己的事情，我们现在不讨论政治。但是，我觉得当时你对我有私人怨恨。若是如此，我则乐于知道是我让你受过委屈，还是在某方面让你有理由如此了。”

让他受委屈！牛虻把缠着绷带的手举到了喉咙。“我必须给主教大人引用莎士比亚的一句话了，”他微微笑了一下说道，“似乎就像是一个人无法忍受一只无害且必要的猫[①]。我就是反感神父。一看到法衣，我就牙、牙疼。”

“哦，如果只是这种原因——”蒙塔内利做了个无所谓的手势，不再谈这个话题了。

“但是，”他补充道，“侮辱是一回事，颠倒是非就是另外一回事。你回应我的布道，说我知道匿名作者的身份，你错了——我并非指责你蓄意说谎——你说的不是事实。直到今天，我都不知道他的名字。”

牛虻把头扭向一边，看上去就像是一只聪明的知更鸟，他肃穆地盯着主教看了一下，接着他头一仰，放声大笑起来。

“多么圣洁呀！哦，你们这些过着田园般生活的人呀，多么单纯可爱呀——你猜不到！你没、没有看到魔鬼的象征吗？”

蒙塔内利站了起来。“里瓦雷兹先生，你是想说，争辩双方的人都是你？”

“这不光彩，我知道，”牛虻抬起他纯真的蓝色大眼睛回答道，“你都、都、都给一口吞了下去，就像是吞了一只牡蛎一样。那样做很不好，

① 出自《威尼斯商人》，意思就是个人好恶，没有原因。

但是，哦，真、真、真是太有趣了。”

蒙塔内利咬着嘴唇，再次坐了下来。他意识到，从一开始，牛虻就是想要他发脾气，他决定无论发生了什么，他都要克制，但他开始觉得总督的恼怒有道理了。三个星期的时间，每天审问牛虻两个小时，偶尔咒骂一句，应该得到原谅。

“我们不谈那个话题了，”他平静地说道，“我之所以要见你是为了这件事：作为红衣主教，在如何处理你的这件事上，如果我选择行使我的特权，我是有些发言权的。如果他们为了防止你对他人行使暴力而采用了非必要的暴力，我就要行使特权。因此，我叫你来，部分原因是想问问你有没有要投诉的——我会处理铁铐这件事的，但是，还有其他的原因——其中一个原因就是我觉得应该这样做——在发表我的意见前，我应该亲自看看你是什么样的一个人。”

“我没有什么可投诉的，主教大人。‘战争中，我们必须遵循战争的惯例’。我又不是在校学生，走、走、走私武器入境，还指望政府拍着我的肩膀赞许我。他们下狠手，这再自然不过了。至于我是什么样的人，之前我就给你浪漫地忏悔过一次。那还不够吗？你还、还、还想我再来一次？”

“我不懂你在说些什么。”蒙塔内利拿起铅笔转来转去，冷冷地说道。

“主教大人，您当然已经忘记了老迪亚哥，那个朝圣人了？”他突然改变了说话的声音，开始用迪亚哥的腔调说话：“我是一个可怜的罪人——”

铅笔在蒙塔内利手中啪的一声断掉了。“太过分了！”他说道。

牛虻把头靠在椅背上，微微地笑了一下，坐在那里看着主教大人默默地在房间里走来走去。

“里瓦雷兹先生，”蒙塔内利终于停下了脚步，站到了他面前，“即使是面对不共戴天的死敌，任何一个出自娘胎的人都不肯做出你对我犯下的事。你窥探了我私下的悲伤，你嘲笑玩弄了同胞的伤心事。我再次请求你告诉我：我是否委屈过你？如若没有，你为什么要如此无情地玩弄我？”

牛虻靠在椅子背垫上，抬起头来，脸上挂着他那微妙的，冷冷的，不可捉摸的微笑。

“觉得好、好、好玩，主教大人。什么事情你都放在心上，这就让我有点想、想起了杂耍表演——”

蒙塔内利气得嘴唇都发白了，转身摇铃叫人。

“你们可以把犯人带回去了。”卫士进来的时候，他说道。

等他们走了，他坐在了书桌旁，他从未这样愤慨过，依然气得发抖，接着他就拿起了一堆教区神父呈交上来的报告。

不一会儿，他推开文件，双手捂着脸，靠在了书桌上。牛虻好像在这个房间里留下了他可怕的影子，留下了他幽灵般的痕迹，阴魂不散。蒙塔内利坐在那里，畏畏缩缩，瑟瑟发抖，他不敢抬起头来，虽然明知道没有，可他怕看见那幽灵般的存在。这不是他的幻觉，只是他疲劳过度后的想象。可是，对于那影子般的存在，他感到一种无法言状的恐惧——那受伤的手，那样的笑容，那刀子一样的嘴巴，那神秘的眼睛，就像深海的海水——

他摇摇头，赶走自己的想象，埋头开始工作。他整天都在忙，一点空都没有，没有再为那件事烦恼。夜深了，他走向卧室，就在跨过房门的那一刹那，他停了下来，恐怖突然涌上了他的心头。要是在睡梦中看见它会怎样？他立刻恢复了常态，跪在十字架前祈祷。

但是，他躺在那里，整夜未眠。

第四章

虽然愤怒，但蒙塔内利也没有忘记自己的承诺。他强烈反对给牛虻戴铁链，倒霉的总督已经是智穷计尽，绝望中，他不顾一切地敲掉了锁链。他一肚子委屈，朝着自己的副官嘟囔道：“谁知道下一步主教大人又要反对什么呢？不过是戴了一副手铐，他就说‘残忍’，过不了多久，他可能就要惊叫着反对窗户上的铁栏了，或是想要我用牡蛎和松露来招待里瓦雷兹。我年轻时，犯人就是犯人，就该是犯人的待遇，大家都觉得叛国者和小偷没什么两样。但是，到了现在，煽动闹事居然成了时髦的事情，主教大人似乎是想鼓励这地方的恶棍闹事。”

“我不明白他为什么要插手干预，”副官说道，“他又不是特使，在民事和军事上是没有权威的。根据法律——”

“谈论法律有什么用？圣父打开了监狱，把那帮子自由主义者都放了出来，这之后，你就甭指望谁来尊重法律了！这完全就是胡闹！蒙塔内利阁下当然要摆摆架子。上任教皇在的时候，他安静着呢，现在却不可一世。他立刻就得宠了，自然可以为所欲为。我怎么才能反对他呢？他或许有梵蒂冈的秘密授权，谁知道呢。现在，什么都是黑白颠倒。谁都说不清明天又是个什么样子。以前多好呀，该怎么样都是清清楚楚的，可是现在——”

总督伤感地摇摇头。红衣主教要过问监狱规章这种小事，口口声声还说着政治犯的“权利”，这样的世界对于总督大人来说真是变得太复杂了。

牛虻精神亢奋，几近歇斯底里地回到了城堡里。同蒙塔内利见面，他的忍耐几乎到了极限。只是因为绝望，他才残忍地说出杂耍表演，这样说只为了终止这次谈话，否则，不出五分钟，他就会泪流满面。

这天下午他又被带去审问，面对所有的问题，他只是发出一阵阵神经质的大笑。最后总督完全没有了耐心，大发脾气，开始咒骂起来，他笑得更厉害了。倒霉的总督暴跳如雷，威胁要给这个顽固不化的犯人动用难以承受的酷刑。最后，正如詹姆斯·伯顿老早就总结过的，与不可理喻的人争论只是白费口舌和精力。

牛虻又被带回了牢房。他躺在木板床上，陷入了一种黑暗绝望的抑郁情绪中，他疯癫狂躁后总会这样。他躺在那里一动不动，什么都没想，一直躺到夜晚降临。经历了上午激烈的情绪冲动后，他进入了一种奇怪的半冷漠的状态，他感觉自己的苦难不过是一种木然呆板的负担，压在了某件已经忘记了自己还有灵魂的木头物件上。事实上，这一切如何了结已经无关紧要了。对于任何有感觉的存在而言，要紧的一件事就是摆脱痛苦，解脱从何而来？是条件发生了改变，还是丧失了感受的能力？这都无关紧要。也许，他能够逃走，也许他们会杀了他。逃走也好，被杀也好，他都再也见不到神父了，一切都是精神上的虚妄和烦恼。

一个看守给他端来了晚饭，牛虻昏沉沉地满不在乎地抬起了头。

“几点了？”

“六点了，你的晚饭，先生。”

他厌恶地看着这份半冷不热的馊饭，转过了头。他精神上觉得压抑，身体上也不舒服，看到食物就觉得恶心。

“不吃东西会生病的，”士兵赶忙说道，“怎么也要吃点面包，吃了会觉得好点的。”

他说得非常诚恳，从盘子里拿起一块湿透的面包，然后又放下了。牛虻恢复了革命党人的警觉，他立刻猜出面包里藏有东西。

“你放下吧，我过会儿就吃点。”他漫不经心地说道。门开着呢，他知道中士站在台阶上，听得见他们说的每一个字。

门关上了，他侦察了一下，确定没有人从门上的窥视孔往里张望。他拿起一块面包，小心翼翼地把它捏碎。他在面包中间找到了自己想要的东西，一把小锉子，锉子外面还包了一张小纸片，上面写有几个字。他小心地摊开纸片，拿到仅有的一点亮光处仔细辨认。纸很薄，面积又这么小，上面的字很难辨认。

“门开着，也没有月光。用锉子，要快，在两点和三点之间从通道走出来。我们一切准备就绪，只有这一次机会。”

他狂热地把纸条捏在手里。所有的准备工作已经就绪，他只需要锉开窗户上的铁栏。太幸运了，他的铁链已经被摘下了，就不用多费时间了。一共有多少根铁栏？二根、四根。每根铁栏要锉两个地方，那就是锉八个地方。哦，如果动作快，半夜之前就能完成。这么快吉玛和马尔蒂尼就策划好一切了——伪装，护照，还有藏身之地，他们怎么办到的？他们肯定累得半死。最后还是采用她的方案了。只要方案好，是不是她的又有什么关系呢。他还真是蠢，他也暗自笑了笑。但是，吉玛想到了让他利用地下通道逃跑，他还是忍不住为此而高兴，之前走私贩子建议用绳梯。吉玛的方案更复杂更困难，可利用地下通道，就不用结果东墙外执勤看守的性命了。因此，当两个方案摆在他面前的时候，他毫不犹豫地选择了吉玛的。

安排是这样的：那个绰号叫“蟋蟀”的看守朋友要避开其他看守，抓住机会打开从院子通往壁垒下面地下通道的铁门，然后再把钥匙放回看守室的挂钩上。牛虻收到消息后，就用锉子锉开窗户上的铁栏，撕开衬衣，编成绳子，吊到院子的东墙上。到了墙头，哨兵看向别的方向时，他就手脚并用沿着墙头爬行，如果哨兵朝他的方向张望，就趴着别动。东南角落上有个坍塌了一半的炮塔。剩下的墙体没有倒，一方面是因为有浓密的常春藤支撑着，还有就是因为坍塌的石头都倒在了炮塔里面，顶着残墙。他要从塔楼上顺着常春藤和石头攀爬到院子里，然后轻轻打开铁门，沿着地下通道到达与之相通的地道里。数百年前，这个地道是城堡和附近山头的一个高塔之间的秘密通道，如今已经废弃不用，落下的石头把很多地方都堵上了。有个隐藏得很好的山洞通往这个地道，只有走私贩子才知道。谁都不会想到违禁物资常常藏在城堡的壁垒下面，一藏就是数个星期，而海关官员却跑到敢怒不敢言的山民家里翻上翻下。牛虻就是要经过这个洞爬到山边，然后趁着夜色逃到另一个僻静的地方，马尔蒂尼和走私贩子会在那里等他。可是在夜晚巡逻之后，拿钥匙打开铁门，这样的机会不是每天都有，这是个大问题；如果有月亮，吊着绳索从窗户滑到墙头就有被哨兵发现的危险。今晚有很大的胜算，不容错过。

他坐下来，开始吃些面包。除了面包，其他的监狱食物都让他恶心，他必须吃点东西保存体力。

他最好先躺下睡一会，十点之后才能锉铁栏，否则太不安全；他要累上一夜呢。

不管怎样，神父想过要让他逃跑！神父就是那样的人。但他本人却不会同意的。绝对不会同意的！如果要逃走，那也是他自己逃，或是同志们帮他逃；他不会接受神父的恩惠。

天气好热！今晚肯定会有雷雨，空气闷得让人喘不过气。他枕着缠着绷带的右手，在床板上扭来扭去，然后又把右手拿出来。一种跳动的烧灼的疼痛！旧伤也开始隐隐作痛。这些伤口到底怎么了？哦，荒唐！不过是雷雨天气而已。在开锉之前，他要睡一下，休息一会儿。

要锉八个地方，全都是又粗又结实的铁栏杆！还有多少根要锉？肯定没多少了。他锉了几个小时了——好长的时间了——是的，正因为如此，他的胳膊才这么疼——好疼呀，疼到骨子里了！锉东西怎么会让他身体的一侧这么疼；瘸腿也有一种跳动的灼烧痛感——这也是因为锉东西吗？

他突然坐了起来。不，他没有睡着；他睁着眼睛在做梦，他梦见锉断了铁栏，可铁栏还在那儿等着他锉呢，坚固牢靠，完好如初。远处的钟楼传来十下敲钟的声音。他必须开始工作了。

他从窥视孔往外看，没有监视的人，于是他从胸口处拿出一个锉子。

……

不，他没事的—— 一点儿事都没有！都是幻觉。他身体侧面的疼痛是消化不良，或是受寒了，诸如此类的小病。三个星期待在牢房里，这样的食物，这样的空气，有点毛病也不奇怪。至于那种跳动的痛楚，一部分是源于精神压力，一部分是缺少运动。是的，毫无疑问，就是这样的，缺少运动。以前竟然没有想到这一点，真是奇怪呀！

不过，他得坐一下，等疼痛过去了再干。用不了一两分钟，就会过去的。

坐着不动，就更疼了。他坐着不动，就只能听任疼痛的摆布，他担心起来，脸都变白了。不，他必须站起来，开始工作，忘掉疼痛。疼不疼应该由他说了算，他不会去感受疼痛的，他要把疼痛逼回去。

他又站了起来，大声清晰地对自己说：

“我没有病，我没有时间生病。我有铁栏要锉，我不会生病。”

接着，他就开始锉了。

十点十五分——十点三十分——十点四十五分——他锉呀锉呀，每一道刺耳的声音都像是锉刀在锉他的身体和大脑。“真不知道哪一个会被先锉断，”他微微笑了笑说道，“是我，还是铁栏？”接着，他咬紧牙关，继续锉下去。

十一点三十分。他还在锉，手已经肿胀僵硬了，快拿不住工具了。不，他不敢停下来休息。他一旦停下这件可怕的工具，他就再也没有了重新开始的勇气。

门外响起了哨兵的动静，他的卡宾枪柄碰到门框。牛虻停了下来，四处张望，手里还拿着锉子。发现他了？

一个小团从窥视孔里扔了进来，落在了地上。他放下锉子，弯腰捡起了那个圆团子。一张卷起来的字条。

……

他不断地往下掉，往下掉，黑色的海浪咆哮着朝他涌来！

啊，是的！他只是弯下腰捡个字条。他有点头晕。很多人弯腰的时候都头晕。他没事的，一点事都没有。

他捡起字条，走到亮处，平静地打开。

“无论怎样，今晚行动。蟋蟀明天就要调到其他地方去了。这是我们唯一的机会。”

他毁掉了这张字条，先前的那张也用同样的方法毁掉了，接着他又拿起了工具，回去锉铁栏了，他一言不发，固执而绝望。

一点钟。他工作三个小时了，已经锉开了六个地方，再有两个地方，他就爬——

他开始回想以前病痛突然来袭的时候。最近的一次是在新年，当时他病了五天五夜，想到这里，他不寒而栗。但是，那一次病痛来得没有这么突然，从来没有这么突然过。

他丢下锉子，茫然地伸开双手，他完全绝望了，他在祈祷，自从成为了无神论者后，他还是第一次祈祷。他对着任何东西祈祷——不对任何东西祈祷——他对着所有的东西祈祷。

“不要在今晚！哦，让我明天再生病吧！明天，我什么都愿意忍受——只要不是在今晚！”

他双手放在太阳穴，一动不动地站了一会儿，接着他又拿起锉子，继续工作了。

一点半。他开始锉最后一处了。他的衬衣袖子已经被咬成了碎片；他的嘴唇上有血，眼前血蒙蒙一片，他不停地锉着，锉着，锉着，头上的汗珠一颗颗地滚落下来——

……

日出之后，蒙塔内利睡着了。整晚无休无眠的痛苦之后，他安稳地睡了一会儿，接着他就开始做梦。

最开始，他的梦境模糊混乱，破碎的影像和幻觉一个接着一个，飘忽不定，毫无联系，但都隐隐约约地透着同样的挣扎和痛苦，同样的无可言状的恐惧阴影。不一会儿，他就开始梦到无眠，多年来，这个可怕熟悉的梦境一直折磨着他。即使在梦境中，他都知道自己曾经做过这样的梦。

梦境中，他在旷野中游荡，就想找个安静的地方躺下睡觉。到处都是走来走去的人，说话声、笑声、叫声、祈祷声、铃声，还有铁器撞击的声音，都混在了一起。有时，他会离吵闹声远一点，在草地上，在木椅上，在石板上躺下来。他闭上眼睛，用双手捂着眼睛挡住阳光，他对自己说："现在，我可以睡觉了。"接着，人群就会蜂拥而来，他们叫着，吵着，喊着他的名字，请求他："醒醒！快醒醒，我们需要你！"

接着，他回到了大府邸，到处都是精美的房间，房间里有床，有靠椅，有软绵绵的躺椅沙发。天已经黑了，他对自己说道："我终于可以找个安静的地方睡觉了。"他选了一个没有光的房间，刚刚躺下，一个人就拿着灯走了进来，无情的灯光照进他的眼睛，那个人说道："起来，有人找您。"

他起身，一路摇摇晃晃地走着，就像个受了致命伤的动物。他听到钟声，已经是一点了，夜晚已经过去了一半，宝贵的夜晚是如此的短暂。两点、三点、四点、五点——到了六点，整个城镇的人都会醒来，这里就再也没有安静。

他走进另一个房间，刚想躺在一张床上，一个人从枕头上坐了起来，叫喊道："这是我的床！"他从心底感到绝望，退缩着走掉了。

钟声一阵阵地响起，他还是在漫无目的地走着，从一个房间走到另一个房间，从这栋房子走到那栋房子，从这个走廊走到那个走廊。东边已经泛起可怕的灰白色，曙光越来越近了，钟声敲响了五下。夜晚已经过去了，他没能休息。哦，痛苦呀！又是一天——又是一天来到了！

他走在一个长长的地下走廊里，低矮的拱形走廊，似乎看不到尽头。走廊里到处都是明晃晃的灯盏和枝形吊灯。透过格栅的洞顶，他听到了跳舞的脚步声、笑声和快乐的音乐。头顶上，在活人的世界里无疑是在举行庆祝活动。哦，只要能找到个藏身睡觉的地方，一个小地方，即使是坟墓也可以！他这样说着，一下就栽进了一个敞开的坟墓里。一个敞开的坟墓，带着死亡和腐烂的气息——有什么关系呢，他终于可以睡觉了！

“这是我的坟墓！”是格拉迪斯。她抬起头来，透过腐烂的尸衣瞪着他。他跪了下来，张开双臂要拥抱她。

“格拉迪斯！格拉迪斯！可怜可怜我吧，让我爬进这个小地方，睡上一觉。我不祈求你的爱，我不会碰你的，我也不会同你说话。我只求让我躺在你身边，睡上一会儿。哦，我的爱，我很长时间没有睡过觉了！我再也无法忍受了。我的灵魂在亮光下不得安宁，我的大脑在噪声中成了齑粉。格拉迪斯，让我躺进来睡觉吧！”

他想要把格拉迪斯的裹尸布拿来遮住眼睛。但她往一边缩，尖声叫道：

“这是亵渎神灵，您是神父！”

他又继续游荡，来到了海边，刺眼的阳光直射到光秃秃的岩石上，海水无休止地发出躁动的低声哀鸣。“哈！”他说道，“大海会慈悲些，它也倦怠无休。”

这时，亚瑟从大海深处冒出来，大声叫道：

“这是我的大海！”

……

“主教大人！主教大人！”

蒙塔内利惊醒过来。他的仆人正在敲门。他机械地起身，打开了门，仆人看到了他一脸狂野惊恐的样子。

“主教大人——您生病了？”

他两只手交替抹了抹额头。

“没有，我在睡觉，你惊醒了我。”

“非常抱歉。我觉得很早就听到你起来了，我还以为——”

“现在很晚了？”

“九点钟了，总督前来拜访。他说他有非常重要的事情，知道主教大人一贯早起——”

“他在楼下？我马上就下来。”

他穿好衣服，来到楼下。

“冒昧前来拜访主教大人，我失礼了。”总督开口说道。

"不是什么大事吧？"

"非常大的事情。里瓦雷兹差一点就逃走了。"

"哦，只要没有逃走，就没有造成危害。怎么一回事？"

"他在院子里被人发现了，就靠在那道小铁门上。凌晨三点，巡逻出来视察院子，有人差点被地上的东西绊倒。他们拿来灯，那么一照，结果看到了里瓦雷兹不省人事地横躺在小路上。他们立刻发出警报，把我叫了起来。我去查看了他的牢房，发现所有的窗户铁栏都被锉断了，衬衣撕烂后做成的绳子还挂在上面。他吊着绳子溜了下去，沿着墙头爬了下去。通往地下通道的铁门是打开着的，看起来应该是看守被收买了。"

"可是，他怎么横躺在小路上了呢？是他从壁垒上摔了下来，受伤了？"

"最开始我也是这么想的，主教大人。但狱医没有发现摔伤的痕迹。昨天执勤的士兵说，他昨晚送晚饭过去的时候，里瓦雷兹看上去病得不轻，什么东西都没有吃。但是，他肯定是胡说八道，一个生病的人怎么可能锉开铁栏，还从房顶上爬下来呢。这个道理说不通。"

"他本人有没有什么说法？"

"主教大人，他还在昏迷当中。"

"还昏迷着？"

"时不时地会陷入半清醒的状态，然后就呻吟，接着又昏过去。"

"很奇怪。医生觉得是怎么一回事？"

"他也不知道是怎么回事。若是心脏病突发，倒也说得通，可是又不像是心脏病。不管是哪一回事，这次都是突然发作的，就差那么一点儿，他就成功逃走了。在我看来，我觉得是仁慈的上天突然插手，将他击倒在地。"

蒙塔内利微微皱了一下眉头。

"你准备拿他怎么办？"他问道。

"就这一两天，我就会解决这个问题。同时，我也好好接受了一次教训。这就是拿掉铁链的后果——无意冒犯主教大人您。"

"我希望，"蒙塔内利打断他的话说道，"至少在他生病期间，你不要重新给他戴上铁铐。一个人处在你所描述的状态中，是无法逃走的。"

“我会费心的，他跑不了了，”总督一边往外走，一边自己嘟囔道，“主教大人尽管发慈悲好了，我才不管呢。里瓦雷兹现在就被铐得牢牢的，管他生病不生病，一直都会这样。”

……

“怎么会这样呢？什么都准备好了，都到了铁门门口了，在最后关头晕倒！这就像是恶毒的笑话。”

“我说呀，”马尔蒂尼回答道，“我能想到的是他肯定是已经发病了，一直拼命坚持着，最后到了院子里，完全是因为筋疲力尽，就晕倒了。”

马尔科内狠命地掸了掸烟斗上的烟灰。

“嗯。不管怎样，只有这样了。现在，我们再也帮不上他了，可怜的家伙。”

“可怜的家伙！”马尔蒂尼轻声重复道。他也开始意识到，没有了牛虻，这个世界看上去是那么的空旷惨淡。

“她怎么想？”走私贩子看了一眼房间的另一头。吉玛一个人坐在那里，手懒懒地放在膝盖上，眼睛空洞地直视前方。

“我还没有问过她。我把消息告诉她后，她就没有说过话。我们最好不要去打搅她。”

她似乎没有意识到他们的存在，但他们都压低了嗓子说话，好像是面对一具尸体一般。一阵沉闷之后，马尔科内站了起来，放下了烟斗。

“我今晚再来。”他说道。但马尔蒂尼做了个手势叫他不要走。

“先不要走，我有话给你讲。”他的嗓门压得更低了，然后就是用耳语一般的声音说话。

“你真的觉得没有希望了？”

“现在，我看不到哪里还有希望。我们不能再试了。即使他身体好，能够完成他那份儿，我们这一份都做不了。哨兵涉嫌，全部都被换掉了。你应该懂的，‘蟋蟀’找不到第二次机会了。”

“你不觉得，”马尔蒂尼突然问道，“等他康复了，可以通过引开哨兵做点什么？”

“引开哨兵，你是什么意思？”

“嗯，我想，在基督圣体节那天，等游行队伍通过城堡附近的时候，我冲到总督面前，朝他脸上开一枪，所有的哨兵都会冲出来抓住我，也许你的手下就能趁着混乱救出里瓦雷兹。这个还算不上什么计划，这是我的一个想法。”

“我觉得可能行不通，”马尔科内表情严肃地回答道，“想要做成这件事，肯定得周密考虑一番。但是”——他打住话头，看着马尔蒂尼——“如果可能的话——你愿意这样做吗？”

平时，马尔蒂尼是个克制的人；但这不是平时。他直盯盯地看着走私贩子的脸。

“我会这样做吗？”他重复说道，“看看她吧！”

不需要进一步解释了。这一句话就足够了。马尔科内转过头，朝房间另一头看过去。

从他们谈话开始，她就没有动弹过。她的脸上没有疑惑、没有恐惧，甚至没有悲伤，她的脸上除了死亡的阴影，就什么都没有了。看着她，走私贩子的眼睛里噙满了泪水。

“快来，米凯莱！”他说着就推开阳台的门，朝外望去。“你们两个准备好了没？还有好多事情要做呢！”

基诺跟着米凯莱从阳台走了进来。

“我准备好了，”米凯莱说道，“我只想问问夫人——”

他说着就朝吉玛走去，马尔蒂尼一把抓住了他的胳膊。

“不要打搅她，最好让她一个人待着。”

“不要管她！”马尔科内补充道，“我们瞎搅和也没用的。天，我们都难以接受，就更不要说她了，可怜的人儿！”

第五章

一个星期，牛虻都躺在那里，病情危急。这次发病来势很猛。总督又恐惧又焦虑，做法来得残忍，他不仅用铁链铐住了牛虻的手和脚，还用皮带把牛虻结结实实地捆在床板上，只要稍微动一动，皮带就会勒得皮肉生疼。牛虻坚忍不拔地忍受了这一切，就这样到了第六天。他的尊严彻底崩溃了，他可怜兮兮地请求狱医给他一剂鸦片。医生倒是乐意给他鸦片，可总督听到这个请求，厉声制止了“这种蠢行”。

“你怎么知道他拿鸦片来干吗？”他说道，“有可能他一直都是在装模作样，然后就讨要鸦片给哨兵下药，诸如此类的行为了。里瓦雷兹狡猾得很，什么都干得出来。”

“我自己亲自给他喂进去，不会让他给哨兵下药的，”医生忍不住笑了出来，“至于说装模作样——怕是没有多大可能。他很有可能就要死了。”

“不管怎样，我就是不允许给。想要别人对他好点，就应该表现得好一些。他就该受到严厉的惩罚。说来，这也是给他一个教训，看他还敢不敢锉窗户铁栏。”

“可是，法律是不允许酷刑的，”医生斗胆说道，“这差不多就是酷刑了。”

“我想，法律可没有提及鸦片。”总督恶狠狠地说道。

“上校，当然了，您说了算。但我希望您怎么也要把皮带解开。完全没有必要，只能白白增加他的痛苦。他现在逃不掉的。即使您让他走，他都站不起来。”

“我的好先生，同其他人没什么两样，医生也会犯错的。把他绑起来才安全，他就这样了。”

“那至少把皮带绑得松一点。绑得这么紧，真是太残忍了。”

“就这样不动。先生，谢谢你同我谈论残忍的事情。我这样做，必定有这样做的理由。”

第七天晚上就这样过去了，牛虻没有得到鸦片止痛。整夜都听着撕心裂肺的呻吟，站在牢门外面的士兵惊悚不安，一次又一次地在胸前画着十字。牛虻的承受力已经崩溃了。

早上六点钟，哨兵就要换岗了，他轻轻打开门，走进了牢房。哨兵知道自己是在严重违纪，但他实在是受不了了，在离开之前，他必须说一句友好的话来安慰一下。

他看到牛虻一动不动地躺着，眼睛紧闭，嘴张着。他默默地站了一下，接着就俯身问道：

“先生，我能为你做点什么吗？我只有一分钟时间。”

牛虻睁开了眼睛。“别管我！”他呻吟道，“别管我——”

士兵还没有溜回岗哨，牛虻就又睡着了。

十天之后，总督又去拜访主教大人，结果主教到彼埃维迪奥塔沃看望一个病人去了，要到下午才会回来。到了傍晚，总督正要坐下吃晚饭，仆人前来通报说：

“主教大人有话要对您说。”

总督匆匆往镜子里扫了一眼，看自己的制服是否穿得齐整，他摆出了最庄严的气度，走到了会客厅。蒙塔内利坐在那里，一只手轻轻地拍打着椅子的扶手，眼睛看着窗外，眉宇之间有一丝焦虑的神情。

“我听说你今天来见我。”他打断了总督礼节性的套话，态度略微有些傲慢，同当地百姓说话的时候，他从来不会这样。“你有事前来，可能就是我本来就想同你说的那件事。”

“是关于里瓦雷兹的，主教大人。”

“我想也是。最近几天我一直都在想这件事。但是，在我们开始谈之前，我想听听你有没有新消息要告诉我。”

总督尴尬地捋了捋胡须。

“其实，我是想听听主教大人有没有什么要告诉我的。如果您依旧反对我的提议，我将会非常乐意聆听您的教诲。说实在的，我已经不知道怎么做了。”

“有什么新的困难？”

“只是到了下个星期四就是六月三号了——是基督圣体节——尽可能把这件事情在此之前解决了。”

“没错，星期四是基督圣体节。但为什么特别要在此之前把事情解决了？”

“如果我看起来有违背您之处，主教大人，我真是万分抱歉；可如果不在此之前除掉里瓦雷兹，我就不能保证本城的安宁了。主教大人，您也知道，到了那天，山里最粗野的山民都会聚集此地，他们绝对有可能会尝试冲进城堡，劫走他的。但有我在，即使我不得不用火药枪弹扫射他们，我也不会让他们得逞的。可是，在天黑之前，很有可能就有那种事情要发生。在罗马涅，人们生性野蛮粗鲁，一旦拿出刀子来——"

"我认为，只要稍加小心，我们就能防止事态扩大，不至于拔刀相见。我一直觉得，只要合理相待，这个地区的人相处起来非常容易。当然了，你一旦开始恐吓或是强迫，这里的人就变得无法无天。但是，你有理由怀疑他们正在酝酿新的救援计划吗？"

"昨天和今天早上，我的心腹密探告诉我的，说整个地区流言四起，显然有人图谋不轨。但细节信息无从得知，如果能打探到消息，做些防备就容易多了。在我看来，那天差点就让他给逃走了，我觉得还是保险为上。里瓦雷兹是个狡猾的狐狸，对付他，怎么小心都不为过。"

"上次听说里瓦雷兹病得厉害，既不能动弹，也不能说话。他恢复了没有呢？"

"现在似乎是好多了，主教大人。他肯定是病得厉害——否则就是时时刻刻都在装模作样。"

"你这样说有理由吗？"

"嗯，医生似乎很确认他是真生病了。但是，这病还真是奇怪。不管怎样，他在康复之中，而且是更难管教了。"

"他又做了什么？"

"幸好他做不了太多的事情，"总督想起了皮带，就笑了起来，"但是，他的行为真是无法形容。昨天早上我到牢房里问他几个问题。他的身体还是不太好，不能到我面前受审——说真的，我觉得在他完全康复之前，还是不要冒险让别人看到他。这些荒诞的故事一下子就传开了。"

"于是你去那儿审问他了？"

"是的，主教大人。我原本还希望他能通情达理些。"

蒙塔内利仔细地打量着他，就好像在审视某种讨厌的新型动物。还好，总督正在把弄他佩剑的腰带，没有看到这个表情。他继续平静地说道：

"我并没有对他特别严厉，只是不得不严格待他——尤其又是在军事监狱里。我觉得也许对他宽容一点，效果会不错。我提出，如果他能够规规矩矩的，我就宽松对他。主教大人，您猜他是怎么回答我的？他就像是一只关在笼子里的狼，看了我有一分钟的时间，然后轻柔地说道：‘上校，我没法站起来勒死你，但我的牙可非常好使，你的脖子最好离我远点。’他就像野猫一样凶恶。”

“听到这话，我不惊奇，”蒙塔内利平静地说道，“我来是想问你一个问题。你是真的认为里瓦雷兹待在监狱里会严重威胁该地区的安宁吗？”

“我非常肯定，主教大人。”

“你认为，如果要避免流血，绝对有必要在基督圣体节之前把他除掉？”

“我只能说，如果星期四他还在这儿，我觉得圣体节上肯定会有冲突，很有可能是严重的冲突。”

“你觉得，如果他不在这里，就不会有这样的危险？”

“如果他不在，根本就不会发生骚乱，至多也就是吵嚷几句再扔扔石头。如果主教大人有法子除掉他，我就能负责维护秩序。否则，我觉得会出大乱子。我确定有人在筹划新的救援行动，星期四就是他们动手的日子。如果到了那天早上，他们突然发现他根本就不在城堡里，他们的计划自然就落空了，他们就没有了动手的借口。如果我们被迫要跟他们交手，一群群的人，匕首一旦亮出来，不到天黑，整个地方都烧成了灰烬。”

“那你为什么不把他送到拉韦纳？”

“苍天在上，主教大人，要是能那样，我就谢天谢地了！我怎样才能防止他的同党半道上把他救走呢？我没有足够的兵力抵挡武装袭击。那些山里人都有刀、火药枪，或是诸如此类的东西。”

“那你仍然坚持召开军事法庭，还希望得到我的同意？”

“对不起，主教大人，我只请求您一件事情——帮助我预防暴动和流血。我也要爽快承认，像弗雷迪上校那样的军事法庭，有时真是太过分了，那样的军事法庭只会激起民愤，而不会让他们顺从。但是，对于这个案子而言，军事法庭则是明智之举，长期看来，还是仁慈之举。这一次，开设军事法庭能够防止暴动，暴动本身就是灾难了，而且暴动还有可能促使教皇陛下回归业已废除的军事法庭。”

总督非常庄重地讲完了这番话，等着红衣主教的回答。主教沉默了很久，等他一开口，却大为出乎意料。

“法拉利上校，你相信上帝吗？”

“主教大人！”上校倒吸了一口气，惊讶地说道。

“你相信上帝吗？”蒙塔内利重复了一遍，站了起来，低头看着他，目光坚定而敏锐。上校也站了起来。

“主教大人，我是基督徒，从未犯下过不能饶恕的罪恶。”

蒙塔内利举起了挂在胸口的十字架。

“救世主为你而死，你对着他的十字架发誓，你对我所说的都是真话。”

上校一动不动地站着，木然地瞪着十字架。他有些迷茫了，不知道到底是他疯了，还是红衣主教疯了。

“你请求，”蒙塔内利继续说道，“让我同意让一个人去死。如果你敢，就吻一下十字架，告诉我，除了这个办法，你别无他法制止更大的流血事件。记住了，如果你在说谎，你就是危及自己不朽的灵魂。”

总督顿了一下，弯下腰，把十字架放在了嘴唇上。

“别无他法。”他说道。

蒙塔内利慢慢转过身去。

“明天我会给你明确的答复。但是，我必须要先见到里瓦雷兹，单独同他说说话。”

“主教大人——如果我能说句话——我确信您会后悔的。至于说到这一点，他昨天让看守给我捎了个消息，说要见主教大人您。但是，我就当没听见，因为——”

“就当没听见！”蒙塔内利重复道，“他处在那样的状况下，给你捎了口信，你就当没听见？”

“如果惹您不悦了，我非常抱歉。我不想因这样无礼的要求打搅您；我是太了解他了，他只是想要侮辱您。真的，如果我能冒昧说一句，现在独自接近他都是非常莽撞的行为，他真的是非常危险——真的如此呀，事实上，我觉得有必要使用某种温和的身体限制——”

“一个病重的人手无寸铁，而且还在温和的身体限制之下，你真觉得他会有多大危险吗”蒙塔内利平静温和地说道。上校感受到了他平静的鄙视，被刺痛了，气愤得满脸通红。

“主教大人，按照您的心意来办吧，”他说话的态度极为僵硬，“我只是希望您免受这个人恶毒的亵渎之词。”

“要么就是听到亵渎之词，要么就是放弃身处绝境的同胞，对于基督徒而言，你觉得哪一个更为伤感不幸呢？”

总督笔直僵硬地站着，挂着一副冠冕堂皇的表情，就像是木头刻成的脸庞。蒙塔内利的态度让他觉得很受伤害，他就表现得异常礼节周到，以此表示不悦。

“主教大人，您想什么时候见犯人？”他问道。

“我立刻就去见他。”

“悉听尊便。如果您能赏光等上几分钟，我这就派人让他准备准备。”

总督立刻就从他冠冕堂皇的模式中跳了出来。他不想蒙塔内利看到皮带。

“谢谢。不用准备，就这样见他吧。我直接就去城堡，上校，祝你晚安。明天，我就会答复你的。”

第六章

听到牢门打开了，牛虻倦怠无聊地朝另一边看去。他以为又是总督用审讯来烦他了。几个士兵爬上了窄窄的楼梯，马枪碰到了墙壁，发出丁丁当当的声音。接着一个毕恭毕敬的声音说道：“楼梯很陡，主教大人。”

他抽搐般地要坐起来，马上又躺了下去，皮带勒得他喘不过气来。

蒙塔内利进来了，随行的是中士和三个士兵。

“主教大人，请您稍等片刻，”中士紧张兮兮地开口了，“我的手下会搬来椅子。他已经去了。主教大人，请您原谅——不知道您会大驾光临，否则我们会准备好的。”

“没有必要做什么准备。请你让我们单独待一会，带着你的手下在楼梯下面等候，好吗？”

“是，主教大人。椅子来了。我把椅子放在他旁边吧？”

牛虻闭着眼睛躺在那里，但他感到蒙塔内利注视他的目光。

“我想他是睡着了，主教大人。”中士刚一开口，牛虻就睁开了他的眼睛。

“没有。”他说道。

士兵们正要离开牢房，蒙塔内利突然发出了惊讶的声音，他们又停住了脚步，转过头来，看到蒙塔内利正弯下腰，仔细看着皮带。

“谁干的？”他问道。中士手足无措地摸着自己的帽子。

“总督大人明确的命令，主教大人。”

“我完全不知道这件事，里瓦雷兹先生。”蒙塔内利很是难过地说道。

“我告诉过主教大人您，”牛虻冷笑道，“我从、从、从来没有指望政府会拍着我的肩膀赞许我。”

“中士，这样持续多久了？”

“自从他上次想逃跑就是这样了，主教大人。”

“那就是差不多一个星期了？拿把刀来，把皮带切断。”

“谨遵吩咐，主教大人。医生想把皮带取下来，可是法拉利上校不肯。”

“立刻拿刀子来。”蒙塔内利并没有提高嗓门，但士兵们看到他气得脸都白了。中士从口袋里掏出一把折叠刀，弯下腰去切胳膊上的皮带。他的手不巧，动作很笨，反倒把皮带弄得更紧了，牛虻虽然自制力很强，也忍不住抽搐了一下，紧紧咬住了嘴唇。蒙塔内利立刻走上前去。

“你不知道该怎么来，把刀子给我吧。”

“啊——！”皮带切断了，牛虻狂喜地长叹一口气，舒展着自己的胳膊。蒙塔内利接着又切断了绑在他膝盖上的皮带。

“中士，打开铁铐。然后过来，我有话对你说。”

他站在窗户旁看着，中士解开了铁铐，朝他走了过来。

“好了，”他说道，“把发生的一切都告诉我吧。”

中士很干脆地讲了起来。牛虻的病情，“纪律措施”，还有医生没能成功干预——他把知道的事情都说了。

“主教大人，但我认为，”他补充说道，“上校给他戴上皮带是想得到口供。”

“口供？”

“是的，主教大人。前天，我听到上校说要给他把皮带摘下来”——中士扫了一眼牛虻——“但前提是他要回答一个问题。”

蒙塔内利放在窗台上的手握得紧紧的，士兵们一个个面面相觑：他们从来没有见过温和的主教生气的样子。而牛虻则完全忘记了他们的存在，他什么都忘了，完全沉浸在肢体自由的感觉之中。之前，他的四肢被绑得紧紧的，现在他伸胳膊伸腿，轻松自如，完全就是喜不自禁。

“中士，你可以离开了，”主教说道，“你不必因为违反了规定而焦虑，我问你，你回答，只是你的职责而已。不要让任何人来打扰我们。完了，我自会出来。”

士兵们走了出去，门关上了，他靠在窗台上，看了一会儿落日，给牛虻一点时间，让他喘过气来。

“我得知，”过了一会儿，他从窗户边走到床板旁的椅子上坐下了，“你想要单独同我谈谈。如果你现在身体状况允许，我则洗耳恭听。”

他冷冷地说道，态度生硬傲慢，这并不是他一贯的风格。在摘掉皮带之前，他只觉得牛虻受到了残酷的折磨，非常可怜，现在他想起上次见面的场景，想起了谈话结束前牛虻对他致命的羞辱。牛虻懒洋洋地枕着一只胳膊，抬起了眼皮。牛虻有一种摆出优雅姿态的才能，如果看不清楚他的脸，没人能猜出他经历了多大的磨难。现在，他抬起了头，傍晚的余晖照在了他的脸庞上，他是那么的憔悴，那么的苍白，最近几天的折磨明明白白地刻在了他身上。蒙塔内利的愤怒烟消云散了。

“你怕是病得非常厉害，”他说道，“非常抱歉，我对此一无所知。我本来可以早一点制止这样的行为。”

牛虻耸了耸肩膀。“战争中，一切都是公平的，”他冷冷地说道，“主教大人站在基督徒的立场，从理论上反对使用皮带，但要求上校也认同这一点，就有失公平了。毫无疑问，他自己肯定是不愿被绑上皮带的——但、但、但被绑的人是我。这个问题，就看谁、谁、谁方便了。如今，我是任人宰割的——还能期望得到什么呢？主教大人能够亲自前来，真是仁心德厚，或许也是站在基督徒的立场吧。见犯人——啊，是的！我忘记了。'因此，对最卑微的人也要如此'[①]——不是什么好话，但如今我这最卑微的人自是感恩。"

"里瓦雷兹先生，"主教打断了他的话，"我来这里是为了你，不是为了我。如果你没有处在，正如你所说的'任人宰割'的境地，在你上周对我说过那一番话后，我是不会再同你讲一个字的。但你现在不仅是犯人，还是病人，在这两重身份之下，我不能拒绝你的请求。现在，我来了，你有什么要对我说的吗？或者你请我来，就是想要侮辱老人来自我娱乐一番？"

没有回答。牛虻的头转到了一边，他躺在那里，一只手捂着眼睛。

"抱歉，麻烦一下您，"他嘶哑地说道，"我能喝点水吗？"

窗户边上有一罐水，蒙塔内利起身将水罐拿了过来。他伸出胳膊扶起牛虻，就在这时，他感到牛虻潮乎乎、冷冰冰的手像一把钳子一样抓住了他的手腕。

"让我握住您的手——赶快——就一下，"牛虻低声说道，"哦，有什么关系呢？就一分钟！"

他往下一倒，脸伏在蒙塔内利的胳膊上，从头到脚都在颤抖。

"喝点水吧。"过了一会儿，蒙塔内利说道。牛虻安静地照办了，然后就闭着眼睛躺在了床板上。蒙塔内利的手碰到他脸颊时发生了什么？他自己也解释不清，他只知道这辈子还从未有过这么可怕的感觉。

蒙塔内利把椅子朝着床板拉了拉，然后坐了下来。牛虻静静地躺着，一动不动，拉着一张青灰色的脸，就像一具尸体。沉默了好长时间，他睁开眼睛，幽幽地直盯着主教，目光令人过目不忘。

"谢谢，"他说道，"我，我很抱歉。我觉得——刚才您问了我什么？"

"你现在不适合说话。如果你有什么事情要对我说，我尽量明天再来。"

---

① 引自《福音书》。

“请不要走，主教大人——真的，我没事。我、我只是最近几天有点心烦。病有一半都是装出来的，如果你问上校，他会告诉你的。”

“我喜欢自己做判断。”蒙塔内利平静地说道。

“上、上校也是喜欢自己做判断。您知道吗？他的判断偶尔也挺机智的。看他的样子，你是、是、是想不到的，但有时他还真是挺有想、想、想法的。比如说，星期五——我觉得是星期五，到了后来，我对时间就有、有点不清楚了，我问他讨要一、一剂鸦片，这一点我记得非常清楚。然后，他就来了，他说，我可、可以得、得到鸦片，但我得告诉他是谁打，打开了铁门。我记得他说：‘如果是真病了，你就会同意；如果不同意，我就觉得你是在装病。’我之、之、之前还没觉、觉得有多好笑，现在真是觉得太、太、太好笑了——”

他突然就爆发出尖锐刺耳的笑声，接着，猛然转过头来，看着沉默不语的主教，他接着说下去，语速越来越快，结巴得都快听不清楚他在说些什么了：

“你不、不、不觉得好、好、好笑？当、当然不觉得了，你是宗、宗教人士，从、从、从来就没有幽、幽默感；你看、看什么都是悲、悲、悲观的。比、比如说，在大、大教堂的那天晚上，你多严肃呀！顺便说一句，我装、装成朝圣者，样子肯定很可、可怜！我觉、觉得，你今晚到、到这里来，你肯定也不觉得好、好笑。”

蒙塔内利站了起来。

“我来是想听你有什么话要对我说。但是，我觉得你今晚太过激动了。医生最好给你点镇静剂，等你好好睡上一觉，我们明天再谈吧。”

“睡、睡觉？哦，等您同意了上校的方案，我就会睡、睡得很好的，主教大人。一剂毒药可是绝好的镇静剂。”

“我不明白你在说些什么。”蒙塔内利转过神来，诧异地看着他。

牛虻又猛然大笑起来。

“主教大人，主教大人，诚实可是基督徒主要的美德！你觉、觉、觉得我不、不、不知道总督拼了劲想得到您的允许开设军事法庭？您最好还是同意了吧，主教大人。处在您现在的情况，别的主教都会同意的。‘他们都会同意的’；您这样做了，好处多多，没什么坏处！真的，实在是不值得您夜不成寐地想这件事！”

“请不要笑了，”蒙塔内利打断了他的话，“告诉我，你是怎么知道的。谁告诉你的？”

“上校没、没有告、告、告诉过您，我是魔、魔、魔鬼，不是人？没有？他给我说，说了好多次了！嗯，我是个魔鬼，别、别人心里在想什么，我知、知道一点。主教大人想的是，我是个十足的讨厌鬼，你希望有、有人能够代替你来处置我，这样就不会扰乱自己敏、敏感的良心了。我猜得很、很准，是不是？”

“听我说，”主教一脸肃穆地再次坐在了他的身边，“无论你是怎么知道的，这都是真的。法拉利上校害怕你的同党再次营救你，希望能够，也就是以你说的那种方式，提前制止这件事情。你看，我对你是坦然相告的。”

“主、主教大人您是出、出名地诚实。”牛虻尖刻地说道。

“你当然也知道，”蒙塔内利继续说道，“在法律上，我没有权利过问世俗的事务，我是主教，不是特使。但是，我在这一地区很有影响力，我觉得，上校在没有得到，至少是我的默许之前，他是不会贸然采取如此极端的行为。到目前为止，我对这一计划是无条件反对的。他并没有罢休，还是想要我同意，他肯定地对我说，等到星期四，人们聚集在一起游行的时候，大有可能会爆发武装劫狱，很有可能会造成流血事件。你在听我讲话吗？”

牛虻心不在焉地盯着窗户外面。他转过来，疲惫地回答道：

“是的，我在听。”

“也许，今晚你的身体还不太好，受不了这样的谈话。我明天早上再来吧？这是非常严肃的事情，我需要你百分百的专注。”

“我情愿现在就谈，”牛虻还是疲惫地回答道，“你说的话，我都听着呢。”

“好吧，”蒙塔内利继续说道，“会不会真的因你而爆发暴动和流血事件呢？如果是这样，我反对上校就担负了很重大的责任，我觉得他说的话也有几分道理。但是，另一方面，我又觉得他个人对你很有敌意，判断会因此有所扭曲，他可能夸大了潜在的危险。看到他如此可鄙的残忍行为，我觉得后者更有可能。”他看了一眼地上的皮带和铁锈，继续说道：

“如果我同意了，我就杀了你；如果我不同意，我就要冒害死无辜的风险。我认真考虑了这件事，仔细想还有没有别的出路。现在，我终于做出决定了。”

“当然是杀了我，挽、挽救无辜了，这才是基督徒会做出的决定。‘若是右手冒犯了你，就砍下来丢掉’[①]，我没有成为主教大人右手的荣幸，但我冒犯了您，结果是显而易见的。您开门见山告诉我就行，不用这么长篇累牍的，行吗？”

牛虻漫不经心地说着话，语气倦怠而鄙夷，就像是厌倦了整个话题。

“嗯？”他顿了一下，补充道，“是这个结论吗，主教大人？”

“不是。”

牛虻挪了挪身体，两只手都放在脑袋下面枕着，半闭着眼睛看着蒙塔内利。主教埋着头，陷入了沉思，一只手轻轻地拍打着扶手。啊，多么熟悉的老动作！

“我的决定，”他抬起头来说道，“我想，是前所未有的。我得知你想要见我，我就决心到这里来，把一切都告诉你，刚才我已经这样做了，我要把这件事交给你来处理。”

“我，我来处理？”

“里瓦雷兹先生，我到这里来，不是作为红衣主教、主教，或是审判者来的，我来这里，只不过是一个人前来探望另一个人。我不想问你是不是知道上校担心的那个计划。我非常清楚，如果你知道的话，那是你的秘密，你不会说出来的。但是，我想请你站在我的角度想想。我是老了，毫无疑问，没有多长时间可活了。我不想手上沾着血躺在坟墓里。”

“难道现在手上没有血吗，主教大人？”

蒙塔内利脸色一白，但继续平静地说道：

“我这一生，只要遇到压迫和残忍，我都与之抗衡。我一直都反对任何形式的死刑。前任教皇在位的时候，我就发自内心地再三抗议设立军事法庭，正因为如此，一直都没有得到重视。直到现在，我都是秉着仁慈之

---

① 引自《福音书》。

心行使自己的权利和影响力。至少，我想请你相信我说的是实话。现在，我进退两难。如果拒绝，这座城市就可能面临暴动，后果不堪设想。而这样做，是为了拯救一个人的生命，他亵渎我的信仰，他还中伤过我、冤枉过我、侮辱过我——当然，相对而言，这是小事一桩，而且，我坚信，如果给他一条生路，他还会继续做坏事。但是——这是为了救一个人的性命。”

他顿了一下，又继续说道：

“里瓦雷兹先生，据我所知，你干的似乎都是违法的勾当。我很早就知道你莽撞暴力，肆无忌惮。在某种程度上，我认为你没有改变。但是，过去的两个星期中，你让我看到了你的勇敢和对朋友忠诚的一面。士兵们也敬爱你。没有多少人能够做到这一点。我想，也许我对你的判断是错误的，你的内心比你表现出来的更为美好。我请求的就是那个更好的你，我郑重地请你秉着良心诚实地告诉我，如果你处在我的位置，你会怎么办？”

好长时间的沉默。然后，牛虻抬起了头。

“至少，我会自己决定自己的行为，并且为自己的行为承担后果。我不会像个怯懦的基督徒，鬼鬼祟祟地找别人替我解决问题！”

这就是当头一棒，一刻钟之前，他还装出一副倦怠的满不在乎的样子，转眼就是来势汹汹的激烈情绪，如此鲜明的反差，就仿佛他突然扔掉了面具一样。

“我们无神论者知道，”他继续情绪激烈地说道，“如果一个人要忍受某件事情，那他就必须尽力忍受；如果他受不了，天，结果就更糟糕。但是，如果一个基督徒跑到上帝面前，或是圣徒面前，或是不加制止的话，跑到敌人面前哀号，他总能找到办法把担子扔到别人肩上。难道你的圣经，你的弥撒书，你那些伪善的神学书中有规定让您跑来找我告诉你该怎么做？上天呀，大地呀，人呀！难道我身上的担子还不够重吗？您还要把您的责任推到我身上来？去找您的基督，他要求奉献出一切，您最好照办。您大不了就是杀了一个无神论者，一个咬不准‘示播列’[①]这个词的人，杀了他也不是什么大不了的罪行，不是吗！”

他突然停了下来，大口地喘着气，接着又爆发了：

“您说什么残忍！天，那个糨、糨糊脑袋的蠢货就是用上一年也伤不了我，你却不一样。他根本就没有头脑，他能想到的就是把皮带扎得紧紧的，皮带紧得不能再紧了，他也就束手无策了。什么样的傻子都办得到！但是您——‘签署你自己的死刑书吧，我心太软了，办不到。’哦！也只有基督徒才做得到这一点了—— 一个温和怜悯的基督徒，看到皮带扎得太紧，都会脸色煞白的基督徒！您刚进来的时候，就像是位仁慈的天使，看到上校的‘残忍’，您是如此震惊，接着就来真格的了！您为什么那样看着我？同意吧，伙计，然后回去吃你的大餐，这事不值得这么磨叽。告诉您的上校，他可以枪毙我，绞死我，怎么方便怎么来——如果他高兴的话，还可以活着丢进油锅，这就完事了！”

牛虻就像变了个人一样，他愤怒绝望得失去了控制，不停地喘着粗气，浑身发抖，他的眼睛也折射出绿色的光芒，就像是愤怒的野猫。

蒙塔内利已经站了起来，低着头默默地看着牛虻。他不明白牛虻怎么突然就暴怒地指责起他来，但他明白这是情急之下的话，知道这一点，什么侮辱也都原谅了。

“嘘！”他说道，“我没有想这样伤害你。你承受的已经够多了，我从来没有想过要把自己的担子转交给你。我从来没有故意这样对待过任何一个活着的——”

“你撒谎！”牛虻两眼喷火地大声说道，“主教的职位是怎么来的？”

“主教的职位？”

“哈！你已经把这个忘了？这么容易就忘了！‘亚瑟，如果你不希望我去，我就说我不能去。’我，当时才十九岁，就要为您做决定！这行为如果不是这么丑恶，那就太好笑了。”

---

① 原文为shibboleth，《圣经》中一个用来考验的词，看某人能不能正确地发这个词的音，以识别逃亡者，如不能正确发出这个词的音，就是敌人。

“够了！”蒙塔内利绝望地叫了一声，双手捧住了脑袋。他又放下了手，慢慢走向窗户。他坐在窗户边上，一只手臂放在铁栏上，头靠在了手臂上。牛虻躺在那里看着他，浑身发抖。

没过一会儿，蒙塔内利站起来，走了回来，嘴唇惨白。

“我非常抱歉，”他努力想要保持平时那种平静的态度，可怜巴巴地说道，“但我必须回去了，我不太舒服。”

他浑身都在颤抖，好像疟疾发作了一样。牛虻所有的愤怒瓦解了。

“神父，难道您——”

蒙塔内利往后一缩，一动不动地站着。

“千万不要！”他终于低声说道，“我的上帝，千万不要！如果我要疯——”

牛虻撑着一根胳膊抬起身来，他伸出另一只手握住了主教发抖的双手。

“神父，你难道不明白，我没有淹死吗？”

那双手突然变得冰冷僵硬。瞬间，一切都变得死寂，接着蒙塔内利跪了下来，把脸埋在了牛虻的胸口前。

……

等他抬起头来，太阳已经落山了，落日的那点红晕就要消失了。他们忘记了时间地点，忘记了生死，他们甚至忘记了他们是敌人。

“亚瑟，”蒙塔内利轻声说道，“是你吗？你从死亡那里回到我身边了吗？”

“从死亡——”牛虻颤抖地重复道。他的头枕在蒙塔内利的胳膊上，就像个生病的孩子躺在妈妈的怀里。

“你回来了——你终于回来了！”

牛虻重重地叹了口气。“是的，我回来了，”他说道，“你要么就必须同我作战，要么就必须杀了我。”

“哦，嘘，别说话！现在那些算什么？我们就像是在黑暗中迷失了方向的孩子，错把对方当成幽灵了。现在我们找到了彼此，又回到了亮处。我可怜的孩子，你变得太多了——你变得太多了！你看上去就像是经历了这个世界上所有的悲伤——以前你是那么的快乐！亚瑟，真的是你吗？我经常梦到你回到我身边，接着就醒过来，看到是黑暗注视下的空荡荡的房间。我怎么才能知道这不是一场醒过来就没有的梦？给我一点实质性的东西——告诉我是怎么回事吧。”

“很简单的一回事。我藏在了一艘货船上，偷渡上去的，一路去了南美洲。”

“到了那儿呢？”

“到了那儿，我就活下来了，如果您愿意称之为活的话。哦，您之前教过我哲学，我又见到了些神学课堂之外的东西！您说您梦见过我——是的，经常梦到，您说您梦到过我——是的，我也梦到过您——”

他突然停了下来，浑身发抖。

“一次，”他突然又开始说了起来，“我在厄瓜多尔的矿井做工——”

“不是当矿工吧？”

“不是，是矿工的下手——同苦力一起干些零工。我们在矿井口边上的工棚里睡觉。有天晚上，我生病了，就像这次发病一样，我在烈日下面搬石头，我肯定是头昏眼花了，因为我看见您出现在门口。你拿着一个就像挂在墙上的那个十字架。你在祈祷，从我身边走过，却头都没有转一下。我叫喊着，请您帮帮我，要么给我毒药，要么给我一把刀子，在我发疯之前，随便给我一样东西，结果了这一切痛苦。然后，您——啊——”

他抽出一只手来遮住了眼睛，蒙塔内利依然紧紧握住另一只手。

“我看着您的脸，我知道您是听到我的呼喊声，但你头也不转一下，你继续祈祷。等祈祷完了，您吻了吻十字架，回头望了我一眼，轻声说道：‘我为你难过，亚瑟，但我不敢表现出来，他会生气的。’我看着他，那个木头的雕像正在哈哈大笑。

“接着，我就醒了过来，看到了工棚和还有得了麻风病的苦力，我明白了。我知道了，您更在意您那个恶魔般的上帝是否宠爱您，而不是能否把我从地狱里拯救出来。我一直都记得。刚才您碰我的时候，我给忘了。我、我生病了，我以前是爱过您的。但现在我们俩之间什么都没有了，有的只是战争、战争、战争。您握住我的手想干什么？您难道不明白，只要您还相信您的耶稣，我们两个就只能是敌人？”

蒙塔内利埋下头，吻了吻那只伤残的手。

“亚瑟，我怎么能不信仰他呢？我经历了这么多可怕的岁月，我一直都保持着自己的信仰，他又把你送回我身边，我怎么可能怀疑他呢？不要忘了，我觉得是我杀害了你。”

“你还可以杀了我。”

“亚瑟！”这是真切恐惧的呼喊。但牛虻没有理会，继续说：

“无论我们做什么，都实话实说，不要犹豫不决。您和我各自站在深渊的两边，想要隔着深渊手牵手，那是不可能的。如果您觉得您不能，或是不愿放弃那个东西”——他瞥了一眼墙上的十字架——“您就必须同意上校的——”

“同意！我的上帝——同意——亚瑟，但是，我爱你呀！”

牛虻的脸可怕地抽搐了一下。

“您最爱哪一个，是我还是那个东西？”

蒙塔内利缓慢地站了起来。他的灵魂因为恐惧而枯萎了，他的身体似乎也干涸了，他变得老态龙钟，就像是霜降之后的枯叶。他从梦中醒来了，窗外的黑暗注视着空荡荡的房间。

“亚瑟，可怜一下我吧——”

“您的谎言将我驱逐出去，我到甘蔗种植园给黑人当了奴隶，当时您对我又有多少怜悯？听到这个，您颤抖了——啊，你们这些慈悲的圣徒！这就是符合上帝心意的人——这个人忏悔他的罪恶，活了下来。所有的人都活了下来，就只有他的儿子死了。您说您爱我——您的爱差点就要了我的命！您觉得就这么几句软话，我就把过去的事情一笔勾销，然后继续做亚瑟——我在肮脏不堪的妓院里洗过盘子，在克里奥尔人的农场上当过马夫，他们真是禽兽不如，残忍无比。我，在走江湖的杂耍班子里戴着帽子，挂着铃铛做过小丑——我在斗牛场里为斗牛士干活，什么脏活累活都干。那些混蛋脚都放到我脖子上了，我还得屈服于他们。我，挨过饿，被人鄙夷过，被人践踏过。我，讨要发霉的残羹剩菜，可是要不到，因为要先给狗吃。哦，说这些还有什么用！我怎么才能告诉您，因为您，我经历了什么？现在——您爱我！您有多爱我？爱到可以为我放弃上帝？哦，他为您做了什么，这位永恒的耶稣——他为您受了什么样的折磨，您爱他胜过爱我？是因为他的手被钉子刺穿了，所以您这么爱他？看看我的！看这里，这里，还有这里——”

他撕开了衬衣，露出了可怕的伤疤。

“神父，您的这位上帝是个骗子，他的伤口是假的。他的痛苦全是胡闹！我才有权赢得您的心！神父，您让我尝遍了这世上所有的折磨。您根本就想象不到我是怎么过来的！但是，我不能死！我忍受了这一切，耐心地掌控住了我的灵魂，因为我要回来，回来同您的上帝作战。这一目的就是我的盾牌，它保护了我的心灵，我才没有发疯，我才没有死第二次。现在，我回来了，我看到他还坐在我的位置上，那个骗子受害者被钉在十字架上不过六个小时，哼，然后就死而复生！神父，我被钉在十字架上有五年的时间，我也死而复生了。您准备拿我怎么办？您准备拿我怎么办？”

他说不下去了。蒙塔内利坐在那里，就像一尊石像，或是立起来的死人。一开始，在牛虻绝望的火焰中，他颤抖了，就像是挨了皮鞭的抽打一样，肉体不由自主地畏缩了；但是，他现在平静了。沉默了好长时间，他抬起头来，毫无生气地耐心说道：

“亚瑟，你能给我解释清楚一点吗？你把我弄糊涂了，你吓到我了，我不明白你的意思。你对我有什么要求？”

牛虻幽灵一般的面孔对着他。

“我什么要求都没有。谁能够强求爱呢？您所爱的两样东西，您可以自由选择一样。如果您最爱他，就选择他吧。”

“我听不懂，”蒙塔内利疲惫地重复道，“我能选择什么呢？覆水难收。”

“您必须在我们之间做出选择。如果您爱我，就把十字架从您脖子上摘掉，跟我走。我的朋友们计划救我，有了您的帮助，他们轻易就可以得手。等我们穿过边境，您就公开承认是我的父亲。如果您不够爱我，做不到这一步，如果这个木头的偶人比我重要，那就去告诉上校，说您同意。如果您要去，就立刻离开，不要让我再看到您而痛苦。我承受的已经够多了。”

蒙塔内利抬起头，虚弱地颤抖着。他明白了。

“当然，我会与你的朋友联系的，但是，同你一道走，不可能，我是神父。”

“我不接受神父的恩惠。神父，我再也不接受妥协了。我接受了太多的妥协，我受够了。你要么放弃神父的身份，要么放弃我，两者必选其一。”

“我怎么能够放弃你？亚瑟，我怎么能够放弃你？”

“那就放弃他。你必须在我们两个中做出选择。您会给我一部分的爱—— 一半给我，一半给您的魔鬼上帝？我不要他剩下的东西。如果您是他的，就不属于我。”

“你想把我的心撕成两半吗？亚瑟！亚瑟！你想把我逼疯吗？”

牛虻一拳打在了墙上。

“您必须在我们两个当中做出选择。”他又重复了一次。

蒙塔内利从他的胸前取出一个小盒子，里面装有一张又脏又皱的纸条。

“看！”他说道。

“我相信过您，我也相信过上帝。上帝是陶土做成的东西，我一榔头就能把他打得粉碎，但是您却用谎言欺骗了我。”牛虻笑了笑，把东西递了回去。“十九岁，多么美、美、美妙的年龄！抓起榔头，敲碎东西，看起来是多么容易。现在也是，只不过置身榔头下面的人是我。至于您，您还能用谎言欺骗很多人，他们甚至永远不会知道您在撒谎。”

“随你怎么说，”蒙塔内利说道，“也许处在你的位置，我也会像你一样无情——上帝才知道。亚瑟，我不能照你说的那样办，但我会尽力而为。我会安排你逃走，等你安全了，我会到山里，死于事故，或是误服了什么安眠剂——你想怎么样都行。这可满意？我只能做到这一步了。这是很大的罪恶。但是，我想他会原谅我的。他更仁慈——”

牛虻两手一摊，发出一声尖叫。

“哦，受不了了！受不了了！我到底做了什么，您会那样想我？您有什么权利——好像是我想报复您！您难道不明白我只是想救您？您难道永远也不明白我爱您吗？”

他一把抓住蒙塔内利的手，炽热的吻和泪水淹没了这双手。

“神父，跟我们一起走吧！这个神父和神像的死亡世界，您拿它来做什么？那个世界里全是过往岁月的尘埃，腐烂了，臭不可闻！从那个瘟疫横行的教堂里走出来吧，同我们一起走进光明！神父，我们才是生命，才是青春，就我们才是永恒的春光，我们才是明天！神父，黎明已经降临在我们头上，您难道要错过日出吗？醒醒吧，让我们忘记这些可怕的噩梦，醒醒吧，我们重新开始我们的人生！神父，我一直都爱您，一直都爱，即使您置我于死地，我也爱您，您还会再次要我死吗？”

蒙塔内利抽出自己的手。“哦，上帝怜悯一下我吧！”他大声叫道，“你的眼睛和你母亲一模一样。”

两个人突然安静了下来，这是一种奇怪深沉的静默，很久两人都没有说话。在落日的黄昏中，他们彼此看着对方，内心充满了恐惧，心跳都停止了。

“你还有什么要对我说的？”蒙塔内利低声说道，“有没有——希望给我？”

“没有。我活着就是要同神父作战。我不是一个人，我是一把刀子。如果您饶我一命，您就是鼓励用刀子。”

蒙塔内利转向十字架。“上帝！听听这个——”

他的声音消失在空洞的寂静当中，没有回应。牛虻又变回那个冷嘲热讽的魔鬼。

“大、大、大声点叫他，也许他在安睡中——”

蒙塔内利像是被敲了一下似的，他打了一个激灵。他直愣愣地盯着前方看了一下，接着他坐在了床板边上，双手掩面，哭了起来。牛虻一阵冷战，浑身上下冰冷潮湿。他知道这泪水意味着什么。

他拉起毯子，盖住了头，他不想听。知道自己要死了，这已经够他受了——他活得这么精彩，这么壮观。但是，他挡不住那哭声，哭声回荡在他的耳朵里，鞭打他的脑子，冲击着他的血管。但是，蒙塔内利还是在抽泣，在抽泣，眼泪从他的指缝中流了出来。

他终于止住了哭泣，用手帕擦干了眼睛，就像个哭过的孩子一样。他起身的时候，手帕从他膝盖上滑了下来，落在了地上。

“再说下去也没用了，”他说道，“你懂吗？”

“我懂，”牛虻沉闷顺从地回答道，“不是您的错。您的上帝生气了，必须得到满足。”

蒙塔内利转头望着牛虻。就是坟墓都比不上这二人此时的安静。他们默默地看着对方的眼睛，就像是两个被迫分手的恋人，隔着不可跨越的障碍深情凝望。

牛虻最先收回了自己的目光。他缩了回去，盖上了脸。蒙塔内利明白他这是在说“走！”他转过身，走出了牢房。就在一瞬间，牛虻跳了起来。

“哦，我受不了了！神父，回来！回来！”

门关上了。他睁大眼睛，木然地环顾四周，他明白一切都结束了。基督胜利了。

整个晚上，院子里的草都在风中轻轻摇摆，它们很快就要枯萎了，很快就会被铲子连根拔起；整个晚上，牛虻都独自躺在黑暗中，暗自抽泣。

第七章

军事法庭在星期二上午开庭。审判时间很短，草草了事，只不过流于形式，只花了二十分钟。的确没有什么事情值得消磨时间。不允许辩护，那个受伤的密探、军官和几个士兵就是仅有的几个证人；判决书事先已经拟好；蒙塔内利已经派人送来所需要的非正式许可。法官们（法拉利上校、当地龙骑兵上校和两名瑞士卫队的军官）没有多少事情可做。有人大声宣读了起诉书，证人提供了证据，判决书上已经签了字，然后才郑重其事地宣读给犯人听。他静静地听着。有人根据惯例，问他是否有话可说时，他只是不耐烦地挥了挥手，对问题置之不理。他的前襟藏着蒙塔内利丢下的手帕。他一整晚都在亲吻着手帕哭泣，仿佛它是一个活人。现在，他看上去憔悴不堪，无精打采，眼眶里还带着泪痕。但“立即枪毙”这几个字似乎并没有对他造成多大影响。念出这几个字时，他的瞳孔放大了一些，但仅此而已。

“把他送回牢房。”总督说。当所有程序告一段落时，牛虻仍一动不动地坐在那里。旁边那位警官显然快要崩溃了，他碰了一下牛虻的肩膀。牛虻微微一惊，往四下里瞧了瞧。

“哦，是的，”他说，“我忘了。”

总督脸上似乎露出了一丝怜悯之意。他并非天生残酷之人，对自己在上个月的所作所为，他私下里感到一点羞愧。如今他已达到了自己的目的，所以愿意在权限范围之内做一点小小的让步。

“你不必再戴镣铐了，”说着，他瞥了一眼牛虻淤血红肿的手腕。“他可以待在他自己的牢房里。死囚室里又黑又阴暗，”他转身对他的侄儿说，“这事真的就是一个形式。”

他咳嗽了几声，尴尬地变换着站姿，然后又将那名正和犯人一道离开房间的警官叫回来。

“等一下，警官。我想和他说句话。”

牛虻一动不动，总督的话音好像遇到了一只反应迟钝的耳朵。

“如果有什么话要转告你的亲朋好友——我想你该有亲人吧？”

没有回答。

“那好，想一想再告诉我或者牧师。我会监督，不至于疏忽的。你最好把你的留言告诉牧师，他马上就来，并会陪你过夜。如果还有什么别的愿望——”

牛虻抬起头来。

“告诉牧师我宁愿一个人待着。我没有朋友，也没有遗言。”

“可是你需要忏悔呀。”

“我是个无神论者。除了安静，别的都不需要。”

他的说话声平淡而又平静，没有蔑视，也没有生气，他慢慢转过身去。在门口他又停住了。

“我忘了，上校，我想求你一件事。明天请别让他们绑我，也别蒙着我的眼睛。我会站得很稳当。”

……

星期三早晨，日出的时候，他们把他带到了外面的院子里。他的腿瘸得比平时更加明显。他走路很困难，而且十分疼痛，他的身躯沉沉地倚靠在那名军士的胳膊上。但是，他脸上已经不再有那种疲惫屈服的表情。曾在空旷沉寂的暗夜将他压垮的幽灵般的恐惧，对幽冥世界的幻象和梦想，已经随着产生这一切的黑夜一道荡然无存。一旦阳光闪耀，眼前的敌人就会激发起他的斗志，他无所畏惧。

六名负责执行死刑的马枪手站成一排，背对着长满常青藤的墙壁。越狱未遂的那个夜晚，他曾经爬上这道满是裂痕、摇摇欲坠的墙壁。他们站在一起，每人手里拿着一支马枪，几乎很难忍住不哭。居然派他们来枪毙牛虻，这在他们看来似乎太过恐怖，简直无法想象。他和他的辛辣反击，他无时不在的笑声，富有感染力的勇气，就像一束游移不定的阳光，照进了他们枯燥乏味的生活。他居然会死，而且还要死在他们手上。对他们来说，这就犹如熄灭了天堂里的明灯。

院子里，那棵巨大的无花果树下面，他的坟墓在等待着他。那是由不情愿的人在夜里挖的，挖坟的铁锹上也滴落着点点泪珠。他从旁边经过时，往下看了一眼，对着那黑色的土坑和旁边的枯草笑了。他深呼了一口气，嗅着新挖出来的泥土味。

警官在大树附近停下了脚步，牛虻环顾四周，露出了最为灿烂的笑容。

“我就站在这儿，军士？”

警官默默点了一下头。他感到喉头有点哽咽。无论说什么，他都不可能挽救他的生命。总督、总督的侄子、负责指挥的马枪骑兵中尉、医生和牧师都来到了院内，他们一脸严肃地走上前。牛虻面带微笑，眼睛里发出灼人的藐视目光。在他的逼视下，他们感到不知所措。

“早、早安，先生们！啊，牧师先生也到得这么早！上尉，你还好吗？这个场合可比我们上次见面更加愉快，对吧？我看见你的胳膊还吊着绷带，这都怪我枪法不准。这帮好小伙会打得更准——小伙子们，对不对？”

他环视了一眼马枪手们忧郁的面庞。

“不管怎么说，这一次没必要用绞索了。好了，好了，你们没必要为这事弄出一副凄凄惨惨的模样！并拢脚跟，显示一下你们的枪法有多准。要不了多久，就会有更多的事情等着你们，多得你们都不知道该怎么完成，事先可没法进行练习。”

“我的孩子。”牧师上前打断了他的话，其他人都往后退，好让他们单独交谈。“几分钟之后，你就会到造物主跟前。留给你忏悔的最后时刻，难道你就没有别的用途吗？我请求你想一想，如果头顶着所有罪孽死去，得不到赦免，那将是一件多么可怕的事情。等你站在末日审判法官跟前，再想忏悔就为时已晚了。难道你打算说着玩笑话靠近上帝威严的神座吗？”

“玩笑，阁下在开玩笑？我觉得，是你们那一方需要这小小的训诫。若轮到我们这一方，我们将使用大炮，而不是六支破旧的马枪。到时你们就会明白，我们的玩笑开得有多大。”

“你们要使用大炮！啊，不幸的人啊！难道你还没有意识到，你如今面临着多么可怕的深渊？”

牛虻扭头看了看挖开的墓穴。

“由、由、由此说来，阁下以为，当你们把我扔到那里的时候，你们就消灭我了？也许你们还要放上一块石头，以防、防止‘三天以后’我复、复、复活？别怕，阁下！我不会抢走廉价演出的垄断权，我会像耗、耗子一样静静躺在那里，躺在你们安放我的地方。可是不管怎样，我们仍然要使用大炮。”

“啊，仁慈的上帝，”牧师叫喊道，“原谅这个可怜的人吧！”

“阿门！”中尉讷讷说道，声音像在低沉地吼叫，上校和他的侄儿则虔诚地画着十字。

因为再坚持下去显然也不会有什么效果，牧师便放弃了徒劳的努力。他站到一旁，一边摇头，一边喃喃地祈祷。准备工作简短而又简单，没有更多耽搁。牛虻站到了要求站的位置上，只是掉头望了一会儿日出的绚丽光芒。他曾再三要求不要蒙上他的眼睛，他那一脸的傲气使得上校勉强同意了。他们俩都忘了，他们是在折磨那些士兵。

他微笑着站在那里，面对着他们。他们手里的马枪在颤抖。

“我准备好了。”他说。

中尉走上前，兴奋得有点发抖。他以前从没有下达过死刑命令。

“预备——举枪——射击！”

牛虻蹒跚了一下，接着又恢复了平衡。一颗子弹打偏了，擦伤了他的面颊，白色的领巾洒上了几滴血。另一颗子弹打中了膝盖上方。烟雾散去之后，士兵们看见他还在那里笑，一边用那只残缺的手擦拭脸上的血迹。

“打得太差了，伙计们！”他说。他声音洪亮，吐词清晰。几个可怜的士兵茫然不知所措。“再来一次。”

那一排马枪手发出一阵呻吟，浑身瑟瑟发抖。他们每个人都在往旁边瞄准，私下里都希望：那颗致命的子弹不是自己射出去的，而是出自旁人之手。牛虻站在那里，冲着他们微笑。他们把枪决变成了屠杀，这可怕的过程还得再来一次。他们突然感到一阵恐惧，放下了马枪，绝望地听着军官们愤怒的诅咒和训斥，惊恐地瞪着那个他们已经执行枪决，但却没有死的人。

总督冲他们的脸挥舞拳头，恶狠狠地喝令他们站好队，举枪，好尽快结束这件事。他和士兵们一样心慌意乱，不敢去看那个站着不倒的可怕的人。当牛虻对他讲话时，那嘲讽的说话声吓得他心惊胆战，不寒而栗。

“上校，你今天上午带来了一群乌合之众！让我看看我能否把他们调教好一点。伙计们，现在听我的！把你们的器械举高一点，你往左偏一点。用心一点，伙计，你手里拿的是马枪，不是烧火棍！都站整齐了吗？那就来吧！预备——举枪——”

“射击！”上校冲上前来喊道。此人居然自己下达枪毙自己的命令，简直令人难以忍受。

又是一阵杂乱无序的射击，之后行刑队员就聚到一起，一个个浑身发抖，眼神慌乱，瞪视着前方。其中一名士兵甚至没有开枪。他扔掉马枪，蹲下身呻吟道：“我不能——我不能！”

烟雾渐渐消散，袅袅上升，最后和阳光融为一体。他们看见牛虻倒下去了，但是也发现他仍然没有死。一时间，士兵和军官们站在那里，一个个像泥塑木雕，看着那个可怕的东西在地上翻滚挣扎。医生和上校跑上前去，接着就发出一声惊叫，因为牛虻已经单膝跪地，又爬了起来，脸依然面对着士兵们，依然放声大笑。

“又没有打中！来——再来，小伙子们——看——你们能不能——”

突然，他身子一软，翻倒在一旁的草地上。

“他死了吗？”上校低声问道。医生跪在一旁，一只手搭在血淋淋的衬衣上。他轻声回答道：

“我想是吧——感谢上帝！”

“感谢上帝！”上校重复道，“终于完了！”

他侄儿触了一下他的胳膊。

“叔叔，红衣主教来了！他在门口，想进来。”

“什么？他不能进来——我不允许这样！警卫在哪里？主教阁下——”

大门打开又关上了，蒙塔内利已经站在院内，两眼直勾勾地看着前方。

“主教阁下，我只能请你原谅——这种场面并不适合你看！行刑刚刚结束，尸体还没有——”

“我来看看他。”蒙塔内利说。到了这个时候，他的言谈举止都仍然像一个梦游者，这让总督仍然感到有点奇怪。

“啊，上帝呀！”一个士兵突然惊叫起来。总督赶紧掉头往后看。果然——

草地上那一团血肉模糊的躯体又开始挣扎、呻吟起来。医生俯下身去，托着他的头放到自己膝盖上。

“快一点！”他绝望地喊道，“你们这群畜生，赶快！看在上帝面上，赶快结束吧！这让人没法忍受！”

鲜血喷涌到他手上，他怀里的身躯猛烈抽搐，使得他也跟着浑身颤抖。正当他疯狂地环顾四周找人帮忙时，牧师从他背后俯下身，把一个十字架放到垂死者的嘴唇上。

“以圣父圣子的名义——”

牛虻背靠着医生的膝盖探起身子，睁大双眼看着那个十字架。

在一片肃穆的寂静中，他慢慢抬起已被打断的右手，推开那个十字架。耶稣脸上留下了一抹血渍。

“神父——你的——上帝——满意了吗？”

他的头倒在医生的胳膊上。

……

“主教阁下！”

红衣主教还没从精神恍惚中清醒过来，法拉利上校又大声重复道：

“主教阁下！”

蒙塔内利抬起头来。

“他死了。”

“的确死了，主教阁下。你还不想离开吗？这种场面真可怕。”

“一个人身中六枪，你还能指望他活下来吗？”中尉轻蔑地低声说。医生低声回答道：“我认为，这种血腥场面令他心神不安。”

总督抓住蒙塔内利的胳膊。

“主教阁下——你最好别再看他了。你允许牧师护送你回家吗？”

“是的——我这就走。”

他慢慢地转身离开那个血腥的地方，牧师和警官跟在他身后。到了门口，他又停下来往后看，带着一脸惊愕的恐怖表情。

“他死了。”

……

几个小时之后，马尔科内走向山坡上的一座小屋，告诉马尔蒂尼他没必要去拼命了。

第二次营救的所有准备工作已经就绪，因为这一计划比上一次计划简单得多。计划是这样安排的，在第二天早晨，迎接圣体的游行队伍经过城堡那座山丘时，马尔蒂尼将从人群中走出来，从胸前掏出手枪，照准总督的脸开枪。在随后的混乱中，二十名武装人员将突然冲向大门，闯进城堡，用武力控制住监狱看守，进入关押犯人的牢房，将他带走，杀死或压制任何企图阻拦的人。他们在大门口边打边撤，与第二队骑马的武装走私贩子会合，由他们把他送到山里的安全地点隐蔽起来。这一小组人当中，只有吉玛对计划一无所知，因为马尔蒂尼特别要求瞒住她。“这个计划会让她伤心欲绝的。”他说。

在那个走私贩走进花园大门的时候，马尔蒂尼打开玻璃门，来到走廊上迎接他。

“马尔科尼，有什么消息吗？啊！”

这位走私贩已经将宽边草帽推到脑后。

他们在走廊上坐下来。两人都没有说话。马尔蒂尼从看到帽檐下面那张脸的那一刻起，就已经明白怎么回事了。

“什么时候的事？”沉默良久之后他问道。他听到自己的声音枯燥乏味而又疲惫不堪。

“今天上午，日出的时候。警官告诉我的，他在现场，亲眼所见。”

马尔蒂尼低下头，从自己的袖口上轻轻抽出一根散乱的线头。

“所要来的一切都是虚空”[1]，这也是虚空。他原本打算明天去赴死。现在，他内心渴望的那片土地已经消失，就如同黑暗降临时，在金色的落日余晖照耀下的梦中仙境一样消逝了。他又被迫回到日复一日、夜复一夜的现实世界——回到格拉西尼和加利的世界，回到编写密码和小册子的世界，回到尔虞我诈的同志党争和遍布奥地利密探的枯燥乏味和阴谋的世界——回到令人伤心的老一套革命道路的世界。因为牛虻死了，他意识深处有一大片空旷之处，任何一个人和物都无法占据的地方。

有人问他一个问题，他抬起头，心里纳闷，现在怎么还有事情值得一谈。

“你说什么？”

“我说当然该由你把这个坏消息告诉她。”

马尔蒂尼的脸上又显出了生机，以及随之而来的恐惧表情。

“怎么能由我告诉她？”他大声嚷道，“你还不如叫我拿把刀去杀了她。噢，怎么能由我告诉她——我怎么能！”

他双手紧紧捂住自己的眼睛。但是，尽管没有看见，他还是感觉到，身边那个走私贩在抬起头来的时候吓了一跳，吉玛站在门口。

“你听到了吗，切萨雷？”她说道，“全完了，他们把他枪毙了。”

第八章

“走上祭坛。”（原文为拉丁文“INTROIBO ad altare Dei”）蒙塔内利站在高高的祭坛前，用平稳的音调朗诵着入祭文[2]，他周围站着手下的牧师

① 引自《圣经》。
② 入祭文（the Intoit），是圣餐式前所唱的赞美歌。

和侍祭。整个大教堂被装点得金碧辉煌。从聚集到此的会众所穿的节日盛装，到包裹着彩色帷幔和花环的圆柱，让人看不到一处阴影。宽敞的大门上方悬挂着红色的门帘。六月灼热的阳光透过门帘皱褶发出耀眼的光芒，犹如照射到玉米地里的红色罂粟花瓣上。教堂执事们手持着蜡烛火炬，教区会众们手拿着十字架和旗帜，教堂两侧昏暗的小礼拜堂被照得亮亮堂堂。走廊两边悬垂着游行旗帜柔软的丝绸皱褶，镀金的法杖和流苏在拱门之下熠熠闪光。彩色玻璃窗户下，唱诗班歌手的白色法衣闪耀着五彩缤纷的光芒。阳光照射到过道的橙色、紫色和绿色方格上。祭坛后面悬挂着一幅波光粼粼的银色织锦。红衣主教背对着织锦和各种装饰品，站在祭坛的灯光之下。他身穿白色长袍，长袍的尾部拖到了地上，就像一尊被赋予生命的大理石雕像。

按照节日游行的习惯，他只主持弥撒，并不参加庆祝活动。因此，在赦免结束时，他转身离开祭坛，慢慢地走向主教宝座。在他经过时，司仪神父和牧师们都向他深深鞠躬。

“主教阁下恐怕身体不大好，”一个教士对身边的人低声说道，“他神情很不正常。”

蒙塔内利低下头接受镶有宝石的主教冠。担任助祭的牧师给他戴上主教冠，看了他一眼，然后俯身向前低声说道：

“主教阁下，你病了吗？”

蒙塔内利微微转身对着他，那眼神显然不承认有病。

“对不起，主教阁下！”那位牧师低声说道，同时向他行了一个跪拜礼，然后走回自己的位置，一心自责不该打扰红衣主教的祈祷。

熟悉的仪式继续进行。蒙塔内利静静地端坐在那里，闪亮的主教冠和金丝织锦法衣与阳光交相辉映，光芒耀眼。白色节日斗篷的沉重皱褶拖在红色的地毯上。上百支蜡烛的烛光映照在他胸前的蓝宝石上，照射进他那深邃平静却毫无反光的眼里。当他听人们用拉丁文念到“称颂耶和华，主教阁下”时，才弯下腰来焚香祝福。阳光辉映在钻石上，他也许唤起一些杰出而又可怕的山中精灵，他们头顶彩虹，身着移动的冰雪长袍，伸出双手散播祝福或诅咒。

在颂扬主的时候，他走下宝座，跪倒在祭坛之前。他的举动中透露着一种奇怪而又平静的呆滞。当他起身走回自己的座位时，身着节日军服的龙骑兵少校站在总督身后，他低声对负伤的少尉说：“老红衣主教已经心力交瘁，这一点毫无疑问。他的一举一动就像机器一样。”

“活该！”少尉低声回应道，“自从发布那道令人困惑的大赦令以来，他就像拴在我们脖子上的一块石磨。”

“但他还是做出了让步，同意成立军事法庭。”

“是的，终于同意了，但他花了好长时间才拿定主意。天呀，怎么这么热！游行的时候我们都会中暑的。可惜我们不是红衣主教，头顶上没有华盖罩着——嘘、嘘、嘘！我叔叔在看着我们！”

法拉利上校转身严厉地瞪了两位年轻军官一眼。经过昨天早晨那件庄重的事情之后，他还处于一种虔诚和严肃的心境，便想谴责他们对于他认为“必然的痛苦状态”缺乏恰当的感情。

司仪们将要参加游行的人排好队。法拉利上校从座位上站起身，朝着祭坛栏杆走去，同时示意其他军官跟在他身后。当弥撒告一段落，圣饼在游行圣歌声中安放在水晶罩之后时，主持弥撒的教父和侍祭们便退进祭衣间去更换法衣，教堂内外便响起了一阵窃窃私语声。蒙塔内利仍然坐在他的宝座上，两眼直视前方，一动也不动。尘世生命与移动的海洋似乎在他周围汹涌澎湃，接着在他的脚边渐渐地归于寂静。一只香炉递到他面前，他机械地抬起手，把香插进香炉里，都没往两边瞧一眼。

那些神职人员已经从祭衣间回来，在过道上等他下去。可是他全然一动不动。那名助祭俯身取下他的法冠，犹豫不决地再一次低声说道：

“主教阁下！”

红衣主教环顾四周。

“你刚才说什么？”

“你真的肯定游行对你没有大碍吗？外面太阳热得很。”

“太阳热有什么关系？”

蒙塔内利的语气冷漠而有分寸，那位牧师又以为自己冒犯了主教。

“阁下，请你原谅我。我觉得你看上去不太舒服。”

蒙塔内利站起身，对他的问题未予理睬。他在宝座最高的阶梯上停顿了一下，然后用同样有分寸的声音问道：

“那是什么？”

他长长的披风滑落过台阶，铺展在过道地上。他指着白色丝绸上一块火红色的光斑。

“那是透过彩色玻璃窗户的太阳光线，阁下。”

“太阳光？那样红？”

他走下台阶，面对祭坛跪下，慢慢地来回晃动香炉。当他把香炉递给后面时，一缕方形阳光正好照射到他的头顶和仰天瞪大的双眼上，一缕殷红的阳光照透了周围牧师们折叠着的白色面纱。

他从执事手中接过那尊神圣的镀金圣体，唱诗班和着管风琴唱出一阵凯旋的歌曲。

“赞美辉煌的上帝。为拯救世人，基督慷慨地抛洒鲜血，这是基督的恩典。”

仪仗人员慢慢走上前，在他头上撑开丝绸华盖，而教堂执事们则各回原位，分立在他的左右，将他的法袍皱褶往后拉直。当助祭弯腰抬起过道上的长袍时，站在游行队伍前面的兄弟会友们排成了左右两行。他们高举着明亮的蜡烛，开始庄严地经过中殿向前走去。

他站在祭坛一侧，站得比他们都高，在白色的华盖下面一动不动。他双手稳稳地托举着圣餐神龛，注视着他们鱼贯而过。他们两人一排，要么手拿着蜡烛、旗帜或火炬，要么举着十字架、圣像或旗帜，慢慢地走下圣坛台阶，穿过两侧挂满花环的中殿，经过掀起的大红门帘，来到烈日烧烤下的大街上。他们的诵经声变成了嗡嗡的呢喃声，被一阵阵嘈杂的人声所淹没。随着延绵不绝的人流走过，脚步声不停地在中殿里回响。

各教区教友会的成员们身穿白袍，头戴面纱走了过去；随后是从头到脚一袭黑衣的悲信会弟兄，他们两眼通过面罩上的小孔发出黯淡的微光；接下来是庄严肃穆的修道士：既有戴着蒙头斗篷、打着赤脚的托钵僧人，也有身穿白袍、神情严肃的多明我会修士；跟在他们后面的是这一地区的世俗官员、龙骑兵、马枪手和当地的警官。总督身穿礼服，旁边是他的幕僚。他们后面是一名助祭，举着一根巨大的十字架，助祭两边是两名侍僧，拿着闪闪发光的蜡烛。为了让人们经过大门，门帘在这时被掀得更高。蒙塔内利站在华盖下面，瞥了一眼门帘外的街道。他看到地毯上闪耀着红色阳光，看到了挂满旗帜的墙壁，看到了身着白袍、正在抛撒玫瑰花的孩子们。啊，玫瑰花，多红的玫瑰花啊！

游行队伍依秩序有节奏地行进，一队接着一队，一种颜色接着一种颜色。一忽儿是长长的白色袈裟，庄重而得体；一忽儿是华丽的法衣和绣花的雨披。眼前经过的是一根高大细长的镀金十字架，高举在点燃的蜡烛之上；接着是教堂的教士，全都穿着庄重的白色衣钵。一个牧师走下圣坛，在两根熊熊燃烧的火炬之间高擎起牧杖；紧接着僧众们踱步向前，随着音乐的节奏摇摆香炉；仪仗人员高高地抬起华盖，边走边数着步数："一、二；一、二！"蒙塔内利开始踏上苦路[①]。

他走下圣坛的台阶，走过中殿，走过管风琴呜响的走廊，走过撩起的红色门帘——红得吓人，来到了阳光照耀的大街上。那些散落在地上的殷红玫瑰已经枯萎，在红色地毯上被来往行人踩得不成样子。仪仗在门口稍停了一下，俗世官员在这里替换抬轿的仪仗人员。游行队伍随后继续向前，他捧着圣餐神龛走在队伍中间，周围唱诗班的歌声时而高亢时而低迷，香炉和着人群"咚、咚"的脚步声有节奏地摆动。

"基督的身躯变成了圣餐，基督的鲜血变成了圣酒——"[②]

总是鲜血，总是鲜血！地毯在他面前延伸，就像一条红色的河流；地上的玫瑰，就像溅洒在石头上的鲜血——啊，上帝啊！难道你的天地全都变红了？啊，这对你意味着什么。万能的上帝——你的嘴唇上沾满了鲜血！

"让我们膜拜伟大的圣餐。"[③]

他望着水晶匣子里面的圣餐。有什么东西从水晶匣里渗透出来——从水晶匣子的四角往下滴——滴到他的白袍上了？他可看到滴下来的——从一只高举的手上滴下来的是什么？

院子里的草被践踏成了红色——全都变红了——有很多鲜血。鲜血从面颊上汩汩往下流，从被钉穿的右手上往下滴，一股热血从受伤的一侧喷

---

① 苦路（the Way of the Cross）：宗教术语，指耶稣前往殉难地点的路线。

② 译自拉丁文："Verbum caro， panem verum， Verbo carnem efficit， Sitque sanguis Christi merum——"

③ 译自拉丁文："Tantum ergo Sacramentum， Veneremur cernui."

涌而出。就连头发也被鲜血浸透了——湿漉漉的头发粘在前额上——啊，那是死亡的汗水，它源于可怕的痛苦。

唱诗班的歌声更加嘹亮，唱得扬扬得意。

“赞美永在的圣子圣父，赞美主拯救人类，赞美主的荣光与美德，赞美主的恩惠。”

噢，简直令人无法忍受！上帝厚颜无耻地坐在天堂宝座上，微笑的嘴唇沾满鲜血，俯视着下界生灵的痛苦与死亡，难道这还不够？假如没有充满嘲讽意味的赞扬和祝福，难道就不够？基督的肉体，为拯救人类而粉身碎骨；基督的鲜血，为人类赎罪而洒尽流干，难道这还不够？

啊，呼唤他的声音更大一点吧，也许他在沉睡！

我亲爱的人啊，难道你真在沉睡？难道你永远不再醒来？难道坟墓会如此妒忌它的胜利？心爱的儿子，大树下面那个黑色土坑，难道也不愿让你宽松一点？

接着，水晶匣子里的圣物做出了回答，它开口讲话时鲜血直流：

“你做出了选择，又后悔自己的选择了吗？因为你的愿望没有得到满足？看看这些穿金戴银、走在光明中的人们，为了他们，我被埋进那个黑土坑。看看抛撒玫瑰花的孩子们，细听他们的声音是否甜美。为了他们，我嘴里填满了泥土，而玫瑰花是我一腔热血染红的。看看人们跪倒的地方，那是为了吮吸你衣角滴下的鲜血，鲜血为他们而流，为了熄灭他们的贪婪嗜血。因为《圣经》有云：‘若有人为朋友而献出生命，这种伟大的爱就无人能及。’”

“啊，亚瑟，亚瑟啊，还有比这更伟大的爱！如果有人牺牲了自己心爱之人的生命，这不是更伟大吗？”

圣物又回答道：

“谁是你心爱之人？其实不是我。”

他准备张口说话，可话到嘴边又愣住了，因为唱诗班的歌声淹没了他们的说话声，就如同北风吹过结冰的水池，使他们缄口不语：

“我们向伟大的遗体顶礼，我们向殷红的鲜血膜拜；我们来领用圣体，饮尽鲜血。”

喝吧，基督徒们；喝下去，你们所有人。这鲜血不是你们自己的？因为你们，鲜血染红了草坪；因为你们，活人的肉体被烧灼撕裂。吃下去吧，你们这些食人族；吃下去，你们所有的人！这是你们的狂欢盛宴，这是你们欢乐的日子！你们急匆匆赶来参加狂欢节；加入游行队伍，和我们一道行进；妇女儿童们，青年和老年人们——来分享一份肉吧！来品尝喷涌的血酒，趁着酒色尚红喝下去；拿起一份肉，吃掉尸身——

啊，上帝呀；还有那座城堡！褐色愠怒的城堡，它阴沉地看着下面道路上尘土飞扬的游行队伍，它摇摇欲坠的城垛和塔楼在荒山中一片漆黑。吊闸的铁齿紧锁着城堡大门。城堡就像一头野兽蹲伏在山边，守护着它的猎物。但是，由于铁齿从未如此紧咬过，它们终将被咬断并裂成碎片。院子里面的坟墓终会将死者交还。因为那些基督徒们正在游行，规模空前的盛大游行，前去参加他们神圣的鲜血盛宴，就像一支饥饿的老鼠大军扑向残羹剩饭。他们大声高喊："拿来！拿来！"但他们不会说："够了。"

"你们还不满足吗？为了那些人，我牺牲了自己；为了他们能活着，你毁灭了我。你瞧，他们所有人都在前进，他们不会打乱队列。

"这是基督徒的队伍，是上帝的追随者，是一个伟大而又强大的民族。他们身前的大火熄灭了，他们身后的火焰又燃烧起来；他们面前的土地像伊甸园，他们身后的土地却是一片荒芜。是啊，什么东西都躲不过他们。

"啊，还是回来吧，回到我身边来，我深爱的人，因为我后悔我的选择了！如果你回来，我们就一道悄悄溜走，去一个黑暗寂静的坟墓，这支毁灭大军就找不到我们了。我们将会躺在那里，手挽着手，沉睡，沉睡，沉睡。饥饿的基督徒们会在无情的白昼从我们头顶上经过。当他们嚎叫着要饮血吃肉的时候，他们的喊叫声在我们听来将会很微弱。他们走他们的路，而我们将获得休息。"

那圣物又应答道："我该藏在哪里？《圣经》上不是有云：'他们会在城里跑来跑去，他们会撞到墙上，他们会爬上屋顶，他们会像盗贼一样从窗户进去？'如果我在山顶为自己造一个墓，难道他们不会掘开？如果我在河床上为自己掘一个墓，难道他们不会将它捣毁？的确，在搜寻猎物时，他们像警犬一样敏锐。我的伤口为他们而淌血，这样他们才能饮血。难道你听不见他们在唱什么？"

他们从大教堂门口两侧的红色窗帘之间穿过时，又唱了起来。游行已经结束，玫瑰花全都撒完了。

“迎接圣母玛利亚所生的圣体。为了拯救人类，他被钉在十字架上，钉子穿透他的身体，任凭鲜血流淌，成为死亡的象征。”

在他们停止唱歌时，他走到了门口，从一排排静默肃立的修道士和牧师中间走过。他们跪在各自的位置上，高举起点燃的蜡烛。他看见他们饥饿的眼睛紧盯着自己捧着的圣物，他知道自己经过时他们为什么会低头鞠躬。因为暗红色的血液正顺着自己法衣的皱褶往下淌，他的双脚在教堂地板的铺路石上留下了一道暗红色的血迹。

他就这样经过中殿来到祭坛的栏杆旁，仪仗人员在那里停住了。他从华盖下面走出来，沿着祭坛阶梯往上走。左右两旁的白袍侍祭们手捧着香炉跪下来，专职教士们举着火炬。他们望着圣饼，眼睛在炽热的亮光中发出一道道贪婪的光。

他站立在祭坛之前，用沾满鲜血的双手高举起被谋杀的心爱之人残缺不全的身躯时，预备分享圣餐的人们齐声唱起了另一首歌：

“啊，赞美我主耶稣！崇高的牺牲者，我们心之抚慰，你赐予我们力量！”

啊，他们来领用圣餐了——去吧，我心爱的儿子，去到痛苦的世界末日，为这些掠食的恶狼们打开天堂之门，他们不会被拒绝的。而为我敞开的，却是地狱最底层的大门。

当助祭将圣餐盘放到祭坛上时，蒙塔内利从所站之处俯下身，跪倒在台阶上。鲜血从他头上的白色祭坛上流下来，滴落在他头上。唱诗班的歌声响了起来，沿着拱门和拱形屋顶回荡。

“三位一体的上帝啊，你的光辉永在，你使我们世代相传，永无终止。”啊，幸福的耶稣，他可以倒在他的十字架下！啊，幸福的耶稣，他可以说：“一切都结束了！”这一厄运却永无止境，就像在天空运行的星辰一样永恒。它是不死的昆虫，是不灭的火焰。“永无止境，永无止境！”[①]

他虽然身心俱疲，却仍在余下的仪式里耐心行使自己的职责，根据旧

---

① 译自拉丁文：“Tantum ergo Sacramentum， Veneremur cernui.”

习惯机械地完成各种仪式，尽管这些仪式对他已经没有任何意义。接着，在祝福之后，他再次跪倒在祭坛之前，用手捂住了自己的脸。一位牧师正在朗读赎罪表，他的声音时高时低，仿佛变成了遥远的呓语，来自他已不再属于的那个世界。

声音突然停住了，他站起身，伸手示意大家肃静。一些会众此时正往门口走去，他们发出一阵急促的嗡嗡细语声转身折回来，教堂里响起一阵窃窃私语："主教阁下有话要说。"

牧师们有些惊讶诧异，他们凑近他身边，其中一个急忙低声说道："主教阁下，你现在就要对大家讲话吗？"

蒙塔内利静静地挥手示意他退到一边。牧师们退到一边，情况有些异样，甚至有些不合规矩。但红衣主教有权这样做。他很可能要发表异常重要的讲话，要宣布来自罗马的新的改革法令，或来自圣父的特别谕旨。

在祭坛台阶上，蒙塔内利俯瞰着下面无数张抬头仰望的脸庞。众人充满期待地仰望着他，他站在他们的上方，像幽灵一样平静，雪白。

"嘘——嘘！安静！"游行队伍的领头人低声喊道，会众发出的嗡嗡低语声平静下来，仿佛一阵狂风在嗖嗖作响的树梢消失了。所有人都屏住呼吸，凝视着祭坛阶梯上那个白色的身影。他开始缓慢而稳定地说道：

"《约翰福音》上写道：'上帝钟爱世人。他牺牲了唯一的儿子，叫一切信他的，不至灭亡，反得永生。'这是领用受难者圣体和圣血的节日，他为了拯救你们而被杀戮。上帝的羔羊消弭了世间的一切罪恶，上帝之子为你们的罪孽而献身。如今，你们会聚于此，参加庄严的节日，吃掉为你们而奉献的祭品，感恩这伟大的恩惠。我知道，今天上午，你们来参加盛宴、享用受难者的圣体时，你们心中充满喜悦，因为你们记住了耶稣受难记，圣子为拯救你们而死。

"可是请告诉我，你们当中，有谁想到过另一个受难记——让圣子被钉在十字架上的圣父受难记？有谁记得，圣父从天堂宝座上俯身观看十字架上的基督受难像时，圣父的痛苦？

"今天，我的会众，当你们排着庄严的队列游行时，我观察了你们。我看见你们因为被免罪而充满喜悦，看见你们因为自己被拯救而欣喜。可是我请求你们思考一下，那样的拯救付出了多大的代价。代价肯定很珍贵，它价值连城，它是血的代价。”

聆听的人群中产生了一阵轻微而又长时间的震颤。圣坛周围的牧师们躬身向前，交头接耳，但是讲道者还在往下说，他们就又安静下来。

“因此，我在今天要对你们说：我，就是我。因为我看见了你们的懦弱和悲伤，看见了你们膝下的小孩子。眼见他们必须去死，我不禁产生了同情之心。然后我看到了我亲爱的儿子的眼睛，我知道赎罪的鲜血就在那里。我竟然自顾离开，让他惨遭灭顶之灾。

“这就是赎罪。他为你们而死，黑暗吞噬了他。他死了，不能复活；他死了，我没有了儿子。啊，我的儿子，我的儿子！”

红衣主教的声音变成了号啕痛哭。人们惊恐万状，议论纷纷，议论声就着哭号声的回声。所有神职人员都站了起来，副主祭纵身向前，抱住了讲道者的胳膊。但他猛然把他推开，突然转身面对着他们。他两眼冒火，就像一只愤怒的野兽。

“这是要干什么？还嫌血没有流够吗？等着吧，你们这些豺狼，你们会被喂饱的！”

他们退缩回去，聚在一起发抖。他们喘着粗气，一张张脸像粉笔一样煞白。蒙塔内利再次转身面对人群，人们在他面前摇晃，就像遭到暴风袭击的玉米地。

“你们杀死了他！你们杀死了他！而我为此痛苦万分，因为我不愿让你们死去。现在，你们带着虚伪的赞扬和肮脏的祈祷来到我面前，我后悔不已——我后悔自己竟会做这样的事情！你们都应该在你们的罪孽中腐烂，在深不可测的污秽诅咒中腐烂，而他应该活着，这样才更好。你们龌龊肮脏的灵魂有什么价值，为什么要为你们付出如此高昂的代价？可一切为时已晚——太晚了！我大声呼唤，他已听不到我的声音；我敲打墓门，他也不会醒来。我独立荒原，环顾四周，我心爱的宝贝埋在血迹斑斑的泥土里，而我孑然一身留在空虚可怕的荒凉世界。我放弃了他。啊，你们这些毒蛇的子孙，我为你们放弃了他！

“接受救赎吧，因为是对你们的救赎！我把它扔给你们，就像把一根骨头扔给一群狂吠的恶狗！已经有人为你们的盛宴付出了代价。那么来吧，开怀畅饮吧，你们这些食人族、吸血鬼——你们这些食腐的野兽！看看我心爱之人的心中流出的热血，流下了祭坛——那鲜血是为你们而抛洒的！翻滚吧，舔舐吧，让你们满嘴通红！争抢圣体，吞食吧——不要再来烦我！这是奉献给你们的圣体——看着它，把它撕得七零八碎，血流遍地，那饱受折磨的生命还在悸动，还在为死亡的痛苦而颤抖。拿去吧，基督徒们，吃下去！”

他抓起装有圣体的神龛，将它高举过头顶，猛地摔碎在地上。就在金属环摔在石头上时，牧师们冲上前去，有二十只手抓住了这个疯子。

这时，只是到了这时，人们才打破沉默，发出一阵阵狂野的、歇斯底里的尖叫。他们推翻椅子和长凳，争先恐后地冲向门口。他们相互踩踏，慌乱中扯下了门帘和花环，骚乱哭喊着的人群涌到了大街上。

尾　声

“吉玛，楼下有人想见你。”马尔蒂尼压低嗓门说道。他们两人最近十天不自觉地都在用这种语气说话。这种平缓的语气和行为举止，透露出两人心中的悲伤。

吉玛光着胳膊，裙子外面套着围裙，正站在桌子前准备分发小袋子弹。她一大早就起来干着这事儿，现在已经是下午，烈日炎炎，她看起来疲惫憔悴。

“切萨雷，有人要见我？他想干什么？”

“不知道，亲爱的。他不肯告诉我。他说，他必须单独同你讲话。”

“好吧。”她扯下围裙，放下裙子的袖口。“我想，我必须见他一面，很有可能是个密探。”

“不管是什么，我就在隔壁房间，叫一声，我就过来。等你打发走这个人，你最好去躺一下。你今天站了很久了。”

“哦，不！我倒宁愿继续干活儿。”

她慢慢走下楼梯，马尔蒂尼一声不响地跟在后面。就这么几天的光景，她看上去老了十岁。本来只有几绺灰白的头发，现在长出了一大片。如今，很多时候，她的眼睛都望着地面；可就在刚才，她碰巧抬起了眼帘，看到她黯淡无光的眼神，马尔蒂尼不寒而栗。

她看到小客厅里的中央有个模样笨拙的人，并着脚跟站在那里等她。她进来的时候，此人抬起头来，神情还有几分害怕。看见他这副模样，吉玛觉得这个人肯定是个瑞士卫兵。他穿着乡下人的衬衣，显然这件衬衣不是他本人的。他不停地四处张望，好像生怕被人发现。

“你会说德语吗？”他有很浓重的苏黎世口音。

“会一点。听说你想见我。”

“你是博拉夫人吗？我有一封信给你。”

“一封信？”她开始浑身颤抖。她将一只手撑在桌子上，要不然就站不稳。

“我是那里的卫兵。”他指了指窗外小山上的城堡。“写信的是——上周被处决那个人。他在处决前一天晚上写的。我答应他，我会亲手交到你手里。”

她埋下了头。他终究还是写信了。

“所以，过了这么久才给你拿来，”士兵继续说道。“他说这封信不能交给别人，只能交给你。之前我都脱不开身——他们看管得很严密，我不得不借了这些东西才出来。”

他在衬衣胸口摸索了一阵。天气很热，他掏出的那张纸，不仅又脏又皱，还湿漉漉的。他手足无措地站了一会儿，接着就举起一只手，挠后脑勺。

“你没什么要说的吧，”他怯生生地又开口说话了，不信任地看了她一眼，“我到这儿来，是冒着丢命的风险。”

“我当然没有什么要说的。不，等一下——”

士兵正准备转身离开，她叫住了他，伸手去掏钱包。他觉得自己受到了冒犯，往后一退。

“我不要你的钱，”他不客气地说道，“我这样做是为了他——是他请求我的。我还愿意多为他多做点什么。他对我很好——上帝帮帮我吧！”

士兵的声音有些哽咽。她抬起头来，士兵正在用脏兮兮的袖子擦眼睛。

“我们必须开枪，”他低声说道，“我和伙计们。士兵必须服从命令。我们搞砸了，必须再次开枪——他嘲笑我们——他说我们真差劲——他对我真是很好的——”

房间里一片寂静。停了一下，他挺直了肩膀，笨拙地敬了个军礼，走掉了。

她手里拿着那张纸，一动不动地站了一小会儿。接着她就坐到开着的窗户旁，读起信来。信是铅笔写成的，字很密，有些地方很难辨认。但是，头几个字很醒目，很清楚，是英语写成的：“亲爱的吉姆”。

接着，字迹突然就模糊不清了。她再次失去了他——再次失去了他！看到这个熟悉的孩子气的小名，她无望的悲伤又涌上心头。她茫然绝望地伸出双手，仿佛压在牛虻身上的土块压在了她自己的心头。

不一会儿，她又拿起了那张纸，继续读下去：

“明天日出时，我就要被枪决了。如果我还要遵守诺言，把一切都告诉你的话，这是我最后的机会了。但是，你我之间毕竟没有多少需要解释的。我们总是不需要多说什么，就能互相理解，我们很小的时候就是这样了。

“所以，亲爱的，你不用为了一记耳光那样的旧事伤心了。当然，那记耳光打得很重。但是，我也挨过很多很重的打，我都挺过来了——甚至还做出了一些反击——现在，我还在，就像我们小时读的那本书中的马鲛鱼（我忘记它的名字了），‘活蹦乱跳，哦！’但这是我最后一次乱跳了。明天早上，‘Finita la Commedia!’[①]你我会把这句话翻译成：‘杂耍结束了’。我们要感谢各路诸神，至少他们还给了我们这么多的慈悲。不算多，但也可以了。为了这份祝福，还有别的祝福，我们真应该心存感激！

“关于明天早上那件事，我想要你和马尔蒂尼明白的是，我很幸福，很满意，这样的结局对我而言是最好的。把这话告诉马尔蒂尼，就说是我捎给他的话，他是个好人，是个好同事，他会明白的。你瞧，亲爱的，我就知道，那些深陷泥沼的人为我们做了件好事，给他们自己做了件坏事，他

① 意大利语，意思是剧终。

们这么快就回到秘密审判和执行死刑的路子上了。我知道，如果你和留下的人坚定地站在一起，猛烈地反击，你会做成大事的。至于我，明天走向院子时，我的心情会轻松得像回家度假的孩子。我的工作已经完成了，宣判我死刑就是证明，我已经彻底完成了自己的工作。他们要杀我，因为他们怕我。男人的心愿不过如此。

“但我还有另一个心愿。一个要死的人有权利幻想一下，而我的幻想就是你会明白我为什么总是对你那么粗暴阴沉，为什么迟迟不愿意忘记旧恨。你当然知道是为什么了。我在这里说上一遍，不过是为了满足写字的快乐。你是个丑丫头的时候，我就爱你，当时的你穿着条纹棉布的连衣裙，戴着硬邦邦的领布，头发编成辫子垂在脑后；我现在依然爱你。你还记得那一天吗？我吻了你的手，你可怜巴巴地求我‘不要再这样做了’？我知道，那是可恶的玩笑，但你必须原谅我。我在这张纸上写下了你的名字，我吻了它。这样，我就吻过你两次了，两次都没有得到你的允许。

“就是这些了。再见了，我的爱。”

没有签名，但有一首他们孩提时学过的小诗，写在了信尾：

“不管我是活着，还是死去，我都是一只快乐的牛虻。”

……

半个小时后，马尔蒂尼走进了这个房间。他半辈子都少言寡语，这一次却吓得扔掉了手中的布告，张开手臂，抱住了她。

“吉玛！看在上帝的分上，怎么了？不要这样哭泣——你从来都不哭的！吉玛！吉玛！我亲爱的人儿！”

“没什么，切萨雷。我以后再告诉你——我——现在没法说话。”

她匆忙把那张沾满泪痕的纸塞进自己的口袋里，站了起来，靠在窗户边，看着外面。她不想让马尔蒂尼看到自己的脸。马尔蒂尼管住了舌头，咬住自己的胡子。这么多年之后，他像个小男生一样暴露了自己的心迹——然而她却没有注意到！

“大教堂的钟敲响了，”过了一会儿，她已经恢复了自控力，四处打量着说道，“肯定有人死了。”

“我刚才进来就是要告诉你这件事。”马尔蒂尼恢复了平日的口气。他从地上捡起布告，递给了吉玛。匆忙印刷的布告上加了黑框，上面几排大字：我们亲爱的敬爱的主教大人洛伦佐·蒙塔内利阁下，在拉韦纳因心脏动脉瘤破裂，突然离世。

她很快瞟了一眼布告，马尔蒂尼读懂了她的眼神，耸了耸肩。

“夫人，你想他们写什么呢？动脉瘤和别的死因都一样。”

（完）